D0370166

COLECCIÓN TIERRA FIRME

LA CAMPAÑA

LA OBRA NARRATIVA DE CARLOS FUENTES: LA EDAD DEL TIEMPO

I. EL MAL DEL TIEMPO
   1) Aura
   2) Cumpleaños
   3) Una familia lejana

II. TERRA NOSTRA (Tiempo de fundaciones)

III. EL TIEMPO ROMÁNTICO
   1) La campaña
   2) La novia muerta
   3) El baile del Centenario

IV. EL TIEMPO REVOLUCIONARIO
   1) Gringo viejo
   2) Emiliano en Chinameca

V. LA REGIÓN MÁS TRANSPARENTE

VI. LA MUERTE DE ARTEMIO CRUZ

VII. LOS AÑOS CON LAURA DÍAZ

VIII. DOS EDUCACIONES
   1) Las buenas conciencias
   2) Zona sagrada

IX. LOS DÍAS ENMASCARADOS
   1) Los días enmascarados
   2) Cantar de ciegos
   3) Agua quemada
   4) Constancia

X. EL TIEMPO POLÍTICO
   1) La cabeza de la hidra
   2) El rey de México, o El que se mueva no sale en la foto

XI. CAMBIO DE PIEL

XII. CRISTÓBAL NONATO

CARLOS FUENTES

LA CAMPAÑA

FONDO DE CULTURA ECONÓMICA
MÉXICO

Primera edición para México y Latinoamérica (FCE-Argentina), 1990
Tercera reimpresión (FCE-México), 1994

Carretera Picacho-Ajusco 227; 14200 México, D. F.

ISBN 968-16-3599-X

Impreso en México

A mi hijo Carlos,
más valiente que muchos guerreros,
con todo mi amor

I. EL RÍO DE LA PLATA

1

La noche del 24 de mayo de 1810, mi amigo Baltasar Bustos entró secretamente a la recámara de la Marquesa de Cabra, la esposa del presidente de la Audiencia del Virreinato del Río de la Plata, secuestró al hijo recién nacido de la presidenta y en su lugar puso en la cuna a un niño negro, hijo de una prostituta azotada del puerto de Buenos Aires.

Esta anécdota es parte de la historia de tres amigos —Xavier Dorrego, Baltasar Bustos y yo, Manuel Varela— y de una ciudad, Buenos Aires, en la que intentábamos hacernos de una educación: ciudad de contrabandistas vergonzantes que no quieren mostrar su riqueza y viven sin ostentación. Somos ahora unos cuarenta mil porteños, pero la ciudad sigue chata, sus casas muy bajas, sus iglesias austeras. Es una ciudad enmascarada por una falsa modestia y un atroz disimulo. Los ricos subvencionan a los conventos para que en ellos les escondan sus mercancías contrabandeadas. Pero esto funciona también para nosotros, los jóvenes que amamos las ideas y las lecturas, pues como las cajas de copones y ropas eclesiásticas no son abiertas en las aduanas, dentro de ellas los sacerdotes amigos nos hacen llegar los libros prohibidos de Voltaire, Rousseau y Diderot... Nuestro arreglo es perfecto. Dorrego, cuya familia es de comerciantes ricos, obtiene los libros; yo, que trabajo en la imprenta del Hospicio de Expósitos, los reimprimo en secreto; y Baltasar Bustos, que viene del campo donde su padre tiene una estancia, convierte todo esto en acción. Quiere ser abogado en un régimen que los detesta, acusándolos de fomentar continuos pleitos, odios y rencores. Se teme, en realidad, que se formen abogados criollos, voceros del pueblo, administradores de la independencia. De allí la pena con que Baltasar tiene que estudiar, sin universidad en Buenos Aires, atenido (como sus dos amigos, Dorrego y yo, Varela) al contrabando de libros y el acceso a bibliotecas privadas. Somos sospechosos; con razón el virrey anterior dijo que debía impedirse el progreso de lo que él llamó "la seducción" en Buenos Aires, exclamando que tal vicio parecía cundir por todas partes.

¡La seducción! ¿Qué es, dónde empieza, dónde acaba? Las ideas son la seducción que compartimos los tres, y al final de todo, yo siempre recordaré al joven Baltasar Bustos brindando de pie en el Café de Malcos, rebosante de optimismo, seducido y seduciéndonos por la visión de un idilio político, el contrato social renovado a orillas del río turbio y cenagoso de Buenos Aires, mientras la fogosidad de nuestro amigo hace que interrumpan sus tareas hasta los mozos que se la pasan aclarando las aguas turbias del Plata en tinajones de barro, y se asomen los cocineros con gallinas, capones y pavos a medio destazar entre las manos. Brinda Baltasar Bustos por la felicidad de los ciudadanos de la Argentina, regidos por leyes humanas y ya no por el plan divino que encarnaba el rey, y se detienen a oírle las carretas cargadas de cebada verde y heno para las caballerías. Exclama que el hombre nació libre pero en todas partes está encadenado, y su voz parece imponerse a la ciudad de criollos y españoles, frailes, monjas, presidiarios, esclavos, indios, negros y soldados de tropa reglada... ¡Seducido por un ginebrino tacaño que abandonaba a sus hijos naturales a la puerta de las iglesias!

¿Seduce? ¿O es seducido Baltasar por su público, real o imaginario, en el café, en las calles de la ciudad que apenas abandona el sofoco del verano se dirige ya a las neblinas de junio a septiembre? Mayo es el mes ideal para hablar, hacerse sentir, seducir y dejarse seducir. Nos seduce la idea de ser jóvenes, de ser porteños argentinos con ideas y lecturas cosmopolitas, pero seducidos no sólo por ellas, sino por una nueva idea de fe en la patria, su geografía, su historia. Nos seduce a los tres amigos no ser indianos que se hacen ricos con el contrabando y regresan corriendo a España; nos seduce no ser como los ricos que ocultan los cereales y encarecen el pan.

Pero no sé si nos seducimos entre nosotros. Yo soy flaco y moreno, con un larguísimo labio superior que disfrazo con un bigote negro, de cerdas que hasta a mí me parecen agresivas, como si atacasen sin remisión mi cara; y me defiendo del ataque hirsuto rasurándome las mejillas tres veces al día y contemplando en el espejo la furia encendida de mis ojos casi claros (en realidad no lo son) en medio de tanta negrura. Creo que trato de compensar estos aspectos salvajes de mi apariencia con un ademán sereno y una compostura casi eclesiástica. Xavier Dorrego, en cambio, es feo, pelirrojo, con el pelo cortado muy cerca del cráneo, casi al rape, lo cual le da la apariencia de lo que no es: un perseguidor, un usurero, en todo caso un hombre que exige cuentas estrictas. Todo lo compensa con la belleza de su piel, que es traslúcida y opalina, como un huevo iluminado desde adentro por una llama imperecedera.

Y Baltasar...

Suenan los relojes de las plazas en estas jornadas de mayo y los tres amigos confesamos que nuestra máxima atracción son los relojes, admirarlos, coleccionarlos y sentirnos por ello dueños del tiempo, o por lo menos del misterio del tiempo, que es sólo la posibilidad de imaginarlo corriendo hacia atrás y no hacia adelante, o acelerando el encuentro con el futuro, hasta disolver esa noción y hacerlo todo presente: el pasado que no sólo recordamos, sino que debemos imaginar, tanto como el futuro, para que ambos tengan sentido. ¿Dónde? Sólo aquí, hoy, nos decimos, sin palabras, cuando admiramos las joyas que Dorrego va reuniendo gracias al dinero de su padre: un reloj de carroza con cubierta de vidrio ovalado, un reloj de anillo, un reloj en cajita de rapé... Yo tengo mi propia pieza maestra, heredada quién sabe cómo por mi padre, quien nunca se deshizo de ella. Es un reloj de Calvario en el que la cruz preside toda la maquinaria, y marca, como un recordatorio, las horas de la pasión y muerte de Cristo.

"Ciudadanos —exclama Dorrego cuando me embeleso con mi reloj religioso—. Recuerda que ahora somos ciudadanos." Y eso nos sedujo y nos ligó también: nos llamamos, como grupo, "los ciudadanos".

¿Y Baltasar?

Fue educado en la estancia de su padre por uno de esos preceptores jesuitas que, aunque expulsados por el rey, lograron regresar con hábitos civiles a cumplir su misión obsesiva entre nosotros: enseñarnos que había una flora y una fauna americanas, montañas y ríos americanos, y sobre todo, una historia que no era española, sino argentina, o chilena, o mexicana...

El padre de Baltasar, don José Antonio Bustos, siempre ha estado del lado de la Corona contra los invasores ingleses y ahora contra Bonaparte en España. De allí su influencia para colocar a Baltasar, el estudiante de derecho, en la Real Audiencia durante los juicios de residencia de los virreyes desacreditados, Sobremonte y Liniers. El primero era acusado de irresponsabilidad y desidia en la defensa del puerto contra las invasiones inglesas de 1806 y 1807, habiendo huido del ataque británico llevándose los fondos públicos y dejando que la defensa de Buenos Aires la encabezaran las milicias criollas. Éstas, al cabo, repelieron la fuerza inglesa y se armaron de un prestigio que, como una ola, había llegado a su cresta en estas jornadas revolucionarias de mayo. La ironía de estos procesos es que, primero, Liniers encabezó las milicias que derrotaron a los ingleses. Pero cuando los eventos se precipitaron hacia la independencia, Liniers no tuvo coraje, titubeó, quedó mal con todos (salvo, se decía, con su amante francesa, *madame* Perichon) y pasó de ser héroe de la reconquista, a paniaguado de la independencia.

Escuchando los cargos contra el antiguo héroe, mi amigo Baltasar, el joven pasante de derecho, se imaginó por un momento dotado de una gloria y una posición exaltadas gracias a la novedad y velocidad de los acontecimientos. Esto anotó entonces en un papel que más tarde me hizo llegar, en un momento de nuestra larga e imprevisible amistad: "Como a Liniers se le juzga en ausencia, tengo que imaginarlo sentado allí, con una peluca a medio polvear, enérgico un día, pusilánime al siguiente. Por lo visto, basta una excepción para despojar al héroe de su crédito y sentarlo en el banquillo del juicio. Sabes, Varela, imagino que por los ojos de Liniers pasa una flama fugaz. La veo pasar y me pregunto si no estaremos nosotros, los tres amigos del Café de Malcos, a la altura de las circunstancias. Vivo intensamente estas jornadas pero temo que nuestro destino sea también una gloria azarosa, disipada por la fugacidad de nuestros espíritus. Escribo nuestros tres nombres. Él, Xavier Dorrego. Tú, Manuel Varela..Y yo, Baltasar Bustos. Puedo darle un origen a nuestros nombres. Aún no puedo darles un destino. Y pensando en la suerte de Liniers, héroe un día, traidor al siguiente, quiero evitar esa desviación del destino pero me pregunto siempre si lo más que podemos esperar es saber que tuvimos un destino y aceptar que no pudimos dominarlo... ¿No sería ésta la suerte más triste de todas?"

Yo recibía estas notas de mi amigo y lo imaginaba cumpliendo, con loable paciencia, sus funciones de escribiente en los juicios de los virreyes.

Lo que yo no sabía era que Baltasar ensayaba meticulosamente una serie de movimientos. Permanecía en la sala de sesiones del juzgado hasta el final de la audiencia, fingiendo que arreglaba papeles.

Presidía las sesiones un hombre seco, envejecido y cínico, el Marqués de Cabra. Ni siquiera le dirigía la mirada al escribiente Baltasar, pero éste sí que se fijaba en el presidente de la Audiencia, lo adivinaba, le marcaba el tiempo y sobre todo, como se verá, lo envidiaba...

Baltasar continuaba escribiendo cuando la audiencia de ese día ya había terminado. Al pedírsele que abandonara la sala, se excusaba, atareado, y salía por una pequeña puerta, dando a entender en silencio, con gestos, que conocía como el que más los reglamentos del tribunal. Las puertas principales estaban cerradas ya; le correspondía salir por los pasillos y la puerta trasera.

Avanzó por uno de los corredores con el ritmo ruidoso de sus zapatos de hebilla dorada y tacón alto, apretando las fojas contra la pechera de la camisa de holanda y espolvoreando entre las colas del levitón las migajas acumuladas en el regazo del pantalón de nanquín, restos de un panecillo comido a hurtadillas. Con igual sigilo, en vez de abandonar el edificio entró a la biblioteca despoblada a esta hora, y allí esperó con paciencia, escondido entre las estanterías, a que las luces se apagasen. Su padre le había dado el secreto: detrás de los gruesos volúmenes que reunían las obras de la patrística cristiana se hallaba un pasaje secreto que permitía a los presidentes de la Audiencia pasar con sigilo y sin molestias a sus habitaciones privadas. Eran secretos que, con un guiño paternal, se relacionaban con antiguos devaneos del hoy viejo y retirado estanciero.

Esperó aún media hora y apoyó con fuerza el dedo índice contra el cuarto tomo de la *Summa teologica* de Santo Tomás. Entonces el estante se apartó lentamente y en silencio, pues los goznes, notó Baltasar, permanecían siempre perfectamente aceitados. El pasaje conducía a un patio sombreado por duraznos. Pero era una enredadera parda y empolvada la que le permitía a un hombre ágil subir del patio al balcón. Era como si la hiedra invitase a un cuerpo joven a celebrar, trepándola, el arribo de mayo y la despedida de los calores húmedos, insufribles, del verano rioplatense, que ciñen las ropas a las carnes como una segunda piel pegajosa e indeseable.

Ahora, en cambio, una brisa fresca, con su punta de frío, llegaba desde el Plata, como si quisiese enfriar los ánimos ardientes de la ciudad revolucionaria, ella misma rejuvenecida por la rapidez con que se sucedían los acontecimientos. El 13 de mayo, un barco inglés (¡siempre los anglosajones!) trajo la noticia: los franceses habían ocupado Sevilla; Napoleón era dueño no sólo del poder político, sino del poder económico de España. No había España. No había Fernando VII. ¿Qué harían las colonias americanas de España? Pues el virreinato argentino tenía un poder único, que era el de las milicias forjadas para derrotar las invasiones inglesas y sustituir la inepcia virreinal: orilleros, abajeños, patricios, se llamaban estos regimientos, que el 20 de mayo le retiraron el apoyo al virrey, Hidalgo de Cisneros, diciéndole: "Usted ya no representa nada", y se lo dieron al jefe militar Cornelio de Saavedra, comandante de los patricios. El 21 de mayo, el aliado de Saavedra, un fogoso orador jacobino llamado Juan José Castelli, se presentó en la Plaza Mayor con seiscientos hombres encapotados y bien armados, a los que la gente llamó "la legión infernal", y obligaron al virrey a celebrar un cabildo abierto donde Baltasar Bustos vitoreó con delirio el discurso de Castelli...

—Su verbo es alucinante, su ademán intrépido y su espíritu osado —comentó nuestro amigo esa noche en la tertulia del Café de Malcos—. Y su mensaje es de una claridad meridiana. Ya no hay poder soberano en España. En consecuencia, la soberanía revierte al pueblo. A nosotros. ¡Castelli es la encarnación criolla de Rousseau!

—No —me atreví a interrumpir su entusiasmo—, la idea es de Francisco Suárez, un teólogo jesuita. Busca detrás de cada novedad una antigüedad, aunque sea católica, española y nos duela.

Sonreí diciendo esto; no quería herir la sensibilidad

ilustrada de mi amigo. Pero esa noche nada podía disminuir su entusiasmo, más que político, filosófico.

—Saavedra ha pedido todo el poder para el cabildo. Castelli exige elecciones populares. ¿Qué vamos a hacer nosotros?

—¿Qué pides tú? —intervino nuestro tercer amigo, Xavier Dorrego.

—La igualdad —dijo Baltasar.

—¿Sin libertad? —comenzó a argumentar, según su costumbre, Dorrego.

—Sí, porque podemos quedarnos proclamando la libertad sin acabar nunca con la desigualdad. Entonces, la revolución fracasará. ¡La igualdad ante todo!

Baltasar Bustos iba repitiendo su propia frase cuando se detuvo, por un instante, en el centro del patio residencial de la Audiencia de Buenos Aires, frente al emparrado que ascendía al balcón matrimonial del presidente y su esposa. La puerta del ala de servicios se abrió entonces y las manos negras le ofrecieron el bulto vivo, dormido, aunque tibio y palpitante.

—No entiendo por qué se hace usted la vida tan difícil, señorito —le dijo la voz de la mujer negra—. Con lo fácil que hubiera sido entrar por la puerta de servicio y tomar a...

La mujer sollozó, y Baltasar, con el niño en brazos, se acercó a la trepadora. Lo que iba a hacer no era fácil para un hombre robusto, sobrado de peso y además miope como Baltasar Bustos. Pues si la hiedra invitaba a subir y celebrar el fresco de mayo a un cuerpo joven, éste de mi amigo Baltasar, a los veinticuatro años, era un cuerpo de vida sedentaria, de lecturas febriles, voluntariosamente ajeno a la acción, soberbiamente altanero respecto de la vida de campo que de niño fue la suya y que continuaban viviendo su padre y su hermana en la pampa. Bustos, en otras palabras, se había cultivado un físico que él concebía urbano, civilizado, intelectual y rebelde, todo a la vez y en contra de las costumbres bárbaras del campo, la colonia, la Iglesia y España. Admitió con ironía que no era, sin embargo, un físico apropiado para hacer lo que estaba haciendo: trepar por una enredadera poco después de la medianoche con un bulto en brazos. Se veía, en otras palabras, citadino pero poco romántico. Baltasar se llevó el niño al pecho con una mezcla de cautela, orgullo y cariño, e inició su asalto sigiloso.

Apenas puso pie en los primeros nudos de la trepadora se dio cuenta de que si nadie había notado sus previas exploraciones del terreno, era porque nadie imaginaba siquiera una audacia comparable a la que él estaba acometiendo; nadie se acercaba a la planta para ver si alguien, la noche anterior, había subido por ella. La hiedra se movía sola, no necesitaba estar acompañada ni vigilada. Se cuidaban las pelusas, se podaban los duraznos. No se inspeccionaba la enredadera, abandonada a su resequedad polvosa para delatar, sin embargo, exactamente lo que Baltasar Bustos hacía la noche del 24 de mayo de 1810: trepar al balcón de la esposa del presidente de la Real Audiencia de Buenos Aires, con un niño negro en brazos, entrar a la recámara de la presidenta, acercarse a la cuna y sustituir al niño blanco, recién nacido, hijo del presidente y su esposa, por este niño negro, recién llegado al mundo también, pero a otro mundo, de cocinas, azotes e injurias.

2

La noticia del parto de Ofelia Salamanca, esposa del presidente de la Real Audiencia instalada en Buenos Aires para instruir las acusaciones contra los anteriores virreyes, se perdió en medio de las agitaciones de ese mes de mayo porteño. Cuando el barco inglés llegó con la noticia de la pérdida de Sevilla, tres siglos de costumbres, de fidelidad a la corona española, de sujeción a los movimientos comerciales determinados, precisamente, desde Sevilla y su Casa de Contratación, quedaron suspendidos por un instante en el asombro, antes de derrumbarse al siguiente: si no había monarquía española en España, ¿podía haber independencia americana en América?

Nació el niño, pues, sin pena ni gloria, aunque sí con visibles congojas de la presidenta, Ofelia Salamanca, quien le reprochaba a su marido, el Marqués de Cabra, haberla traído desde la capitanía general de Chile, donde ella tenía sus comodidades, sus criadas mestizas y sus parteras indias, para entregarla a manos de esta servidumbre negra de Buenos Aires, después de un viaje de cerca de dos meses entre Santiago y el Río de la Plata.

—Y todo para juzgar tardíamente a dos virreyes que ya han sido condenados por su incompetencia para mantener el orden —le recriminaba Ofelia Salamanca a su marido el marqués, quien, nacido Leocadio Cabra, debió admitir que su mujer, bella, independiente y chilena, retuviese su nombre de soltera:

—Primero, querido, porque hay que empezar a defender el derecho de las mujeres a tener su propio nombre y por ende su propia personalidad; segundo, porque si me llamo como tú, acabarán por llamarme la Cabrona.

—¡Chilena tenías que ser! —exclamaba exasperado el marqués su marido— No te hagas ilusiones: Salamanca es el nombre de tu padre, no el tuyo, y fue el nombre de tu abuelo, insensata. No podéis escapar al nombre de un hombre, bobitas.

—Nadie se ha llamado Ofelia Salamanca más que yo —decía entonces con orgullo la hermosa criolla chilena, a la cual Baltasar Bustos vio por vez primera desnuda entre las cortinas vaporosas de la recámara que sólo eran el primer velo de un universo ofuscado por sucesivas cegueras de gasa: drapeados permanentes del toldo de la cama de baldaquines, así como los mosquiteros del verano que la servidumbre había descuidado de quitar; las telas transparentes que velaban el tocador donde Ofelia Salamanca, desnuda, se sentaba frente al espejo, ofreciendo a los ojos cegatones pero deslumbrados de Baltasar Bustos la figura de un huso horario, una guitarra blanca, dándole la espalda pero deslumbrándolo con la perfección rotunda de las nalgas perfectamente firmes, frutos gemelos de una cintura aún más firme y esbelta, como si pudiesen coexistir en un solo ser humano, no muchas, sino esas únicas perfecciones: el talle juncal y las nalgas redondas, suaves, pero firmes también, menos que el talle, pero sin un solo poro que no exhalase perfume, sí, pero también integridad, fusión perfecta, sin reblandecimientos, de esas nalgas, gemelas carnales de la luna. ¡Y pensar que había parido apenas siete semanas antes!

Se polveaba sola, sin ayuda de recamareras, y el polvo impedía ver bien sus pechos, de manera que Baltasar Bustos se enamoró de la espalda, el talle y las nalgas. Del perfil también, pues Ofelia Salamanca, al polvearse los pechos, ofrecía continuamente medio rostro a la contemplación embelesada del joven porteño, perfecto lector de ideales lejanos, que en la perfección clásica de la frente despejada, la nariz recta y los labios llenos de Ofelia Salamanca quería ver una turbulencia romántica que se empeñaban en negar, también, la barbilla ovalada y el largo cuello de cisne. Era como ver a Leda en plena metamorfosis, pues el polvo de arroz era un cisne que la envolvía, la poseía y la alejaba de la mirada de su adorador, convirtiéndola, precisamente, en lo que él más anhelaba: un ideal inalcanzable, una esposa pura de puro deseo, intocada.

Sus lecturas apasionadas de Rousseau se mezclaron con las enseñanzas frías de la patrística, pues si el héroe intelectual de Baltasar Bustos, que era el ciudadano de Ginebra, nos pedía abandonarnos a nuestra pasión a fin de recuperar nuestra alma, el santo Crisóstomo condenaba los amores ideales que jamás se consumaban, porque así se inflamaban más las pasiones.

El santo sabía que, logrado el objetivo carnal, la costumbre acaba por enfriar cualquier pasión. La distancia entre el balcón desde donde Baltasar espiaba, deseaba y entraba en conflicto con sus propios sentimientos, y el objeto rotundo de sus deseos, envuelto en gasas y polvos con los que se mostraba en intimidad mucho mayor que con él, lejano testigo de la inalcanzable belleza de Ofelia la presidenta, sólo lograba, era cierto, acrecentar la pasión.

Ésa fue la primera vez que la vio, espiando desde el balcón, ensayando su acto de voluntad para la justicia.

La segunda, estaba acompañada de su marido el Marqués de Cabra, quien se paseaba impaciente por la recámara, apartando gasas, mientras ella se vestía sin ayuda, otra vez, de recamarera. Quizás el tenor de la conversación excluía testigos, pues el marqués se quejaba de que Ofelia no amamantase al niño recién nacido, lamentando que su hijo fuese entregado a una de esas nodrizas negras de Buenos Aires. Echaba de menos a Chile y sus indios; el Río de la Plata estaba lleno de negros; casi la mitad de la población.

—No quisiera que nuestro hijo creciera entre negros —dijo el viejo criollo encumbrado por su devoción a la Corona.

—No te preocupes —le contestó Ofelia Salamanca—, los niños negros no van a la escuela con niños blancos, ni aquí ni en ninguna parte. En Catamarca, hace poco, un mulato fue azotado al descubrirse que había aprendido, en secreto, a leer y escribir.

El marqués, que parecía hecho de porcelana, le dijo a su esposa:

—Si quieres que alimente tu reprobable deseo de novedades y de horrores, que suelen ser la misma cosa, te contaré, mi amiga, que hace dos meses aquí mismo en Buenos Aires se juzgó a una hetaira negra y enferma del mal francés por atreverse a tener un hijo. Para curarla de su enfermedad, su profesión y su maternidad, todo a la vez, se le condenó al azote público.

—Con lo cual, seguramente, dejó de ser puta y venérea —dijo Ofelia Salamanca con una fría sencillez, terminando su ajuar, más cerca esta segunda vez de la mirada de Baltasar Bustos, quien se empeñó, de todas maneras, en llevarse la visión beatífica de la primera ocasión. Al verlos juntos, se dio cuenta de que ella también era color de porcelana como su marido.

Ofelia Salamanca vestía los trajes de la época napoleónica, sólo que se cubría celosamente los senos, en contra de la moda, y mostraba en cambio las piernas y el nacimiento de los glúteos. No fue esto lo que más excitó en esta segunda visión a Baltasar Bustos, sino un signo doble de su arreglo. El primero era el corte de pelo llamado "a la guillotina", o sea rapado hasta el occipucio como para permitir el corte rápido de la cuchilla revolucionaria. El otro era el moño de satín delgado y rojo amarrado alrededor del cuello, semejante a un hilo de sangre lujosa, como si la guillotina ya hubiese cumplido su empeño.

Algo le dijo en voz baja Ofelia Salamanca a su marido; éste rió, contestándole:

—Paciencia, querida, haremos el amor cuando sofoquemos la revolución.

—Acaba pues de juzgar a tus virreyes pronto para que regresemos cuanto antes a Chile.

—Es muy difícil juzgarlos cuando el país entero los quiere matar. Aquí no hay un clima de justicia.

—Entonces comete una injusticia más, que no será la primera de tu carrera. Y vámonos.

—Estamos cómodos aquí y tú estás recién parida. ¿Quieres viajar con el crío de dos meses?

—Podemos llevarnos a la nana.

—Es negra.

—Pero tiene leche. Es como viajar con una vaca. Además, este lugar me espanta. Odio vivir en el mismo lugar en que tú trabajas. Sentencias a prisión y muerte a demasiada gente.

—Cumplo con mi deber.

—Y a mí no me gustan los hombres débiles. No, sólo me quejo de dos cosas, Leocadio. Cargas demasiados fantasmas contigo. Y en Santiago, por lo menos, la Audiencia y la residencia no están bajo el mismo techo.

—Trataré de compensarte con un regalo, querida.

—Cualquier cosa menos flores. Las odio. Y piensa lo que gustes de mí.

—¿Qué quieres que haga? —dijo entonces su marido con impaciencia—. Me trajeron desde Chile para ser imparcial y estar limpio de influencias locales.

—Por Dios, me conozco de sobra tu refrán. Para los amigos, la justicia. Para los enemigos, la ley. Tienes razón. Hay una diferencia. Y yo me aburro.

—¿Qué te doy, pues, si no quieres flores?

—Ponle veinticinco velas encendidas alrededor de su cuna a mi hijo, una por cada año de su madre. A ver si así espantamos a los espantos.

—¿Mientras vivas?

Ella dijo que sí. —Qué lejos piensas. Mientras más vieja me haga, más miedo tendré.

—Pobre niño. ¿Y cuando te mueras?

—Las velas se apagarán de un solo golpe, Leocadio, y mi hijo será un hombre. Míralo.

Baltasar grabó en el alma estas conversaciones. Pero en esta tercera visita, la definitiva, los padres del niño no estaban allí, aunque las veinticinco velas rodeaban la cuna. Suplían a la nana negra, que le había entregado a Baltasar el niño negro en el patio.

Bustos, cegatón y jadeante, empujó los batientes y entró a la recámara. Obró con rapidez, colocó al niño negro en la cuna al lado del niño blanco. Los contempló juntos por unos segundos. Gracias a él, los dos eran hermanos fraternales en la fortuna. Pero sólo por un instante. Tomó al niño blanco y lo envolvió en los trapos del niño pobre. A éste, lo cobijó en los ropones de la alcurnia. Con el hijo de los marqueses en brazos salió de nuevo al balcón, ciego, tropezando, en el momento en que el niño —¿cuál de los dos?— comenzó a chillar. Pero los llantos fueron sofocados por el doblar de las campanas y el trueno de los cañones esta medianoche entre el 24 y el 25 de mayo de 1810.

Cuando los pies de Baltasar tocaron tierra, se cimbró la melena de bucles color miel que eran, junto con los ojos apasionadamente dulces y la nariz romana, los mejores rasgos de mi joven compañero. Dominaba, sin embargo, la impresión de peso y miopía. ¿Cómo lo iba a amar esa mujer espléndida? Pues él la adoraba ya, a pesar de lo que hacía u, oscuramente, por lo que hacía: arrebatarle al hijo, el rival más temible, pero entregándose a la pasión que lo reclamaba, sin buscar explicaciones, convencido de que la pasión que no se atrapa por la cola y se sigue hasta el cabo, jamás volverá a mostrarnos su rostro y, en cambio, nos dejará un vacío eterno en el alma...

Las ramas lo arañaron. Los ropones del niño estaban cubiertos de polvo y hojas muertas. Las manos negras se aparecieron de nuevo, esta vez convulsas, por la puerta de servicio y Baltasar Bustos las siguió, les hizo entrega de su carga y dijo simplemente:

—Aquí está el otro niño. Denle su destino.

3

Él mismo tomó de regreso el camino de su invasión secreta, justiciera y, para algunos, criminal. Tampoco esta vez quiso salir por la puerta de servicio, pues ahora temió saber adónde se llevarían las negras al hijo de Ofelia Salamanca. También esta vez quiso hacerse la vida difícil, como le dijo la nana negra. Se introdujo de vuelta en la biblioteca y allí se durmió, sin enterarse de que toda la noche el debate en el cabildo había enfrentado a la clase superior de mercaderes criollos y administradores españoles contra los abogados, los doctores, los militares y los filósofos como él, y aunque él no había sido designado para representar la voluntad general en la asamblea, había hecho algo mejor: llevó a la práctica las ideas revolucionarias; hizo realmente lo que tanto había proclamado (y, a veces, declamado) desde las mesas del Café de Malcos, que era el centro de nuestras reuniones y de las más agitadas discusiones políticas y filosóficas en el Buenos Aires de principios del siglo XIX.

Era allí donde los tres amigos —Baltasar Bustos, hijo de estancieros de la pampa; Xavier Dorrego, hijo de comerciantes porteños; y yo, Manuel Varela, que de mi padre heredé la profesión y el gusto por la imprenta, ejerciéndola en el Hospital de Expósitos— saboreábamos las ideas entre bollos y chocolate humeante. Nos sabíamos, los tres, ciudadanos de una ciudad cuyas fortunas portuarias se fundaban, casi todas, en el contrabando de negros, de cueros, de hierro; los primeros, se decía, "se pierden" en el camino y reaparecen en las dársenas, los zaguanes, los molinos, los mercados; el hierro se exporta de Francia porque aquí no hay industria, ni hay minas como en México y Perú: aquí sólo hay fraude; y lo que sí abunda es el cuero, la lana, la cecina y el sebo, pero según cuotas dictadas en Madrid, de manera que hasta lo exportable es contrabandeable en Buenos Aires. Pero de las fortunas no se habla, hay que quejarse y hacerse pasar por los pobretones de América, para no revelar el origen fraudulento de la riqueza. Y la falta de educación casi nos permite dar gato por liebre, pues la Corona prohíbe que haya universidad en un puerto de canjes continuos, donde las ideas circulan rápidamente. Los tres amigos somos por ello autodidactas, pero participamos de un mismo idilio político, que se llama felicidad, o progreso, o soberanía popular, o leyes acordes con la naturaleza humana.

Discutimos mucho, al calor de los acontecimientos y la toma de posiciones. Alrededor de nosotros, en las mesas de mármol del café, se habla sobre todo de las opciones políticas a partir de la invasión napoleónica de España. Los partidos se dividen. Unos defienden la fidelidad a la monarquía española; otros dicen que ya no hay tal cosa; éstos hablan de la independencia de hecho pero disfrazada con la "máscara fernandina", la lealtad formal a Fernando VII, secuestrado por Bonaparte; aquéllos apoyan las pretensiones de la Carlota, la infanta española hermana de Fernando VII e hija de Carlos IV, refugiada en Brasil con su marido Juan VI de Portugal y capaz de gobernarnos mientras dura el cautiverio bonapartista de su hermano...

Bustos, Varela, Dorrego —los tres amigos estamos por encima de estas sutilezas políticas y contubernios dinásticos; nosotros hablamos de las ideas que perduran en la *stoa*, no de la lid pasajera de la *polis*—. Dorrego es voltaireano, cree en la razón, pero sólo se la concede a una minoría iluminada capaz de conducir a la masa hacia la felicidad; Bustos es rousseauniano, cree en la pasión que nos lleva a recuperar la verdad natural y a reunir, como en un haz, las leyes de la naturaleza y las de la revolución. Son dos caras del siglo XVIII. Hay una más, la mía, la de Manuel Varela el impresor, que es la máscara sonriente de Diderot, la convicción de que todo cambia constantemente y nos ofrece, en cada momento de la existencia, un repertorio de donde escoger. Las partes de libertad de esa posibilidad de elegir, son iguales a las partes de la necesidad. Es necesario un compromiso. Sonrío un poco, con cariño, escuchando a mis más dogmáticos y apasionados amigos. Seré un narrador de estos sucesos. Baltasar me necesitará; hay en él una cándida ternura, una pasión vulnerable que requiere la mano de un amigo. Dorrego, en cambio, es tan insistente y cerrado como su maestro Voltaire y nada le provoca más desprecio que las noticias de que en México y en Chile hay párrocos que comparten nuestras ideas, promueven seminarios, publican diarios revolucionarios. Su lema anticlerical es el de Voltaire: *"Ecrasez l'infame!"*

Es decir, que el Café de Malcos era nuestra universidad y en él circulaban, ahora ya por encima y no debajo de los manteles, *La nueva Eloísa* y *El contrato social, El espíritu de las leyes* y el *Cándido*. Allí, todos estos textos eran leídos y discutidos, precisamente, por los jóvenes que ahora se enfrentaban a la administración española y a los conservadores argentinos.

—¡En el cabildo se ha hablado de la voluntad general de los pueblos!

—¡Hubieran visto la cara de los españoles!

—Uno incluso dijo: ¡en un cabildo español no se dicen esas majaderías! Baltasar Bustos alegaba en contra de sus amigos que las ideas generales de Voltaire, Rousseau y Montesquieu estaban muy bien, pero que a cada uno le correspondía llevarlas a la práctica en su vida personal y ciudadana. No basta, exclamaba, con denunciar la injusticia general de las relaciones sociales, ni siquiera cambiar de gobierno, si no se cambian las relaciones personales. Empecemos por revolucionar nuestra conducta, alegaba Bustos; pero al mismo tiempo debemos cambiar de gobierno, alegábamos sus amigos, Dorrego y Varela.

—¿Por qué hay leyes que valen sólo para un país y no para todos?

—Tienes razón. Hay que cambiarlas. La ley humana es universal.

—Eso debe hacer la Argentina. Debemos universalizar las leyes de la civilización. Debemos asumir los riesgos del género humano.

Nos reíamos un poco de él, cariñosamente. Era sabido que Baltasar Bustos se había leído completos todos los libros de la Ilustración; lo llamaban el Quijote de las Luces pero no sabíamos qué temer más: si su indigestión elocuente de filosofías, o su temeraria decisión, comparable a la de don Quijote, de comprobar en la realidad la validez de sus lecturas.

—No se te ocurra, Baltasar…

—Baltasar, actúa políticamente, con nosotros...

—Con ustedes nunca me voy a enterar si la ley realmente puede extenderse a todas las clases y no a una sola. Somos hijos de estancieros, mercaderes o funcionarios del virreinato. Corremos el riesgo de confundir nuestra libertad con la de todos, sin asegurarnos de que así sea realmente.

—¡Hay que cambiar de gobierno!

—¡El nuevo gobierno cambiará las leyes!

—¡Nosotros nos encargaremos de que tus ideas se vuelvan realidad!

—No hay revolución que no empiece en las conciencias. Todo lo demás sigue de allí.

—¿Qué propones, Baltasar, pues?

Mientras él actuaba esa noche en los dormitorios de la aristocracia, sus amigos, Dorrego y Varela, también proclamaron una junta encabezada por Cornelio Saavedra, héroe del rechazo a la invasión británica de 1807, jefe militar nato, pero hombre conservador que en realidad, según Bustos, quería libertad para los criollos pero no para los negros, los pobres, los desiguales. En cambio, la otra cabeza de la junta era el héroe personal de Bustos, Juan José Castelli, que, él sí, era hombre de ideas pero activista también, exigente procurador de la coincidencia entre la ley y la práctica. No eran, biológicamente, jóvenes ya, pues Saavedra tenía medio siglo de edad, y Castelli cuarenta y seis años. El joven de la revolución era Mariano Moreno, adorado por todos, inquebrantable, radical, el hombre que a los 30 años le había dado su exigencia económica más amplia a la auroral revolución argentina: la libertad de comercio para el Río de la Plata era la condición para el bienestar del pueblo del Río de la Plata. El joven, ardiente, frágil Mariano Moreno provocaba el amor generalizado; habíamos oído decir a hombres fuertes y serios: "Estoy enamorado de Mariano Moreno." Su retrato aparecía por doquier, aunque siempre retocado para no ver las marcas de la viruela en el rostro; pero Bustos compartía las dudas de su padre, estanciero de la pampa, cuando temía que los intereses comerciales del puerto de Buenos Aires, defendidos por Moreno en nombre del bienestar de la nación, sacrificasen el bienestar del interior.

—¿Quién va a comprar lo que se produce en La Rioja si se obtiene más barato importándolo de Londres? Hasta un poncho, hijo, hasta un par de botas, lo hacen más barato los ingleses —(¡ay, los ingleses hasta en la sopa!) le decía a Baltasar su padre, José Antonio.

Baltasar Bustos agitaba su melena de bucles color de miel y hacía tabla rasa de los argumentos económicos o políticos: la igualdad y la justicia eran el problema de la revolución, alegaba en las noches del Café de Malcos, no el precio de los ponchos y la competencia comercial entre España e Inglaterra: ¿por qué no hay leyes que valgan para todas las naciones y todas las clases? ¿Por qué hay leyes que le quitan al que trabaja y le dan al que no hace nada?

—¡Éste —los anteojos se le llenaban de vapor— es el problema de la revolución!

Pero ahora la junta revolucionaria presidida por Saavedra junto con Castelli, Moreno y Belgrano, tomaba todo el poder para los militares y los profesionistas patriotas; los funcionarios españoles eran destituidos, el virrey y los jueces de la Audiencia expulsados —¿dónde, si no?— a las Canarias... La historia se movía con velocidad incomparable, pero Baltasar Bustos dormía descansando la cabeza sobre un pupitre de lectura, en la biblioteca de la Audiencia, ajeno al tumulto decisivo de las calles, satisfecho de haber cumplido con su deber.

Lo que soñaba ya era realidad. Un niño negro, condenado a la violencia, al hambre y la discriminación, dormía desde hoy en la púrpura de la nobleza, mientras que otro niño, blanco, destinado al ocio y la elegancia, perdía de un golpe todos sus privilegios y se criaba, desde ese instante, entre la violencia, el hambre y la discriminación de eso que los criollos llamaban "la raza maldita".

"La igualdad vale para todas las clases —nos declaró el joven héroe de las ideas a sus amigos en el Café de Malcos—. Sin ella, no hay libertad: ni para el comercio, ni para el individuo." Baltasar Bustos, con sus brazos como almohada, trató de conciliar el sueño de la razón rodeado de los volúmenes permitidos, aprobados por el *nihil obstat,* que despedían un peculiar aroma de incienso y se integraban en su *cauchemar.* La pesadilla de la sinrazón sonaba como las campanas y los cañonazos del amanecer el 25 de mayo en Buenos Aires; y si el pequeño héroe de la igualdad podía justificar, en nombre de la justicia, lo que había hecho, la pasión, el alma, la otra cara de su convicción ilustrada, le decía: "Baltasar Bustos, has herido mortalmente a la mujer que crees amar. Has cometido una injusticia hacia la naturaleza más íntima de esa mujer. Ofelia Salamanca es madre, y tú, un vil secuestrador."

Despertó sobresaltado porque su pesadilla coincidió con el raudal súbito de la luz de mayo entrando por las altas celosías del edificio. Despertó, también, preguntándose por qué motivo, en su sueño, empleaba la palabra francesa *cauchemar* en vez del castizo vocablo pesadilla. ¿Sólo porque sonaba mejor en francés, y era una fea palabra la española? El resplandor a sus espaldas le impidió contestar. Miró como moscas las letras del tomo sobre el cual se durmió: San Crisóstomo condenaba desde el fondo de los siglos el amor que no se consumaba, porque exaltaba pecaminosamente el deseo.

4

Creyó haber dormido largamente —el tiempo de una pesadilla— pero no fueron ni diez minutos. Tal era su cansancio. No en balde había realizado la acción más audaz de su vida, sin calcular realmente el alcance de sus actos; sin prever, sobre todo, que la visión de Ofelia Salamanca le iba a cautivar con la exigencia de una oportunidad impostergable. Soñó con ella —era la parte dulce del sueño— como Tántalo con los frutos y el agua que se le escapan continuamente de las manos. Tantalizante hembra: la deseó, deseó no poseerla para seguirla deseando, deseó no haber hecho lo que hizo, deseó —todo esto soñando— no tener nunca que presentarse ante ella diciendo: "Aquí está su hijo, señora. Le pido que me ame usted a pesar de lo que he hecho."

No tuvo tiempo porque miró, razonablemente, su reloj, tan parecido a él mismo (ciego cristal, cuerpo redondo, brillos dorados) y se dio cuenta de que no eran sino las doce y media de la noche. El resplandor a sus espaldas era, sin embargo, diurno. Pero el calor no era el de mayo, sino el de febrero. Y los volúmenes comenzaban a crepitar sospechosamente. Las hojas de los libros sagrados revertían, amenazadas, a su condición de hojas, *tout court*, muertas. El rechinar de los lomos y los estantes eran sólo anuncio, pero también consecuencia, de las hojas que ardían afuera: Baltasar Bustos corrió, abrió la puerta de la biblioteca, salió al pasillo que conducía al patio, vio reflejado el fuego de sus bucles en el fuego del patio. Ardía la hiedra, ardían las gasas, ardía la recámara. Gritaba la servidumbre reunida en el patio. Baltasar Bustos buscó instintiva, cruelmente, a la nodriza negra entre los criados. Allí estaba, por un instante, arrullando a un crío arropado, invisible, en brazos. Pero ya no estaba al siguiente minuto. Baltasar Bustos no supo si seguirla o permanecer, como lo hizo, fascinado por el espectáculo del fuego vomitado desde el balcón de la presidencia.

Arden veinticinco velas, una por cada año de la madre. Arden los inflamables drapeados. Arde la cuna. El niño es consumido por las llamas. Desfigurado, carbonizado, el niño negro aparece, tan sólo, como un niño muerto por el fuego, y hasta los niños blancos se vuelven negros cuando mueren quemados.

(Ardieron también las palabras prohibitivas del santo Crisóstomo.)

5

—Lo único que va a ocurrir aquí —sostuvo con autoridad y displicencia el señor Marqués de Cabra, presidente de la Audiencia Especial instalada para juzgar a los virreyes Sobremonte y Liniers, visitador en misión del rey para el Río de la Plata— es que en vez de la lejana autoridad de Madrid, la Argentina va a sufrir la cercana tiranía del puerto de Buenos Aires. Todos ustedes —se dirigía, después de cenar, a la más preclara audiencia de mercaderes criollos y españoles del puerto— van a tener que decidirse entre abrir las puertas al comercio o cerrarlas. Igual decisión tuvo que tomar la Corona para sus colonias. Si las cierran, protegerán a todos esos vinicultores, azucareros y textileros de las provincias remotas, pero ustedes se arruinarán aquí en Buenos Aires; si las abren, ustedes se harán más ricos pero el interior sufrirá, pues no podrá competir con el comercio inglés. El interior querrá separarse de Buenos Aires, pero como ustedes necesitan poder económico a la vez que poder político, habrá guerra civil. Y entonces, gobernarán los militares.

—Pero los militares son todos revolucionarios, aliados de todos esos abogadillos, doctorcitos y plumíferos salidos de quién sabe dónde —dijo con indignación don Adolfo Mugica, comerciante en cereales.

—Porque los militares ganaron prestigio derrotando la invasión inglesa de 1806 y lo seguirán ganando luchando ahora contra España. Sus aliados son los profesionistas porteños, gente sin importancia, oficinistas, impresores, curas pobres, qué sé yo —dijo don Ricardo Mallea, famoso por sus dotaciones a conventos que le servían ocultando sus mercancías ilegítimas.

—Dejen que todos ellos derroten a España y entonces tendrán que decidirse entre derrotar a Buenos Aires, que son ustedes, o derrotar al interior, que son todos esos productores que van a exigir protección y poder contra el comercio portuario de Buenos Aires —dijo, concluyente, el presidente y visitador, cuya autoridad era manifiesta en el hecho de que los propios virreyes lo trataban con deferencia, pues mañana el oidor juzgaría al mismísimo virrey. Pero esta noche de mayo, no había virrey en Buenos Aires, y en cambio, sí había oidor. No se necesitaba más prueba de quién era quién.

—¿Qué aconseja Su Señoría?

—Entre el productor del interior y el comerciante porteño, procuren ustedes crear una nueva clase de estancieros.

—¿Qué dice usted? Los terratenientes son nuestros enemigos, son casi gauchos ignorantes, gente bárbara —exclamó con un *frisson* el señor Mugica.

—Yo les aconsejo a ustedes que repartan las tierras públicas —continuó con elegancia y seguridad Leocadio Cabra—, aumenten la ganadería y el cultivo de cereales. Entonces la exportación los hará ricos a ustedes, y el interior tendrá que someterse, aunque quiera separarse. Los problemas de Tucumán o La Rioja se aplazarán, pero habrá bastante para que coman y se conformen. Mientras esta tierra pródiga rinda, señores, todos se tendrán tranquilos... A este país hay que castrarlo con la abundancia —dijo Cabra con una mueca súbita, agria y, por innecesaria, corregida en el acto.

—Es usted un sabio, señor marqués. Ojalá nos gobernara usted, y no esa turba que se escucha allá afuera...

—Pícaros...

—Alucinados...

Esta reunión proclamaba que entre el virrey desaparecido y la asamblea revolucionaria, la monarquía española y sus súbditos más fieles se mantenían firmes y orgullosamente aislados de la confusión ambiente. Pero ésta no tardó en entrar al salón, donde, antes que el comercio, las costumbres inglesas se instalaban en el Río de la Plata. Las señoras, después de la cena, se ausentaron y los hombres fumaron puros, bebieron clarete y hablaron de política. Pero aún no se apagaban los tabacos cuando las reglas fueron violadas, las mujeres entraron como gaviotas, luciendo las modas del imperio detestado, disfrazando por pudor las audacias normales en París y agitadas por un asombro al borde del dolor pero plenamente asociado con el escándalo, en medio de los cañonazos y las campanadas de la larga noche de la independencia:

—¡Se incendia, se incendia...!

—¿Dónde está mi esposa? —se incorporó, tieso y frágil, el marqués de porcelana.

—Se desvaneció, señor marqués...

—La Audiencia, la Audiencia se ha incendiado...

—Diga usted mejor, señora: las turbas le han puesto fuego.

—Perturbadores...

—Alucinados...

—¿Qué murmura usted, señor presidente?

—Veinticinco velas —rió, sembrando toda clase de escándalos, el Marqués de Cabra—, una por cada año...

6

Baltasar tuvo que acudir a nosotros para buscar a la nodriza negra en el tumulto de la noche de mayo, inquirir entre la servidumbre azorada o lagrimosa del palacio en llamas, correr hacia los barrios menos respetables del puerto, amenazar, invocar funciones y misiones inexistentes, pasar como bárbaros por los prostíbulos donde se bailaba el fandango con mujeres de raza incierta, entre la multitud obrera de hijos del amor libre, criados con animales y como animales, sin casa ni escuela. Era la ciudad más triste del mundo, esa noche en que todo era fiesta, para Baltasar Bustos.

Pues no hubo choza hundida a orillas de los juncos o burdel sacudido por la zambra donde una nodriza arrullase a una hermana vencida y enferma que a su vez arrullase a un niño rubio. Agotaron los zaguanes, las esquinas, las casitas del bajo río.

El café estaba cerrado a esas horas y en ese día excepcional; la ciudad, triste; y sólo en la imprenta del Hospital de Expósitos pudimos descansar, beber un chocolate sin espuma y continuar haciendo lo que nos unía: hablar.

El racionalista de Dorrego le preguntó a Baltasar por qué motivo la nana negra no cambió ella misma a los niños en la cuna, si tenía acceso directo a ellos, cuando nuestro amigo, consumado el acto, nos lo comunicó a sus dos íntimos compañeros, haciéndonos, no cómplices, pues no era ésta la intención de Baltasar, sino confidentes de todos sus actos.

Porque el niño negro era sobrino de la nana, nos explicó nuestro amigo, hijo de una prostituta azotada que se atrevió a tener un hijo, y temió que a última hora le temblara la mano y la venciera la emoción. Yo dije que, más bien, creía que cuando Baltasar conoció la noticia de los azotes, decidió hacer justicia por mano propia. Pero mi amigo contestó que no era así, sino que él quería que si las cosas salían mal, no fuese castigada la nana negra, añadiendo otra injusticia a la injusticia. Dijo que él quería ser el único responsable.

—Ya no lo eres, puesto que nos haces participar de tu acto —dijo Dorrego, provocando a nuestro amigo.

Yo intervine para apaciguarlos. Baltasar creía que la razón filosófica de sus actos exigía que él mismo los ejecutase. Miré severamente a Dorrego. Añadí con seriedad que la responsabilidad de un hombre libre excluye la complicidad con quienes niegan la libertad...

Dorrego sonrió. —¿Por qué temes que las cosas salgan mal, Baltasar? Entérate: salieron mal. Tu niño negro está muerto, hecho un carbón. Y tu niño blanco, aunque viva en la miseria, está bien vivo...

Baltasar ya no contestó. Sabía que a Dorrego le gustaba tener la última palabra y a nosotros no nos importaba, pues no significaba que tuviese la razón. Pero Baltasar y yo nos comprendimos mejor que nunca en silencio. Éramos muy jóvenes, pero la vida iba a ser una cadena sin fin de decisiones morales, una detrás de la otra...

—Un niño está muerto y el otro vivo. Viva la justicia —exclamó Dorrego, añadiendo rápidamente—: El chocolate está frío.

—Voy a regresar a casa —dijo simplemente Baltasar Bustos.

II. LA PAMPA

1

—SI ME ENCUENTRAS muerto con una vela en la mano, quiere decir que acabé por darte la razón. Si me encuentras con las manos cruzadas sobre el pecho y enredadas en un escapulario, significa que me aferré a mis ideas y me morí condenando las tuyas. Trata de convencerme.

Estas palabras bastaban, en la mente de su hijo, para caracterizar a su padre José Antonio Bustos. Lo recordaba siempre de pie, rodeado de corrales, establos, cocheras, almacenes, talleres, tahonas y gauchos, diciéndole adiós. O, solitario en una penumbra que era ya un remedo de la muerte, sentado sobre una silla de cueros, cuatro palos y la calavera de una vaca, dándole la bienvenida.

¿Esta vez también le diría: "Qué tal hijo, ésta es tu casa, bienvenido siempre, Baltasar"?

¿O le diría, en cambio: "Adiós, Baltasar, ya me fui, ya no estoy aquí, recuérdame, hijo"?

Mediaban veinticuatro leguas entre Buenos Aires y la frontera de la pampa, en Areco, y veinte más a Pergamino, donde él se bajaría de la galera. Las noticias llegaban tarde; los viajeros también. De Pergamino a la propiedad de su padre, más allá del Venado Tuerto, le hacía falta aún un buen trecho en mula. Pero ahora Baltasar Bustos miraba el paso de las carretas cargadas de mantas, plumas de avestruz, sal, riendas y tejidos en el camino de huellas profundas que lo llevaban de regreso a su padre.

¿Lo encontraría vivo, o muerto? Ambos presentimientos ocupaban poco a poco su cabeza y su corazón, a medida que se acercaba al hogar paterno. El mundo parecía cerrarse, abrupto y ensombrecido, misterioso y abismal, alrededor de él, sugiriendo estas alternativas —vida, muerte— que un correo lento o inexistente, en el que las voces eran a menudo más veloces que el papel, no le traía con frecuencia...

Adormecido por el vaivén de la galera, Baltasar Bustos trató de darle sentido a la ciudad que dejaba y sólo encontró una contradicción aparente: Buenos Aires había nacido dos veces, fundada primero por Pedro de Mendoza con toda su riqueza malhabida del saqueo de Roma, sus mil quinientos soldados ávidos de oro, sus mujeres añadidas a la tropa, algunas disfrazadas de hombre, todas hábiles para atizar fuegos y mantener vigías, pero al cabo todos, hombres y mujeres, derrotados por los ataques indios, noche tras noche, contra las empalizadas; por la ausencia de oro y la abundancia de hambre: se comieron las botas que traían puestas; dicen que se comieron los cadáveres de los muertos. Y al cabo el conquistador sin conquistas, Mendoza, murió afiebrado y lo arrojaron al Río de la Plata, y la única plata que jamás se vio allí fue la de los anillos en las manos del conquistador al hundirse. El Dorado no estaba aquí. La ciudad fue abandonada, incendiada, arrasada. Y cuarenta años más tarde, la fundó por segunda vez Juan de Garay, y la fundó en serio, a la castellana, como un tablero de ajedrez, trazada a escuadra, de frente al Atlántico y con un río color de fango por donde se desangraban las vetas exhaustas de Potosí. El Dorado no estaba aquí. Estaba una ciudad soñada para el oro y ganada para el comercio. Una ciudad sitiada entre el silencio del vasto océano y el silencio de este mar interior, igualmente vasto, por donde Baltasar Bustos corría al tranco, arrullado por el paso largo y firme de los caballos, soñando, soñándose en medio de este retrato del horizonte que era la pampa, con la impresión de no avanzar. El horizonte estaba siempre presente. Era eterno. También era inalcanzable.

Y él estaba en medio de la pampa, con sus maletas en

la mano, rodeado súbitamente por una yeguada matrera de decenas de miles de caballos, poblando la llanura como una muchedumbre que llenase la tierra entera, los descendientes naturales de los caballos abandonados por los primeros conquistadores derrotados, criándose al azar, como los negros del puerto, creciendo y multiplicándose salvajemente, baguales, alzados, montaraces, y él, capturado en medio de la cimarronada, incapaz de moverse, oliendo el sudor lustroso, la espuma pungente de los belfos, los orines ácidos de 30, 40.000 caballos sin dueño llenando la faz de la tierra, impidiéndole moverse una pulgada, obligándole a abandonar las maletas cargadas con los tomos de Rousseau, implorando el auxilio de su santo patrón el Ciudadano de Ginebra: "Me encuentro en la tierra como sobre un planeta extraño..."

Despertó sobresaltado, pero los caballos galopaban a media rienda, sin agitarse. Más agitados estaban los viajeros que huían de Buenos Aires. Eran comerciantes peninsulares que iban a rescatar lo que podían en Córdoba, Rosario y Santa Fe, o a pertrecharse en esos bastiones para defenderse contra la ola revolucionaria que se veía venir y que era impulsada por las tormentas oratorias de Moreno, Castelli y Belgrano. Los ricos españoles no se imaginaban una revolución del interior tradicionalista; todos los males llegaban por el mar y a Buenos Aires; eran las ideas. Pero todos los bienes también entraban por allí; eran el comercio. Esta contradicción traía locos a los mercaderes conservadores, tanto como la que agitaba el alma de Baltasar, que dejaba la ciudad, los amigos, las jornadas revolucionarias, para volver a encontrarse con la naturaleza y en ella, "las horas de solitud y meditación" en las que podía ser probablemente él mismo, sin obstáculos; ser verdaderamente lo que la naturaleza quiso que él fuese...

Pero aunque corrían por la pampa sin árboles, hasta cuando el solitario ombú aparecía lo más que los pasajeros imaginaban (y a veces decían) era:

—¡De sus ramas acabaremos colgados todos!

Baltasar, en cambio, sentía una libertad inmensa en la llanura igualmente vasta. Su alma y la naturaleza parecían un remedo armonioso la una de la otra, se atraían como dos amantes, y esta sensación era la que Baltasar, emergiendo del mal sueño de la caballada cimarrona, buscaba y apreciaba con mayor intensidad. Lamentaba la presencia en el coche de los españoles quejosos y parlanchines que le impedían consumar sus bodas con el paisaje. Dejaba que el estruendo de las ruedas sobre pedruscos y hondonadas del camino a Córdoba lo ensordeciera a fin de que la anhelada comunión ocurriese, a pesar de todos los obstáculos, en el silencio intocable del alma...

¿Qué dirían estos hombres desconocidos que viajaban con él si les dijera lo que pensaba?

Pero en vez de increparlos con un sonoro "¡señores maturrangos!", Baltasar se dolió de sí mismo. Hubiese querido, identificado con ese rostro del infinito que es la gran llanura argentina, alcanzar de un golpe su ideal: la identificación del alma de Baltasar Bustos con la presencia inmortal de la naturaleza. El lector de Rousseau sabía que el alma, sola, reunida consigo misma, habiéndose desprendido de su bagaje de cosas inútiles, puede al fin gozar del universo y hacer suya la belleza que entra al espíritu por el conducto de los cinco sentidos: ver, tocar, oler, gustar, oír...

Ahora, en el camino a la pobre estancia de su padre, a lomo de mula, solitario, tuvo al cabo la oportunidad de imaginar lo que la presencia ruidosa de los despreciados maturrangos le había impedido en el trayecto desde Buenos Aires. Sin embargo, la alharaca ajena, el sueño de la yeguada matrera, le habían permitido, después de todo, una comunión más cierta, por impedida, que esta soledad a lomo de mula en la que la pampa, sus riachuelos, sus árboles de durazno, sus leguas y más leguas de carcañal, habitadas sólo por avestruces enloquecidas, se le presentaban como otros tantos accidentes sombríos y contrastados.

La pampa dejaba de ser el espejo de Dios en la tierra. Ahora, en vez de la comunión tan deseada, todo lo que veía en el horizonte eran problemas, contradicciones, opciones indeseadas, haciéndose todas ellas presentes en su ánimo, sin embargo, tan receptivo.

Salió de Buenos Aires con escaso equipaje. Una maleta de mimbre, un paraguas y tres o cuatro libros preferidos: *La nueva Eloísa, El contrato, Las confesiones, El paseante solitario*... Entre el equipaje no venía el niño secuestrado. La nana desapareció. Su hermana, la madre azotada del niño negro, también. Las buscó en compañía de los amigos, pero todo fue inútil. Las dos mujeres cumplieron lo que le prometieron a Baltasar Bustos: el hijo de los presidentes de la Real Audiencia, los marqueses de Cabra, viviría de ahora en adelante el destino del hijo de una prostituta negra, enferma y azotada públicamente. La justicia, para Baltasar, se cumpliría de esa manera. ¿Con sufrimiento de la madre del niño blanco? Las cañadas del camino se ensombrecieron aún más cuando trató de justificar (en su ánimo propio, no para ganar justas sofistas con sus contrincantes: solo sobre una mula, con un paraguas, una maleta de mimbre y los libros del Ciudadano de Ginebra) (sin más interlocutor que la naturaleza con la cual deseaba identificarse libre y gozosamente) su acción: la justicia no procura la felicidad de todos. El castigado sufre para que el premiado goce. Ésa era la norma. Pero era una norma penal, digna del célebre Beccaria italiano, pero no del libérrimo ginebrino Rousseau. Y era menos cierta en su concreción en cuanto que la sufriente, en este caso, era una mujer hacia la cual Baltasar Bustos —solitario, sobre una mula y con veinticuatro años de edad— sentía una pasión cada día más indomable.

¿No merecía esa mujer, Ofelia Salamanca, una entrega y una devoción más inmediatas que las reclamadas por las ideas de Baltasar Bustos (y de Juan Jacobo Rousseau) sobre la Naturaleza y la Justicia? La sombra de la cañada entró a su alma cuando se respondió a sí mismo que así era, nunca hallaría ni naturaleza ni justicia si no era a través de una persona real, y más si era una persona amada, y más si era, como lo era cada minuto más en su recuerdo y en su deseo, Ofelia Salamanca. No pudo imaginarse, sin embargo, arrebatándole el niño a la nana y a su hermana para regresárselo a la Marquesa de Cabra; sobre todo si el niño de ellas, el negro, estaba muerto ya. No había nada que darles a ellas a cambio de la súplica: "Todo fue un error. Las cosas van a ser como fueron antes. Perdón."

No las encontró. Pero ellas le hubiesen escupido a la cara estas palabras: "Nada puede ser nunca como fue. Cada día, todo cambia. Los esclavos somos más esclavos que ayer, más pobres, más humillados. Los amos son cada vez más arrogantes, crueles e insensibles. Merecen este dolor que les has dado. El niño se queda con nosotras. No importa que el otro haya muerto. Bendito sea su destino: ya está en el cielo. Ahora este hijo de puta cara va a vivir la vida de un hijo de puta barata."

¿Qué les iba a contestar el pobrecito de Baltasar? "Pero es que yo ya me enamoré de Ofelia Salamanca."

Escuchó las risas de las negras, saliendo misteriosamente entre dos graznidos del pájaro chajá. Escuchó las risas de sus amigos, Dorrego y yo, Varela, escapándose entre el tejido de la maleta de viaje. Hasta la mula se detuvo y bramó, riéndose de él con sus dientazos blancos como los choclos por cuyos campos, decía el dicho gaucho, andaba metido el Diablo.

2

Esta vez José Antonio Bustos lo esperaba de pie a la entrada misma de la estancia. Baltasar sintió gratitud y alivio. Qué le importaba, al fin, que su padre lo esperara muerto, con vela o sin ella, con rosario o sin él. Lo despidió sentado en ese trono de la muerte que la gente gaucha prefiere para conversar, tomar mate y prevenir el dolor. Y ahora lo esperaba así, de pie, rodeado de talleres, almacenes, caballos, gauchos, gallinas... Con tal de que no se fuera nunca de allí.

"¿Cómo sabías que iba a llegar?", hubiera querido decirle el viajero a su padre.

La mirada de José Antonio Bustos, sombría y ojerosa desde una piel que fue rosada pero que el sol pampero y las labores del campo habían curtido, le vedó la pregunta. Era una redundancia. José Antonio Bustos *sabía.* Su hijo se sintió ridículo sentado en la mula, desentonando con la gallardía erecta del padre. El joven era objeto de la mirada socarrona de los gauchos duros, flacos, con cara de hambre, que lo miraban llegar.

Se apeó y condujo a la mula hasta el portón que dividía el camino y el exterior del mundo interno, la propiedad de José Antonio Bustos y sus hijos. Era una casa concebida como un fortín, con zanjón para amortiguar el ataque de indios y un mirador en el centro de la construcción. Sólo el mirador estaba en lo alto y vigilaba al mundo vasto, indiferente y peligroso. La galería era el centro cálido y fresco, a la vez, de la austera estancia. Allí se pasaban las largas tardes de la niñez (cuando la hubo) pero ahora José Antonio prefería pasearse atrás, alrededor del aljibe y frente a las ventanas de los cuartos. Desde allí podía contemplar un pequeño césped de trébol. Recordaba el viejo. Vigilaba. Baltasar avanzó hacia su padre. José Antonio dio un paso fuera de su propiedad y entonces las piernas le fallaron, las rodillas se le doblaron y el viejo se detuvo de un poste mientras los gauchos lo miraban sin cambiar de expresión. Baltasar corrió hasta su padre y lo ayudó. La mula se espantó y echó a correr de vuelta al sendero. Un gaucho la paró, riéndose por dentro. Se reían de él, se dio cuenta Baltasar, pero también de su padre, al que decían querer y respetar. De esta barbarie huyó Baltasar a los diecisiete años a estudiar en Buenos Aires, a volverse un hombre de su tiempo, a salvarse de la salvaje gauchería que por algo se parecía tanto a la palabra francesa *gaucherie:* error, torpeza.

—Ya ves, la muerte empieza por las piernas —dijo con su sonrisa, curtida como la piel, José Antonio Bustos, apoyándose en el cuerpo de su hijo.

—Venga usted conmigo, papá —dijo Baltasar, y a los gauchos les ordenó—: Lleven mi equipaje a la casa.

Le gustaba darles órdenes y sentirlos humillados. Su padre se lo criticaba cariñosamente. "La caridad empieza por casa. Si quieres ser justo, comienza con los que te sirven." Pero Baltasar veía en el gauchaje algo similar a una horda de mongoles. Cada uno era un Gengis Khan portador de una historia pasada hecha de violencias, supersticiones y estupideces, que Voltaire había condenado para siempre. Baltasar no imaginaba, simplemente, un futuro con gauchos. Le echaban a perder su visión idílica de la naturaleza. Ellos sí que no se tentaban el corazón para matar una vaca, lazar un caballo, asesinar a un prójimo. Eran los agentes de un holocausto improductivo, que iba dejando el campo regado de cadáveres. Y ofendían aún más la sensibilidad de Baltasar porque eran nómadas, inarraigables, negaciones ambulantes de la vida sedentaria que él identificaba con la civilización. ¿Y la naturaleza, entonces? Para Baltasar, provisionalmente, era un episódico regreso al hogar. Un recuerdo saludable del origen. Un acicate para ir adelante hacia un futuro feliz, próspero, libre y sin supersticiones. Sólo así sería salvada la naturaleza misma de sus explotadores: españoles maturrangos o gauchos matreros.

Tal era el discurso del hijo pródigo en la mesa de cenar de la estancia de su padre. Los dos hombres solos, tan distintos físicamente, se juntaban a cenar a la luz de las velas que ahora bailaban ante la mirada cegatona de Baltasar con el recuerdo de las veinticinco bujías alrededor de la cuna del hijo de Ofelia Salamanca. Un recuerdo; también un presentimiento. Y éste era el de la vela solitaria en la mano muerta de su padre diciéndole desde la eternidad: "Hijo, tenías razón."

En la mesa de la casa paterna, no. Nadie tenía razón. Baltasar era joven, impulsivo y convencido de las ideas que acababa, deslumbrado, de descubrir. Su padre era como sus posturas físicas: sentado sobre una calavera de vaca, pero animadamente vital en sus opiniones; de pie a la entrada de su propiedad, en el límite entre lo suyo y lo de todos, erguido pero derrotado ya por esa muerte que le venía desde la tierra y que empezaba por las piernas.

—Ojalá tarde mucho en llegarme a la cabeza y al corazón. Todavía quiero ver qué pasa. Quiero ver si tienes razón, hijo.

Baltasar imaginaba a su padre como un hombre en el umbral entre la vida y la muerte, pero también entre la razón y la sinrazón, entre la independencia y la colonia, entre la revolución y la contrarrevolución. Se preguntaba a veces si hubiera preferido un padre-hermano, correligionario suyo, compartiendo con él las ideas y los entusiasmos. Sinceramente, no sabía qué responder. Al cabo, se conformaba con este padre suyo transformado por el sol, despojado a lo largo del tiempo de su tono de piel europeo para convertirse en lo que era: el patriarca de un grupo de gauchos salvajes y el empresario de una industria naciente. Y amenazada. Quizás esta manera de coexistir en medio de los opuestos daba a José Antonio Bustos su tono austero y justiciero, pero también su simpatía salomónica. Era un juez benévolo en una tierra y un tiempo necesitados de tolerancia. Y si Baltasar pedía la justicia en las ciudades y era capaz de implementarla como lo hizo la noche del 24 de mayo en Buenos Aires, ¿qué se le podía decir a su padre, propietario y juez de las tierras bárbaras del interior? Si el hijo debía ser implacable en la ciudad, el padre, acaso, debía ser flexible en el campo. Era la diferencia entre la piel de porcelana del Marqués de Cabra y su esposa, y la piel de cuero quemado de José Antonio Bustos. Entre ambos, regordete, miope y con una cabellera de bucles color de bronce, Baltasar Bustos, al mirarse en el espejo alto y de marco dorado que prolongaba lúgubremente el comedor de la estancia, se vio como un híbrido, sin forma propia, y necesitado, apenas dejaba la ciudad, de los auxilios de los demás para sobrevivir. Necesitaba a la mula porque la posta no llegaba hasta aquí. Necesitaba a los gauchos aunque fuera para ordenarles que le llevaran el equipaje a la casa. Necesitaba a los criados porque no sabía hacerse la cama o coserse un botón o plancharse una levita; necesitaba a la cocinera porque no sabía prepararse un par de huevos fritos. Necesitaba a su padre para confrontar sus ideas, no con un enemigo, sino con un afectuoso, socrático interlocutor. Pero no sabía, francamente, si necesitaba a su hermana Sabina, esa presencia que pudiera ser fantasmal, si no fuese tan obstinada.

Sabina se parecía a su padre. Sólo que lo que en él era nobleza austera, en la mujer era severidad dolida. Agria, quería decir Baltasar cuando la odiaba (que era muy a menudo y sobre todo cuando los dos estaban juntos); vinagrillo, solterona antes de tiempo, nacida solterona, monja frustrada... Pero su sentimiento de justicia le hacía rectificar (sobre todo cuando estaba lejos de ella, en Buenos Aires) para decirse que, capturada en el campo, mujer única en casa de hombres, bendita entre los gauchos salvajes, su carácter no podía ser otro que éste.

No se sentaba a comer con ellos. Nadie se lo prohibía, sino ella misma. Es más: se empeñaba en servir la mesa. Estaba, pues, presente y ausente en las cenas del padre y el hijo. A veces, Baltasar se desentendía de ella; a veces, la presencia de Sabina determinaba el tenor de sus argumentos. Sabía lo que ella iba a decir, con el platón de carne asada temblándole entre las manos, las manijas plateadas detenidas por servilletas toscas, de cuadros rojos:

—Nos hemos quedado desamparados. Tú y tus ideas nos han dejado a la intemperie. Teníamos un refugio: la colonia. Teníamos una protección: la Corona. Teníamos una redención: la Iglesia. Tú y tus ideas nos han dejado a merced de los cuatro vientos. Mira nada más, hermano. ¡Qué daño le hacen los tuyos a los nuestros!

Esto, dicho entre plato y plato, no facilitaba la digestión de Baltasar. Buscaba en vano, en la severidad de la hermana, la ecuanimidad del padre. Ambos —Sabina y Baltasar— eran, sin embargo, producto de ese afán de equilibrio que caracterizaba a José Antonio Bustos.

Atento a cuanto ocurría, provisto de un sexto sentido extraordinario para enterarse de las cosas por inducción a veces, por deducción las demás, José Antonio Bustos aprovechaba el más mínimo dato de información, le llegase (rara vez), por la lectura de un diario (ocasionalmente), por carta (la mayor parte), por dichos, chismes, hechos relatados y (a veces) hasta cantados por los payadores, para atar cabos, recordar y concluir, prever y actuar. La base de sus conocimientos era la red andariega de gauchos a los que protegía en su paso por la pampa. Ellos le contaban más que nadie; y apenas se enteró, siendo un hombre joven, de las ideas del siglo y las aplicó a la concreción económica de su vida de campo, hizo varias cosas. En su propiedad, inició una pequeña industria de textiles y metales; pero también extendió sus tierras en previsión de un auge de la ganadería. Se preparó para sufrir o gozar de la apertura o cerrazón del comercio exterior. Miró hacia la salida comercial de Buenos Aires para sus productos, pero temió la competencia extranjera que los hiciera incosteables.

Continuó abierto al comercio con el Alto Perú, de donde venían los metales necesarios para su taller de espuelas, carretas, ejes y llaves. Y se casó con una joven vasca, hija de la llamada "segunda conquista" que hacia 1770 aumentó el número de mercaderes españoles del puerto de Buenos Aires, impulsados por las reformas borbónicas en favor de la libertad de comercio. La llegada a la pampa de la joven, dorada, ligeramente obesa y definitivamente miope María Teresa Echegaray no transformó la vida social de la lejana provincia; la provincia la absorbió a ella. Hogareña pero vanidosa, la señora Mayté rehusaba ponerse anteojos. Debía buscarlo todo —un huevo, un estambre, un gato, una aguja, unas pantuflas— agachándose para ver de cerca, y esta postura, al cabo del tiempo, se convirtió en naturaleza. Encorvada y ciega, la esposa de José Antonio Bustos dejó de hablar con sus semejantes, que se erguían lejanos, para mantener sólo largos monólogos con las hormigas en sus días prácticos y, en días soñados, con las arañas que se le acercaban, columpiándose ante su mirada, tentándola, haciéndola reír con sus subibajas plateados, obligándola a imaginar cosas, inventar fábulas, deseándose, a veces, enredada por esos hilos de humedad pegajosa, hasta quedar capturada en el centro de una red tan inconsútil como los tejidos que, en los talleres de su marido, fabricaban los ponchos y las faldas y las ropas gauchas.

Las hormigas, en cambio, le sacaban la parte hacendosa y práctica, y era cuando la madre de Sabina y Baltasar se ponía a inquirir, sospechosa, sobre el estado de las alacenas y los latrocinios de las criadas, y asociándolo todo con el derrumbe de la autoridad, la degeneración de las costumbres, la falta de respeto a la Iglesia y, finalmente, la disolución de la autoridad colonial. Napoleón en España, los ingleses en Buenos Aires, y sus terribles consecuencias: el rey Fernando destronado, los ingleses derrotados no por el virrey sino por la milicia local argentina (seguramente eran gauchos también) fueron noticias que acabaron con la hormiga en doña Mayté, sin que la araña pudiese compensarla de tanto horror. Más bien, hasta las arañas la traicionaron y en sus sueños vio un mundo sin Iglesia, sin rey, dejado a la deriva. Se maldecía por haber abandonado España, pero entonces recordaba que España estaba en manos de Napoleón y de su hermano el tal Pepe Botella, y el corazón le fallaba.

Le falló para siempre una tarde caliente del verano de 1808, y Sabina heredó todas las certezas y agonías de su madre. Sólo que la hija, más fuerte, erguida, ajena a hormigas y arañas, las convirtió en dogmas y batallas.

—Se siente desamparada —reiteró el padre— pero no sabe expresar complejamente sus ideas. Habla de España, la Iglesia y el rey como si fueran los techos de su hogar. El temor es más profundo. Vamos a dejar un imperio tradicional, absolutista y católico por una libertad racionalista, científica, liberal y, acaso, protestante. Debes entender nuestros temores. Ella tiene razón. Es como quedarnos a la intemperie.

Baltasar lamentaba de verdad que en vez de aceptar la tradición, él hubiese traído a la casa (desguarecida, desde ahora sin techo) la revolución. Hubiera querido, sin embargo, preguntarle al padre: ¿Puede existir la una sin la otra: tradición sin revolución? ¿No se muere la tradición si no se remueve y se sacude? No lograba formular algo que apenas intuía, porque Sabina ya estaba allí, precipitando las cosas, presentando la opción tajante: ¿Eres leal a tu familia o eres leal a tu revolución? La hermana, dividiendo, se presentaba a sí misma como la representante de "lo que nos mantendrá unidos". Baltasar quedaba en la postura del que separa. Al padre no parecía disgustarle el papel que, en consecuencia, le correspondía: el del árbitro entre hermanos.

—Tú me has enseñado todo lo que sé.

Sólo esto lograba decirle, con intención cariñosa aunque también con malicia fina, el hijo al padre. José Antonio Bustos se estremecía al escucharle. La educación de su hijo era producto de la enseñanza jesuita. Julián Ríos, un antiguo miembro de la Compañía, que colgó los hábitos y regresó a la Argentina, su tierra de origen, fue dado como preceptor al joven Baltasar. Los jesuitas, expulsados de España y sus colonias desde 1767, dejaron un inmenso vacío. La gente protestó contra la decisión, se manifestó en las calles, lloró... Y los jesuitas americanos se vengaron de España. Llegaron en barco frente a las costas de Italia, pidiéndole asilo al papa. El pontífice, temeroso de ofender a los Borbones, primero les prohibió desembarcar. Allí se estuvieron los santos hermanos, a merced de las olas y las mareas, devolviendo el estómago, insomnes e incrédulos, durante muchas semanas. Pero, al cabo, el papa oyó consejo. Si los reyes despreciaban sus inteligencias, la Iglesia podía aprovecharlas. A menudo sucede al revés; ahora, ábrale Roma los brazos a lo que Madrid y Lisboa han rechazado. Se decía que el ex padre, Julián Ríos, regresó a la Argentina sin hábito para poder engañar mejor a la colonia. Como todos los jesuitas americanos, enseñaba la historia nacional, la geografía nacional, la flora y la fauna (y la forma y la fama) de las naciones en cierne, de la Nueva España a Chile y del Río de la Plata a la Nueva Granada. Pero además de darle una conciencia nacional a sus pupilos, el *défroqué* don Julián les pasó los libros prohibidos por la Iglesia y las autoridades, *El espíritu de las leyes*, *El contrato social*, *La religiosa* de Diderot, el *Cándido* de Voltaire... Así se formó Baltasar; pero no su hermana, dejada a las distraídas modalidades de su madre y a la cariñosa virtud de su padre. Pero era terca; envidiaba al hermano; leía más de lo que se le pedía a una prisionera del hogar, leía en contra de su hermano, breviarios, panfletos católicos, sermones... Se hacía de una contracultura sólo para desafiar mejor al hermano menor que ella.

Él quería verla de otra manera, más guapa, más tierna, mejor. Quería ser generoso. Ella no se lo permitía:

—Decide: ¿eres leal a tu familia o a tu revolución?

Dejaba de ser la fea-guapa que él quería descubrir; se le volvía otra vez la fea-fea de todos los días y al padre le daba la oportunidad, una vez más, de ser generoso y ecuánime.

—Tu hermana quiere decir que quizás había otras opciones menos brutales que ésta que hoy vivimos. Debes comprenderla.

3

Baltasar salía al campo pensando cuáles serían esas opciones y cómo iba a desandarse lo que ya había ocurrido. Aceptaba que la historia, el conjunto de ideas, hechos y deseos contra los que él luchaba o que él favorecía, sólo ocurrían en compañía de otros, en un algo compartido con los demás. Le irritaba que el *nosotros, los demás*, él lo sintiese tantas veces como *lo sobrante, lo de más*. Pero la lectura de Juan Jacobo acudía entonces a su auxilio (como los libros de caballería para ejemplo de don Quijote, reían sus amigos Dorrego y yo, Varela) para decirle que sentirse mal en sociedad, ver a la sociedad como una excreción, una sobra, algo "de más", no era un pecado, sino una virtud. Era la prueba de que la sociedad andaba mal. Aquí, en la pampa, miraba lejos hacia Mendoza y las montañas: la gran cordillera era como el animal dormido de Suramérica, un león-pantera de vasto lomo blanco y vientre negro, echado, en espera de su hora feroz. Aceptaba este lugar de su origen como un punto, no de retorno, sino de reposo, un paso hacia esa montaña donde, acaso, la historia podría hacerse para unir otra vez naturaleza y sociedad.

—Sólo seré libre en sociedad cuando esta sociedad no me haga falta porque yo mismo la transformé.

Se sentía, por desgracia, demasiado atado a su sociedad; no la dominaba; era dominado por ella. Se lanzaba a la revolución argentina y ejecutaba un acto audaz, personalísimo, de justicia, tan importante como escribir un manifiesto lo era para Mariano Moreno o destronar a un virrey para Cornelio de Saavedra. Baltasar Bustos había trastrocado los destinos de dos niños. No se engañaba. Sólo había sustituido injusticias. Su acto más radical, seguido de su conciencia más privada, así se lo decían. Convocaba entonces, después de la cena con el padre, servida por la hermana, la soledad imperfecta del campo argentino, prólogo de la cordillera y su soledad pura, imaginando a los

Andes como la caja de resonancia de su alma liberada y reconciliada con el orden natural.

Entonces ocurrían cosas.

La primera era que la visión de Ofelia Salamanca lo asediaba. La mujer deseada se interponía entre él y la naturaleza, ocupando todo el espacio físico. Era una quimera encantadora; le daba siempre la espalda, pero en su visión esta noche ya no estaba solamente sentada, sino de pie, una llama blanca, completa, vibrante, inclinándose poco a poco, abriéndose de piernas lentamente, para ofrecer, desde atrás, la visión más irresistible del capullo, el catolicismo genital de la mujer, que se aprecia, imagina y penetra desde todas las posturas. La montaña era impenetrable; la visión de Ofelia Salamanca, desnuda y ofreciéndose desde atrás, no lo era: invitaba, invitaba... Y entonces la mujer se volteaba y no le daba el sexo soñado, sino la cara temida: era una Gorgona, lo acusaba con ojos blancos como el mármol, lo convertía en piedra de injusticias, lo odiaba...

Cuando Baltasar Bustos dio la espalda a esa visión interpuesta entre su mirada y la cordillera, no sólo sintió, por primera vez, una advertencia de su propia alma: "Ofelia Salamanca lo sabe todo. Te odia y ha jurado vengarse."

Además, se encontró con otras miradas tan fieras como las de su amada putativa. Había otras Medusas en el mundo, y eran ese grupo de gauchos que se habían acercado a él en la noche mientras él sólo quería estar solo con la naturaleza y la imagen de Ofelia, confundiéndolo, atarantándolo, y sobre todo, contrastándolo, ya no con la montaña o la noche o el deseo de una mujer sino con otros hombres. ¿Qué hacían? Le ofrecían fuego. Pero él no estaba fumando. Hubiera preferido ser él quien les ofreciera la llama de un fósforo como el que, elegantemente, portaba Xavier Dorrego en las tertulias del Café de Malcos, dentro de un reloj. Pero su imaginación alucinada sólo tomaba del cielo una vela como las veinticinco que rodeaban la cuna del hijo secuestrado de Ofelia Salamanca. A esta serie de alucinaciones se debió, sin duda, que Baltasar Bustos ofreciera a los gauchos un fuego imaginario, tomado de la noche y protegido del aire leve de la montaña por las manos unidas del hijo del patrón, como si una llama ardiese, de verdad, en ellas.

Los gauchos no se rieron.

—No se burle de nosotros, señorito.

—No me llamen así, soy un ciudadano.

Ahora ellos se rieron, y al hacerlo, Baltasar olió en la boca colectiva del gauchaje un hedor hambruno, como de perros jóvenes y desamparados. Había restos de comida, sin embargo, en esas barbas negras o cobrizas, cerradas, que salían del cuello y subían a unirse casi con las cejas; barbas-melena cubriéndoles las orejas y las mejillas, dejando abiertas sólo las bocas que eran como heridas de una paradójica abundancia. Rojas, sangrantes como la carne que comían, delataban, no obstante, la dureza de un país incierto donde la gente come todo lo que tiene, nunca sólo lo que quiere. Hoy sobra todo; pero mañana todo puede faltar. Sintió profunda piedad por su patria. Uno de los gauchos le impidió extender la compasión a estos hombres. El joven gaucho lo tomó, quien sabe con qué intención, del puño donde Baltasar guarecía el imaginario fuego. El joven ciudadano trató de arrancarse de su *rêverie* y poner los pies en su tierra tosca y la tosquedad de sus costumbres. ¿De qué se asombraba? Lo conocía todo. Pertenecía a esta tierra de polvo tanto como a la tierra de ideas del padre Julián Ríos, o a la tierra de humo de las tertulias del Café de Malcos. Levantó la mirada y no encontró en ella montaña ni Medusa, naturaleza o sexo vedado, sino un espejo. El joven gaucho que le detenía la mano se parecía a Baltasar. Era un Baltasar sucio, barbado, hambriento, aunque saciado de vaca muerta. La cara redonda, la mirada lejana, la cabellera de bucles tornasolados por la intemperie que tanto espantaba a su hermana Sabina.

Baltasar miró a ese gemelo atroz y tuvo la lucidez de devolverle el apretón, tomarle la muñeca al gaucho, levantarle violentamente la manga y revelar las heridas crueles del antebrazo. La educación del campo, bárbara y rechazada, regresó a él y él sintió repugnancia de dejarse vencer por los orígenes detestados —sobre todo cuando la sapiencia rural iba a salvar la presencia civilizada.

El gaucho joven, tan parecido a Baltasar, dejó escapar un gruñido sofocado, retiró violentamente el brazo y lo cubrió con la manga. Todos lo miraron con desprecio al joven gaucho primero, y con compasión después; y los mismos sentimientos, sólo que invertidos, se los ofrecieron a Baltasar Bustos. Compasión primero, desprecio después. Sabía lo que hacía. Revelaba ante los demás gauchos que éste, el que se atrevió a tocarlo, era, si no un cobarde, al menos un incompetente que se dejaba acuchillar fácilmente en los lances de corral o pulpería. ¿Lo sabían sus compañeros, guardándose lo que sabían para ellos, insultados porque un fuereño como ya lo era el hijo del estanciero José Antonio Bustos regresase a decirles: "Yo sé que este hombre carece de pericia para las armas blancas. Es un gaucho bruto, acaba de decirles a los demás gauchos el hijo del patrón. No sabe defenderse. ¿Ustedes no lo sabían, chancletas? ¡Pero qué pastel!"

Apareció en la puerta de la casa, envuelto en su poncho amarillo, José Antonio Bustos. Quién sabe qué sabía un gaucho. Quién sabe si realmente eran compañeros. Todos eran vagabundos. Quizá se habían conocido unas horas antes, y unas horas después se separarían, dispersados por la inmensidad. Baltasar Bustos los había unido en la memoria del joven gaucho cuya inepcia acababa de ser revelada por el estanciero, humillado por él, en vez de que su secreto fuera sólo del gauchaje. Quizás el hecho se acabaría recitando por allí, difamando al joven torpe de cara redonda y bucles cobrizos. ¿Sería también un poco ciego, sin saberlo, porque en el campo no hay optometristas? No era posible parecerse tanto: Baltasar y el gaucho sin nombre: pura herida disimulada.

La presencia erguida del viejo con el poncho amarillo acalló cualquier secuela de este hecho. Los gauchos se disiparon murmurando y gruñendo. Ya se verían otro día. Baltasar miró hacia su padre y se admiró de que la presencia del viejo pudiese dominar de lejos, dispersándolos, aunque fuera a regañadientes, a esos salvajes del campo. ¿Sería cierto lo que se decía en Buenos Aires? "Los estancieros del interior son tan ignorantes como sus gauchos. Son gente inferior, criollos de segunda. No se comparan con la urbanidad de un comerciante." Miró de lejos a su padre. José Antonio Bustos no era así. Y no porque Baltasar fuese su hijo y lo quisiese como era. José Antonio no era así. Pero su autoridad, demostrada en ese momento, dándoles a entender a todos que él vigilaba siempre, que era el padre, que la autoridad era suya, ¿sería algo más que un símbolo de poder en una tierra que desconocía las leyes lejanas de las ciudades y se dejaba gobernar a través de la figura patriarcal? Miró a su padre, acercándose a él como a algo que nunca había entendido antes. Un patriarca más fuerte que las leyes de hoy y mañana. Baltasar no supo si todas las constituciones liberales del mundo eran más fuertes, en ese momento, que una simple presencia patriarcal.

—No salgas de noche. Hace frío. Te puedes enfermar —le dijo cariñosamente Baltasar a José Antonio, olvidándose por un momento del respetuoso trato de "usted" que acostumbraba darle: se veía tan digno, tan fuerte, y a la vez, tan desprotegido, a la intemperie, como había dicho Sabina. Sintió, en ese instante, que su padre ya era su hijo. Así se lo escribió a Dorrego en Buenos Aires.

José Antonio Bustos pasó por alto la falta de respeto de su hijo. La atribuyó a lo que acababa de ver. El insólito contacto físico, de manos, entre su hijo y los gauchos. No quiso admitir que la vejez convierte a los padres otra vez en hijos.

—No te preocupes. Cuando los doctores me dicen

que estoy enfermo, yo lo finjo, nomás pa' no contradecirlos. Si no, se desaniman y vuelven, qué sé yo, a ser gauchos —rió quedamente el viejo—. Hay que respetar los títulos de la gente. Su trabajo les costaron. Total, aquí la vida es sana, no hacen falta médicos, la gente vive largo y sólo nos matan a los jóvenes el cuchillo o la caída del caballo.

—Me da gusto verlo tan entero, papá —dijo Baltasar, restaurando el respeto debido al padre.

—Sólo me quedan los pequeños placeres de la vejez. Como salir a ver las estrellas. Las noches aquí son tan hermosas. De niño las contaba a las estrellas porque no entendía aún que son incontables. De jovencito pasé a contar las noches con luna, hasta que me enteré que en un almanaque eso ya venía. ¿Con qué se va uno quedando? Quién sabe.

—Usted no es como dicen en Buenos Aires de los estancieros —dijo con torpeza Baltasar y se sintió tan inepto como el gaucho de brazo acuchillado.

—¿Estanciero bruto, criollo bárbaro? No. Creo que he tenido algunas ideas. No quiero que la fe me abandone totalmente. Qué bueno que tú mantienes tan viva la tuya.

El hijo le tomó el puño igual que al gaucho hace un momento. —Conserve también sus sentidos, padre, junto con su fe.

Ahora José Antonio se rió abiertamente. —Hace tiempo que se me fueron cinco. El sexto se quedó, y es puro recuerdo.

—Déjeme darle el séptimo sentido, que es su inteligencia.

El padre se calló un tiempo y volvió a decir más tarde que la vejez depara pequeños placeres; no todo se pierde. Entraron a la casa abrazados.

Sabina parecía esperar a su hermano cuando el joven dejó acostado al viejo en la recámara. Él se sorprendió; trató de verla guapa en su fealdad; no cejaba en este empeño.

—¿Todavía no te lo pregunta?

—¿Qué cosa?

—Si quieres ser comerciante o estanciero. El pobre se hace ilusiones. ¿No te habló de sus pequeños placeres de la vejez?

—Sí.

—Es para preparar el tema. Quiere que escojas.

—No sé.

—Claro que sabes. La maldita revolución será tu carrera.

—¿Y tú? —dijo Baltasar, ahora con saña, viéndola más fea que nunca.

—También lo sabes. No seas tonto. Mientras tú te vas a tu revolución, yo me quedo aquí cuidando al viejo. Si no, ¿quién se ocuparía de él? Alguien tiene que hacerlo.

Baltasar sintió un reproche. No había en los ojos de Sabina, esa noche, sino un deseo ardiente.

—Qué ganas de irme lejos, yo también.

Y después de una pausa durante la cual los dos se miraron como extraños, a ver si sólo así se querían, ella dijo:
—Qué ganas de ser como mi madre, que sólo sabía hacer dulces, pero que gastaba más en cera para la iglesia que en comida para sus hijos. Cómo le preocupaba qué cosa iba a heredarnos, cuántas tacitas, juegos de té o platos de plata resellada. Y no sólo nosotros. Ella pensaba en cuatro o cinco generaciones por delante. Y al mismo tiempo, qué seguridad tenía en que una vez enterrada aquí, debajo del ombú, resucitaría para ver qué cosa sucedió con el pote de miel, la galletita o la cucharita de plata.

—¿Por qué no te vas de aquí? —le preguntó Baltasar, entendiendo la asimilación y el temor detrás de las palabras de su hermana.

—Nuestro padre no lo dice, pero prefiere entregarme en mancebía a un criollo que casarme con un mestizo. Lo malo es que en esta inmensidad no hay criollos.

Lo miró con desdén y una amarga coquetería, acariciándose involuntariamente un muslo.

4

—A mis amigos les debe dar una alegre compasión verme reducido a esta estancia —decía con humor el viejo, recordando quizá los tiempos de su actividad política en Buenos Aires, cuando sintió que había que defender a la corona española contra los ingleses. La inepcia del virrey no le hizo cambiar de idea; los regimientos criollos defendían lo mismo que él.

—Yo luché contra ingleses protestantes, no contra españoles católicos, porque eso sería luchar contra nosotros mismos.

A lo largo de este tiempo, Baltasar trató de observar y comprender la vida de su padre. Era una vida que no quería para él. Era una vida feudal, aislada, sin ley reconocida y sin más autoridad que la que el propio patriarca supiera ganarse. José Antonio Bustos era, sin embargo, un hombre demasiado elegante para reclamar teatralmente, como lo hacían otros estancieros, sus derechos patriarcales. Los ejercía con discreción, con pundonor admirable y el resultado era que el abigarrado mundo humano que lo rodeaba le hacía caso y hasta le obedecía. No era fácil, le dijo un día a Baltasar sin jactarse, sino como parte de la educación del hijo, no era fácil hacerse respetar por tasajeadores y pregoneros, peones de la caballada, jueces y procuradores, escribanos, relatores, alquiladores de caballos y simples malevos... Para todos, dijo, hay que tener una razón, una palabra, un poco de ternura y un motivo de temor. Sin el patriarca, daba a entender José Antonio Bustos, todos se devorarían entre sí. Y no por hambre, sino por saciedad. Éste era el enigma, y también la paradoja, de esta tierra.

—¿Hay algo que este país no produzca? —decía José Antonio—. Un hombre puede recibir aquí veinte veces el valor de su trabajo. No hay que talar bosques, como en la América septentrional. Se puede sembrar dos veces al año. El trigo se da en el mismo campo durante diez años sin agotar la tierra. El único cuidado que hay que tener es no sembrar demasiado junto para que la cosecha no resulte excesivamente abundante. El ganado crece libre.

El padre hizo una pausa sonriente y le preguntó al hijo:

—¿No temes por un país así?

—Al contrario. Usted le da toda la razón a mi optimismo.

—Yo sería más cauto. Un país donde basta escupir para que la tierra florezca, puede ser un país flojo, dormilón, arrogante, satisfecho de sí mismo, carente de crítica...

Lo que Baltasar temía era que el poder de su padre el patriarca, tan discreto y a veces irónico, tuviera que manifestarse sin embargo, de vez en cuando, de una manera dramática, contundente, teatral, para renovarse.

La ocasión se presentó ese mismo invierno, cuando del campo a la pulpería, a los talleres y al fortín corrió la nueva traída por dos baquianos enancados: "Han vuelto los cimarrones..." Baltasar recordó su sueño en la diligencia. Sabía que un tropel de caballos salvajes podía rodear a un hombre durante varios días sin darle libertad de paso, o arrastrar consigo a los caballos de una posta, poniendo en peligro las vidas de los pasajeros y de los cocheros... Esto era algo peor, le dijo José Antonio.

—¿Qué?

—Ven a ver esta noche.

El viejo organizó como un pequeño ejército a los mejores gauchos, a los más fieros. Hizo un rodeo de hombres, les ordenó repuntar el ganado disperso, atar los animales al palenque y que saliera una tropilla de gauchos con todos los caballos viejos e inútiles, y a esos sotretas los degollasen junto a la hondonada más allá de la playa, y los descuartizasen allí mismo para que el olor de sangre fresca no se le perdiera a los cimarrones...

Salió el propio José Antonio Bustos montado en su mejor pingo, y a Baltasar, para que los gauchos lo respetaran, le ordenó subirse a un redomón apenas amansado; la tropa de gauchos les siguieron en sus propios pingos ligeros, la mitad con las lanzas listas, la otra mitad con las antorchas en alto, rumbo a la hondonada donde los caranchos, las aves de rapiña de la pampa, ya sobrevolaban el degolladero de los caballos viejos. José Antonio ordenó rodear con cautela el sitio y atacar sin misericordia a la manada salvaje de perros que devoraban las carnes frescas y sangrientas de la caballada vieja, ahora sorprendidos, cegados por el fuego, ladrando, los hocicos rojos y los ojos también, incapaces de reconocer a un amo, sino sólo de atacarlo con tanta saña como a los rebaños, a los que asediaban en manadas pavorosas. Cegados por las antorchas, alanceados, finalmente apaleados, sus cadáveres fueron a unirse a los de los sotretas hasta que en la hondonada no quedaba un metro limpio de sangre o de muerte.

—¿No te lo dije? —José Antonio miró a su hijo—. Hay demasiada abundancia aquí. Se abandona la carne en los campos. Los perros huyen de las casas porque comen mejor como cimarrones sueltos. En dos años se degradan dos siglos. Son un azote. Hacía años que esto no ocurría aquí. Se van acercando a la ciudad. Van perdiendo el miedo. Hay que darles una lección ejemplar.

Ordenó moverse hacia las cuevas más cercanas.

Allí, José Antonio Bustos y los suyos encontraron el cementerio de los perros, infestado de huesos que alcanzaban a brillar en la noche. Huesos de vacas y borregos, pero también de los propios perros que allí habían muerto, locos, salvajes y atascados de comida. El patriarca mandó tapiar la cueva con cal.

Fue una expedición rápida y eficaz. Baltasar sintió el orgullo de los gauchos, su respeto por el viejo patriarca, renovado. A él, ni lo miraron. ¿Qué había hecho? Menos que su hermana, pues al regresar a la estancia la encontraron en el zanjón ensangrentada, con los criados y las mujeres de la ranchería, en una acción crepuscular, incierta, pues Baltasar vio a Sabina manchada de sangre, con un cuchillo en la mano, degollando perros y arrojándolos al zanjón que se llenaba de despojos, y así descubrió Baltasar, viéndola manejar un envenado con la fuerza y destreza de diez hombres, que su hermana amaba los cuchillos... Con qué gusto enterraba el suyo en la garganta de un perro, hundiéndolo hasta el puño, escarbando el cuello del animal con el pulgar y el índice unidos, sus dedos de hembra implacables, estimulantes... Con qué sabrosura lo sacaba y volvía a clavarlo en el vientre del animal, repitiendo el gesto del gusto, el amor aterrado, el acercamiento al cuerpo enemigo, al calor de la bestia...

—¡Sabina! —gritó José Antonio con horror al ver a su hija, y ella se pasó la mano por la boca, se la embarró de sangre y corrió hacia la estancia, pero sin abandonar el cuchillo...

Esa noche, Baltasar oyó las voces sordas, heridas, inconformes, del padre y la hija: ese eco del combate familiar que no logran apagar ni el tiempo ni las paredes...

Esperó a José Antonio en el pasillo de las recámaras. El viejo se turbó al verlo allí.

—¿Sabes? —le dijo Baltasar, deteniéndolo de un hombro, tuteándolo espontáneamente—. Yo siempre tuve miedo de quererte mucho sin tener de qué hablar contigo...

El viejo suspiró y apretó la mano de su hijo.

—No eran perros bravos. Eran los perros de las rancherías que ella ordenó traer aquí para evitar que algún día se vayan y se vuelvan cimarrones...

No supo Baltasar qué encontró el padre en la mirada del hijo, pero el viejo se sintió obligado a decir: —Lo hizo por buena... No quiere que nos pase nada malo... Es una hembra previsora, como su madre...

5

José Antonio Bustos miraba a su hijo mirando la vida del campo pero sin hacer la vida del campo. Nunca le hacía la pregunta anunciada por Sabina: —¿Te has decidido ya? ¿Qué quieres ser? ¿Estanciero o comerciante?

Él sabía que su padre lo veía como un joven inexperto, virgen, no demasiado atractivo físicamente, juvenilmente apasionado por ideas novedosas, esperando la hora de sentar cabeza, extrañamente arraigado en lo que decía detestar: esta tierra, los gauchos, la barbarie, la hermana hostil. No quería admitir la razón de ese arraigo renovado. Su hijo lo veía viejo, prolongaba los días con él antes de tomar la decisión que lo alejaría. ¿Estanciero o comerciante? Las noticias que comenzaron a llegar al interior durante los meses siguientes tomaron la decisión por Baltasar. Desde antes, José Antonio Bustos decidió cambiar de actitud, forzar la mano de su hijo.

Xavier Dorrego escribió desde Buenos Aires: "El antiguo virrey Liniers fue ejecutado junto con el obispo y el intendente. Había organizado una contrarrevolución y a ella se habían unido los descontentos. Los había porque con la expulsión del actual virrey ha quedado claro que la autoridad ya no estaba en España, sino en Buenos Aires y con la nación argentina. Los realistas han jurado venganza. Los mercaderes criollos están descontentos. La libertad de comercio los está arruinando. No pueden competir con Inglaterra. Mírense en ese espejo, ustedes los del interior. Si los comerciantes no pueden, menos van a poder los productores de vino, textiles, herramientas...

"Pero los nuestros también están descontentos —continuaba Dorrego—, pues Cornelio Saavedra ha impuesto una diputación conservadora en contra de los representantes radicales de Mariano Moreno. Los morenistas hemos sido obligados a renunciar al gobierno, ¡el propio Mariano Moreno ha sido enviado a un exilio dorado en Inglaterra!

Nuestras ideas de progreso y transformaciones rápidas han sido aplazadas."

Esta carta desanimó soberanamente a Baltasar Bustos, hasta que llegó otra del impresor Varela, es decir, yo, contándole que "Saavedra, el ejército y los conservadores han creado un comité de salud pública para extirpar a los contrarrevolucionarios. La acción del comité ha atacado por igual a realistas, conservadores y radicales. Los primeros buscan ya el apoyo armado de España para reconquistar la colonia. El gobierno ha extendido la persecución a todos los españoles; han sido arrestados, exiliados, ejecutados. Los segundos han conspirado contra el gobierno criollo; el comerciante Martín Álzaga y cuarenta de sus allegados fueron pasados por las armas. Y los morenistas radicales son perseguidos y ya no tienen cabeza. Llora, amiguito, pues nuestro ídolo, el joven y brillantísimo y bondadoso Mariano Moreno, murió, a los treinta y dos años de edad, en el barco que lo llevaba a Inglaterra. ¿Quiénes quedan? A tu héroe Castelli lo han enviado a encargarse del ejército del norte, por donde se espera el ataque español. Y aquí en tu ciudad porteña, Balta, los jóvenes morenistas volvemos a reunirnos, con precauciones, en el viejo Café de Malcos y nos preparamos a apoyar a Bernardino Rivadavia, que parece ser el seguidor más radical de las ideas del progreso. Te extrañamos, viejo Balta, deberías estar aquí con nosotros..."

José Antonio Bustos miraba a su hijo, esperaba reacciones de él, esperaba que el hijo le diera las noticias que el padre conocía por sus propios conductos. Un día, José Antonio tuvo una noticia que darle a Baltasar.

—La tiranía centralista porteña —José Antonio no se guardó esta vez los epítetos— ha enemistado a todo el mundo. Ha perseguido a los españoles por el hecho de serlo, ha arruinado a los comerciantes y encima los ha mandado fusilar, ha descabezado a su propio grupo pensante liberal y en cambio está fortaleciendo al ejército y dándole libertades políticas. ¿Ésta es tu revolución de independencia, Baltasar? ¿Con esta violencia se está llenando el vacío dejado por España?

—Sí —contestó entonces el hijo—, pero la revolución también ha creado un sistema de educación nuevo, ha proclamado los derechos del hombre igual que en Francia, ha prohibido el infame comercio de esclavos...

—Y ha pasado una ley llamada de "libertad de vientres", que declara libres a todos los hijos de esclavos nacidos de ahora en adelante —dijo con la mirada fija en la bombilla del mate José Antonio Bustos.

—¿Te parece mal? —dijo asombrado Baltasar, incrédulo sobre todo de que esta disputa estuviese ocurriendo: el padre y el hijo nunca se habían levantado la voz; algo más que la política de la revolución estaba en juego...

—Lee lo que dice *La Gazeta de Buenos Aires* —ahora el padre, lanzado a esta recriminación exaltada, arrancó el periódico de entre la masa de papeles acumulados en su mesa de trabajo—: "Los negros deben seguir sirviendo porque la esclavitud, por injusta que haya sido, les dio mentalidad de esclavos. Una vez esclavos, siempre esclavos", dice el diario. Y lo dice para atacar las leyes españolas de la esclavitud, esto es lo más irónico: ¡confórmense!, ¡les daremos la libertad poco a poco! ¡La costumbre de la esclavitud los ha marcado para siempre, no les permite ser libres, sino con cuentagotas! Vientres libres, pero sólo a partir de *nosotros*. Los que ya eran esclavos, lo seguirán siendo.

Baltasar sólo argumentó que las leyes para los negros también preveían la educación de la antigua raza sojuzgada.

—Pero deberán permanecer en la casa de los amos hasta los veinte años de edad, aunque nazcan libres —le replicó el padre.

Baltasar sintió, como si lo mordiese una culebra, un dolor penetrante y sordo en las palabras de su padre. Había treinta mil esclavos negros en la Argentina, pero para él se reducían a una pareja de negras, una nodriza y su hermana, con el niño secuestrado de Ofelia Salamanca.

Estuvo a punto de ser honrado con su padre: "Secuestré a un niño blanco. Dejé en su lugar a un niño negro." ¡Qué sorpresa se hubieran llevado los marqueses al encontrarlo en la cuna de la alcurnia! Pero después del asombro y la furia, ¿qué habrían hecho? ¿Tratarlo como a un hijo propio o devolverlo a la esclavitud? Su padre le estaba diciendo la verdad, aun cuando desconociera los hechos. La república criolla se iba a desentender de la esclavitud de hecho; sólo iba a reformarla en derecho. El lector de Rousseau tuvo una premonición que le partió la cabeza como un rayo. Va a haber libertad, pero no igualdad.

"El presidente y la marquesa regresaron a Chile. Ella se veía espléndida vestida toda de negro, al abandonar la Audiencia en duelo por su hijo quemado en el siniestro del 25 de mayo. Nadie admite que haya sido un accidente. Los contrarrevolucionarios dicen que una turba liberal entró a la residencia como parte del terrorismo que nos atribuyen. ¡Si supieran que sólo tratamos de hacer frente a todos los problemas que durmieron, sin solución, durante tres siglos en los sótanos de la colonia! ¿Qué valía más: seguir olvidándolos o sacarlos a luz, mostrarlos, decir: Miren, hay problemas, hay dificultades y hay contradicciones? La sinceridad de la revolución se confunde con el terror de la revolución, hermano Baltasar. Lo mismo pasó en Francia. Recuérdaselo a quien te dispute nuestras razones", le escribió el amigo Dorrego.

—¡Lo mismo ocurrió en Francia! —exclamó Baltasar ante su padre.

—Temo de veras por la libertad de la nación y por la unidad de nuestras patrias —contestaba serenamente el viejo—. Yo hubiera preferido la solución del ministro de Carlos III, Aranda: Creemos una confederación de España y sus colonias, soberanas pero unidas. Fuertes. No debilitadas por el exceso innecesario y la fatal desunión.

—Las cosas no hubieran mejorado sin la revolución —replicaba el hijo—. En Francia, ni el rey ni la nobleza hubieran cedido un ápice de sus privilegios si no se los arranca la revolución. Ellos iniciaron la violencia, los reyes. Tiene usted razón. Hubiera sido mejor un entendimiento civilizado. Pero no fue así, ni allá ni acá. A mí lo que me importa es consolidar algunos derechos para muchos, donde antes sólo había muchos derechos para algunos. Basta terminar con un solo abuso, con un solo privilegio, para que la revolución esté justificada.

El viejo José Antonio Bustos aplaudió en silencio, con el gesto aunque sin permitir que sus manos, amarillas como su poncho, las líneas acentuadas por las sombras parpadeantes de las velas fenecientes después de una más de las largas discusiones de sobremesa, se tocasen. Eran manos delgadas como hostias, pero amarillas como el poncho patriarcal, no color de porcelana, como las de la pareja de Ofelia y su marido. El aplauso quería decir: "Bravo, me estás hablando como si yo fuese una multitud." Sus palabras, firmes, fueron otra vez cariñosas.

—Supongo que has tomado una decisión, entonces —dijo, otra vez con el tono acostumbrado, el padre.

—Sí —mintió Baltasar.

Verdaderamente, se dio cuenta de que la dureza desacostumbrada de su padre en la discusión política no tenía más propósito que obligar al hijo a madurar una decisión. Baltasar comprendió en ese instante que su padre no quería molestarlo, ni ofenderlo, sino forzarlo a decidir. Obligado a mirar sus opciones a la cara, el joven Bustos tuvo que decirnos en una carta: "No voy a quedarme aquí. No me importa si el comerciante destruye al estanciero o si la pampa se impone a Buenos Aires. Me interesan sólo dos cosas. Primero, volver a ver a Ofelia Salamanca. Y en segundo lugar, llevar la revolución a quienes aún no están liberados. Pero a Ofelia no la puedo impresionar si primero no hago algo. Haré la revolución primero. Me uniré a Castelli y el ejército del norte, para mantener la integridad de la república contra las fuerzas realistas."

—Mañana salgo a unirme al ejército revolucionario en el Alto Perú.

El viejo suspiró, sonrió, alargó la mano que ya ni las velas calentaban.

—¿Tanto crees, de veras, en el triunfo final de tus ideales? Envidio tu fe. Pero no te engañes a ti mismo, o vas a sufrir mucho. Ten fe, pero sé sincero. ¿Eres capaz de serlo? ¿Eres capaz de modificar tu conducta antes de cambiar al mundo?

Baltasar Bustos acercó su silla a la poltrona del viejo y le contó lo ocurrido la noche del 24 al 25 de mayo en Buenos Aires. —Que no le digan que fueron los revolucionarios los que provocaron el incendio. Fui yo, padre. Fue mi torpeza. Yo mismo derrumbé una vela, sin darme cuenta, al sustituir a los niños. Yo soy el único culpable. Yo causé la muerte de un inocente.

6

Sabina estaba afuera de la puerta. Nadie sabría nunca si escuchaba las conversaciones en secreto, espiando al padre y al hijo, sin excusas, como diciendo: "La vida me dio tan poco, que puedo tomarme lo que yo quiera." Menos aún, Baltasar podía creer que padre e hija estaban unidos en su asedio de alguien que, a los ojos de su familia y del mundo, era tan poca cosa como él: un idealista romántico, un muchacho sin atractivos físicos, un bobo enamorado de una mujer inalcanzable, un agente de la justicia más ciega y más involuntariamente cómica... ¿Lo habría salvado, al menos, el acto de sinceridad con el padre?

Porque se estaba detestando a sí mismo, detestó aún más, imaginando esta red de complicidades posibles e indiscreciones ciertas, la presencia intrusa de su hermana.

—¿Todavía no te lo pregunta? —dijo Sabina con la vela en la mano.

—¿Qué cosa?

—Si quieres ser comerciante o estanciero.

—No seas hipócrita. Lo has escuchado todo.

—El pobre se hace ilusiones —continuó Sabina como si no escuchase a su hermano; como si recitase un parlamento de teatro—. Quiere que escojas.

—Ya escuchaste. No finjas más, por favor. Repites esta escena como si estuviéramos en un teatro. Ya pasó el primer acto. Di algo nuevo, por favor.

—Te dije que yo también quería irme de aquí.

—Pero no puedes. El viejo te necesita. Sacrifícate por él y si quieres también por mí. Siempre hay un hermano egoísta y otro sacrificado. Espera a que el viejo se muera. Entonces tú también te puedes largar de aquí.

Ella comenzó a reírse. No, ella no era la única hermana capaz de cuidar al padre y sacrificarse por él. Si el viejo tenía un montón de hijos. ¿Qué se creía el inocente de Baltasar? ¿No conocía las leyes del campo? Un patriarca como José Antonio Bustos podía tener una pila de hijos con las chinas, la mujer legítima no le bastaba, sobre todo si era tan sosa como la pobre doña María Teresa Echegaray, que terminó sus días encorvada como un báculo de pastorcita, mirando el suelo hasta que se le olvidaron las caras y se murió. Era regordeta y cegatona.

—Igual que tú.

José Antonio Bustos, en cambio, tenía un regimiento de hijos regados por la pampa y la sierra. Sólo que la ley del campo era implacable. El patriarca sólo podía reconocer a un hijo. A los demás, que se los trague esta tierra vagabunda.

—Tú eres el hijo legítimo, Baltasar —dijo Sabina como si ella no lo fuese o, habiendo nacido, se muriese cada noche en una cama condenada y no tuviese tiempo, al día siguiente, de renacer—. Eres idéntico a mamá. Ese gaucho al que desafiaste hace poco también es igualito a ti, ¿no te diste cuenta? Soy yo la que se parece a papá, no tú.

—No sé qué quieres decir —balbuceó confundido, Baltasar—. Debe haber muchos otros hijos de papá que se parecen a ti y a él...

Sintió que se perdía en lo que más detestaba: la justificación propia. Prefería ser tan honesto con Sabina, enjuta y morena como el padre, aunque la detestara, como lo fue con su padre, porque lo amaba.

—Sé que lo oíste todo. Piensa un poco y ayúdame, entonces. Amo a una mujer. No la podré conquistar si no hago lo que debo hacer. Me voy a seguir a Castelli al Alto Perú, hermana. Pero hablando contigo, sólo ahora, ¡y cómo te lo agradezco!, me doy cuenta de que debo hacer todo lo posible para recuperar a un inocente. Mis amigos me ayudarán en Buenos Aires. Quiero rescatar a ese inocente. Te lo mandaré aquí, para que tú lo cuides. ¿Me harás ese favor?

Ella lo miró con el mismo odio que él le profesaba.

—Quieres que me quede capturada aquí, hasta después de la muerte del viejo... ¿De qué me hablas? ¿Qué historia es ésta de un inocente?

No lo dijo quejándose, ni afirmándolo, ni interrogando, sino como un hecho fatal, implacable, que era, sin embargo, la razón más poderosa de su vida, y cuando en los días siguientes llegaron las nuevas noticias, los hermanos se miraron de soslayo a la hora de la cena o cuando Sabina entraba con camisas planchadas a la recámara donde Baltasar preparaba su equipaje. Sólo tenían ojos, en realidad, para los corrales y los campos donde el gauchaje se agitaba con la nueva. El gobierno de Buenos Aires había dado una ley contra el nomadismo. Los gauchos debían abandonar sus costumbres bárbaras, errantes, sin provecho, y arraigarse en las estancias, los ranchos y las industrias. Para ello, se les darían cartillas de identidad y se les exigirían certificados de empleo. De lo contrario, serían condenados a trabajos forzados o al servicio militar.

José Antonio Bustos hubo de leer en voz alta esta ley al gauchaje reunido frente a los postes de ingreso a la estancia. Los hombres, hirsutos, sin más ruptura en la pelambre rebelde que el brillo de los ojos y de los dientes, lo escucharon como si se dispusieran a pelear, con las manos en la cintura y contra la empuñadura de la daga. También brillaban, pues, los aceros y las espuelas y las chapas de los cinturones, cegando al viejo patriarca rural más que los rayos tenues de este sol de invierno que se acostaba temprano del lado de la cordillera, como si lo aburriesen las leyes de los hombres. El viejo Bustos buscó los ojos que le dijeran, mientras leía la proclama de la revolución criolla: "Tú ya no nos sirves, viejo. No has sabido proteger nuestro estilo de vida. Encierra a un gaucho: lo matas. A ver si entre nosotros hay uno que nos encabece para mandarlos a ti y a las leyes a joder. ¿Qué se creen los porteños? ¿Que desde allá nos van a gobernar? Mejor vamos a gobernarlos a ellos, los hijos de puta. A ver quién quiere encabezar a los gauchos. A ver quién quiere ser nuestro jefe. A ése, vamos a seguirlo hasta la muerte, contra la capital, contra las leyes y contra ti, por nuestra libertad para movernos como siempre, libres..."

Fue en ese momento cuando Baltasar vio de verdad la muerte en los ojos de José Antonio. La ley liberal lo ofendía a él tanto como al gauchaje, pero le daba un triunfo al hijo y sus ideas: era ya como si José Antonio, de pie aunque vencido, estuviera muerto y con una vela en la mano. En sus facciones lo que se iba muriendo era un mundo autárquico, lento como las carretas en que se movía, sostenido por carpinteros, panaderos, costureras, fabricantes de jabón, candeleros y herreros; y el gauchaje. Casi todos nacían y se venían a morir aquí, pero esa fidelidad en los extremos de la vida era el resultado de la libertad para moverse, montar a caballo, salir a buscarse la vida, con su caudal a cuestas o entre las piernas, la yegua y las espuelas, las armas y los abalorios. Las mujeres, se compraban. A los indios, con alcohol y miel se les rendía. Pero al patrón verdadero se regresaba siempre, para volver a nacer, para volver a morir. Todo esto pasaba por la mirada angustiada de José Antonio Bustos con su poncho amarillo cruzado gallardamente sobre el pecho, indiferente al lento e invisible derrumbe de sus bodegas y establos y cocheras, depósitos, graneros y capillas. Sus gauchos siempre estaban aquí cuando los necesitaba, pero sólo a condición de no forzarlos.

Esa noche fue Baltasar el que se detuvo antes de entrar al comedor, escuchando las voces de su padre y su hermana.

—A ver si ahora que los gauchos se vuelven reclusos como yo, me entrega usted a uno de ellos...

—Tranquilízate...

—Todos reclusos. Ahora nos parecemos.

—Puedes ir cuando quieras a Buenos Aires o a Mendoza. Tenemos amigos y parientes.

—Usted ha de pensar con risa, si la pobre ya tiene sus cuchillos para entretenerse, si la pobre se divierte matando perros con un envenado hecho con verga de toro...

—Te voy a golpear, Sabina...

—Mejor vaya a darle de patadas a la tumba de su mujer. La pobre se hizo cada vez más chica hasta desaparecer. ¿Cree usted que a mí también mi propia pequeñez va a parecerme mi única grandeza? Nada me consuela, padre, nada, nada. Salvo una idea maldita que yo me traigo, y es que mi madre debió ser capaz de una pasión, de una sola, de una sola infidelidad, de tener otro hijo... Eso me consuela cuando veo a un gaucho salvaje con la cara de mi madre y el antebrazo cosido a puñaladas...

—Cálmate, hija. Desvarías.

—¿Nada le hace a usted perder la serenidad? ¿Nunca dice usted claramente lo que piensa, que no está de acuerdo, que no tengo razón, que soy una loca, una puta de la cabeza, nunca?

—Mi conducta es mi tradición, hija. Cálmate. Pareces como hechizada.

—Eso es, padre. El mundo me ha hechizado.

7

—Otra buena ley de la república —le dijo Baltasar a Sabina, preparando su equipaje, tomando las camisas que la hermana le iba pasando—. La mayoría de estos gauchos, por rebeldes, acabarán en el ejército y presionarán para que las carreras militares se abran a todos. La oficialidad de la revolución debe provenir de todas las clases y de todas las regiones. Ya no puede estar limitada a las clases altas.

—Vas a ver cómo estos matreros acaban todos muertos o en la cárcel por desertores —dijo la hermana y le pasó un par de botas viejas—. Toma, dice papá que te las regala. A él le han traído buena suerte. Son de aquí. Están hechas con la parte trasera del becerro.

—Me empieza a repartir la herencia —sonrió con cierta amargura Baltasar.

Luego, el padre y el hijo se despidieron con un abrazo y Baltasar dijo que era divertido pensar que mientras él se iba a la guerra, los gauchos debían quedarse, de ahora en adelante, en la estancia.

—Así siempre tendré compañía —dijo José Antonio Bustos.

—Espéreme usted, padre —Baltasar lo abrazó fuerte y le besó la mano.

—A ver —rió secamente el viejo—. En la paz, los hijos entierran a los padres, pero en la guerra, los padres entierran a los hijos.

—Entonces que lo entierren a mi lado, padre.

—¿Serás tú el que me reciba con una vela en la mano, en ese caso?

—No, porque a mí no me van a enterrar en sagrado.

—Está bien. Adiós, ciudadano Bustos. Que te vaya bien.

Entonces llegó una orden de la Junta de Buenos Aires para que Baltasar Bustos se uniese al ejército del Alto Perú y lo que era una decisión suya se convirtió en una obligación impuesta por otros.

III. EL DORADO

1

En la inmensa confusión de los ejércitos, sólo la naturaleza —tan desnuda, sin embargo, tan áspera— daba serenidad a los ánimos.

Las armas libertadoras habían derrotado a las fuerzas españolas tantas veces como éstas a aquéllas; los dos ejércitos se habían anulado a sí mismos y sólo contaban, en ese momento, con sus retaguardias militares y políticas: el virreinato del Perú para los realistas; la república revolucionaria de Buenos Aires para los patriotas.

"¿Qué ventajas hay para nosotros en esta situación?", le pregunté en una carta que Baltasar Bustos recibió al incorporarse, por órdenes de la junta porteña y con grado de teniente, al ejército concentrado en Jujuy para el asalto al Alto Perú. Baltasar no sabría responder. Llegó entre dos victorias y dos derrotas; aún no subía al altiplano y ya lo enfrentaban a decisiones que nunca había tomado. Dorrego y yo nos habíamos unido a la junta de Alvear —un hombre fuerte, decidido, atractivo, le aseguramos— y, creyendo hacerle un favor a nuestro amigo, lo habíamos puesto al frente de un regimiento revolucionario. ¿Pericia militar? "No te preocupes, querido Balta. Tendrás hábil consejo. Lo que tú posees, en cambio, no lo tiene nadie más por allá: fervor revolucionario y sentido de la justicia. Sin estos méritos, la revolución no es más que una guerra más." No sabíamos entonces que nuestras órdenes coincidían con sus deseos.

Era una guerrilla —Baltasar se repetía esta palabra novedosa recién llegada de la España levantada contra

Napoleón, mientras un edecán lo ayudaba a ponerse el uniforme de botas negras, calzas blancas, chaquetón bordado y tricornio con escarapela tricolor—, y las únicas fuerzas con las que contaba la revolución para asegurar el camino al Alto Perú y la consolidación del gobierno revolucionario en esa región rica, inhóspita, injusta y esencial, por su producción minera, a la prosperidad de Buenos Aires, eran las guerrillas que espontáneamente se habían organizado entre Santa Cruz de la Sierra y el lago Titicaca. Ellas le darían su apoyo a la fuerza revolucionaria contra los españoles. No había otro recurso. Ellas interrumpían el paso de pertrechos y víveres, entrampaban a los españoles y rompían la comunicación entre el altiplano y la pampa. Las órdenes para el teniente Baltasar Bustos eran: "Colabora con los montoneros."

El héroe, a su pesar, no tuvo tiempo de protestar o de alegar: "Carezco de habilidad militar, no veo bien, me sobran kilos y mi pasión es la justicia, no la guerra." "¿Por qué no vienen ustedes a pelear aquí? —nos preguntó en una carta a Dorrego y a Varela, yo mismo—. ¿Qué demonios ando haciendo yo, gordo, ciego y enamorado de mis libros, en estas soledades salvajes? ¿Qué hacen ustedes en Buenos Aires? ¿Arreglar sus relojes? Pues sépanlo ya: nuestros tiempos son bien diferentes..."

En realidad no había tiempo; entre el solazado vivir de la estancia paterna en la pampa y la llegada tumultuosa a Chuquisaca mediaba algo más que la distancia en espacio. Otros siglos, otros sueños y cuanto los negaba, se presentaron en confusión desbordada en el trayecto de Baltasar Bustos. Los encuentros de armas nunca ocurrieron. El improvisado soldado de la independencia nunca tuvo que ordenar una formación de batalla, y más de una vez la palabra "fuego" se le congeló en la boca. No había nada contra lo cual disparar. Los baluartes de granito de la cordillera tomaban a veces formas humanas y enemigas, y las sombras del atardecer podían animarse, amenazantes.

Pero apenas ascendió de las llanuras argentinas al altiplano peruano, Baltasar agradeció la soledad hostil e inmóvil de esa naturaleza lunar. Era, se repitió, el único elemento de armonía y tranquilidad en un mundo que se había vuelto loco. La agitación de los actores nada tenía que ver con la melancólica serenidad del escenario. No había contra quien disparar en esta campaña fantasmal. Baltasar Bustos llegó al Alto Perú en el interregno entre España y la independencia. Las fuerzas españolas habían fusilado inmediatamente a los oficiales patriotas, y éstos a los oficiales realistas, pero aumentando la venganza: la administración colonial ofrecía más y mejores candidatos al paredón: intendentes, alcaides, jueces, oidores; hasta abogados, notarios y meros tinterillos habían sido fusilados sin juicio en la plaza de armas de Potosí. En La Paz, "infeliz y bárbara ciudad", las explosiones, el pillaje, el libertinaje y la deserción eran la única norma; las mujeres tomaron el más acalorado partido, sumándose a la independencia como "pretexto para abandonar la religión y el pudor, abandonándose al goce con el mayor desenfreno".

"Tienes que meter el orden —le escribió Dorrego—. El ejército de la revolución no debe desprestigiarse cometiendo crímenes o condonándolos." "¿Orden yo?", lanzó una carcajada amarga Baltasar Bustos, buscando una salida encomiable para la justicia en medio del caos: los paredones del Alto Perú se manchaban con la sangre de criollos y españoles —hombres blancos como él, le escribió Baltasar a nuestro amigo Dorrego— que eran los oficiales y capitanes de los tres ejércitos, el español, el montonero y el porteño; mientras la masa de soldados era mestiza y las bestias de carga, en los tres casos, eran los indios. Esto vieron sus ojos miopes pero no por ello mismo justicieros. Los blancos dirigían la guerra —*las* guerras, las *guerrillas*— y se mataban entre sí; los mestizos morían en las batallas y los indios daban comida, brazos, mujeres... todos explotaban, todos reclutaban, todos saqueaban; al ascender a la meseta Baltasar Bustos se repetía, sin cesar: sólo la justicia puede salvarnos a todos, sólo la justicia significa orden sin explotación, igualdad ante la ley... Buscaba, en realidad, una tribuna desde donde proclamar su verdad y oponer las palabras, pero también los actos, de la justicia al caos de la sangre vertida —lo aceptaba también aunque a regañadientes— para permitir el nacimiento de un mundo nuevo. Armas capturadas a las fuerzas españolas entraban a la plaza de Santa Cruz de la Sierra al amanecer, quebrantando la frescura de la montaña; un tropel de caballos liberados del encierro invadía las calles de Suipacha a la medianoche, alterando los ritmos de los planetas; los guerrilleros de Ayopaya cambiaban en el mercado de Cuzco una cosecha secuestrada de coca por víveres para la guerrilla; las estancias abandonadas por la oligarquía rural eran ocupadas por los montoneros y convertidas en cuarteles para los caudillos locales que en cada montaña, en cada peña, en cada barranco, y casi desde cada piedra del camino parecían proclamar su propia independencia, sus *republi-quetas*, como las llamó en su calvario ridículo, su ascenso al techo de América, Baltasar Bustos, obligado por las instrucciones del puerto revolucionario e iluminista a entablar relaciones con esta serie de caciques crueles, soberbios, audaces, risueños, fraternales, egoístas, que se sentían con derecho a tomarlo todo —haciendas y vidas, mujeres y cosechas, indios y caballos, carretas o carreteras— en nombre de la independencia, pero como le dijo a Baltasar el caudillo José Vicente Camargo, que dominaba la ruta entre Argentina y el Alto Perú:

—Aquí se trata de independizarnos de las leyes y opresiones de España, pero no para cambiarlas por las leyes y opresiones de Buenos Aires... —Y así fue en esos años de 1813 a 1815. "Cada uno de los valles que derraman sus aguas en el Pilcomayo, cada cordón de sierras, cada depresión del terreno, es una republiqueta, un foco de insurrección permanente", le escribí, para ponerlo en antecedentes, a mi amigo Baltasar.

No era necesario explicar nada. Entre Tarija y el Titicaca, entre Suipacha y el Sipe-Sipe, lo hicieron a Baltasar Bustos sentirse como el comisario de un nuevo poder, tan lejano y despótico como el de España. El vengativo Miguel Lanza en la republiqueta de Ayopaya, el valiente Juan Antonio Álvarez de Arenales en los caminos de Mizque y Vallegrande; el sutil y un tanto enloquecido padre Ildefonso de las Muñecas en el norte del Titicaca; el patriarca grande, generoso, de brazos abiertos para entrar a su refugio impregnable, Ignacio Warnes, en la sierra; los temerarios esposos Manuel Ascencio Padilla y Juana Azurduy de Padilla; todos proclamaban su propia independencia, su propia republiqueta, su propio poder contra dos poderes igualmente viciosos y lejanos: España y Buenos Aires. Cada uno confiscando cosechas y ganados, reclutando mestizos de los pueblos e indios de las montañas, saqueando estancias, ultrajando mujeres, pero interrumpiendo las comunicaciones del ejército español, privándolo de manutención, atacándolo de noche, aquí y allá, inesperadamente, incapaces de derrotarlo frontalmente, pero sangrándolo con heridas minuciosas, constantes, sañudas, inesperadas y, en cambio, abriendo el camino, dándole el reposo, alimentando y equipando al ejército libertador que sin las republiquetas y los caudillos locales y sus tropas de montoneros se hubiera muerto de hambre, perdido, primero, en la alucinación de ese altiplano tan parecido al rostro perpetuamente oculto de la luna; en segunda en el contrataque concertado de las fuerzas de España. Sin víveres, sin comunicaciones, sin leva, lejísimos de su base porteña, el ejército en el cual el pobre Baltasar Bustos mandaba a doscientos reclutas de las provincias norteñas de la Argentina no hubiese durado una noche sin ellos, los caudillos locales. Pero ellos negaban todo lo que Baltasar Bustos traía al Alto Perú, buscando, con una impaciencia inexperta, la ocasión de proclamarlo.

El momento se lo brindó, al cabo, el padre Ildefonso de las Muñecas en su plaza fuerte de Arecaja en la ribera norte del Titicaca. Los demás caudillos locales no le daban entrada al discurso revolucionario de Baltasar; ellos tomaban decisiones inmediatas, que de tan implacables parecían irrebatibles, pero también producto de larga maduración. Siempre sabían lo que querían: una caballada o una cosecha; sin la recompensa inmediata de sus deseos, la guerra se perdería; así de sencillo: la victoria era el nombre de sus voluntades satisfechas. Cumplir en seguida el deseo, eso parecía ser, en el ánimo de los caudillos de la guerrilla, la independencia; pero también la justicia. Baltasar, hablando con ellos, mirándolos actuar, a la zaga siempre del torbellino en que estos hombres se agitaban, no podía encontrar el resquicio indispensable para la duda, sin la cual no hay discurso para la justicia.

—Enganchen a cien indios para mover equipo —ordenaba Manuel Ascencio Padilla en el camino a Chuquisaca.

—Fusilen a toda la intendencia de Oruro —dictaba Miguel Lanza desde el trono de la selva entre Cochabamba y La Paz.

—Avienten todo el ganado de la estancia de B... sierra abajo hacia mis pagos —imponía su voluntad José Vicente Camargo en el camino a la Argentina.

—Abran los senderos de la sierra a todos los montoneros heridos para que lleguen hasta Santa Cruz —mandaba Warnes, el magnánimo.

—Quiero una mujer —dijo el padre Ildefonso de las Muñecas, uniendo las manos y apretando los ojillos vivarachos— pero no puedo; es contrario a mi voto...

Lo vio venir en mula, como una aparición cervantina en un escenario, al cabo, parecido al de la meseta española: seco, alto, sombrío y rugoso. España se veía retratada en sus colonias, Caribe andaluz o Castilla mexicana o Extremadura cuzqueña. Ildefonso de las Muñecas se parecía también a su tierra española y americana, pero si era extremeño y castellano de cuerpo, era definitivamente andaluz de ademán y mirada. Un cura revolucionario: Baltasar sonrió con asombro, no propio, sino pensando en nuestro amigo jacobino, Xavier Dorrego. La mirada de Bustos no escapó al padre De las Muñecas.

—¿Me hago notar demasiado? —fue lo primero que dijo—. No quiero ser causa de escándalo. Pero mi mismo nombre ya llama la atención. ¿Por qué no mis acciones? ¿Determina nuestro nombre nuestro carácter, o más bien son nuestros actos los que le dan sentido a nuestro nombre? Averígüelo Platón —rió el cura montonero.

—Todos debemos regirnos por la ley —Baltasar Bustos saltó, tirando casi la bombilla del mate con la que viajaba desde la pampa; ¿quién se la había escondido entre las camisas blancas de su equipaje: José Antonio su padre, Sabina su hermana, un gaucho amistoso pero burlón?—. Su voto es un ejemplo, padre.

—¿Tú qué cosa quisieras que la ley prohíbe? —abrió un solo ojo, mirando a Baltasar con una mezcla de sorna y curiosidad, el padre Ildefonso.

—Quiero la justicia. Usted lo sabe, padre.

—No es lo mismo. Tu deseo y la ley no se oponen.

—Pero mi deseo y mi realidad sí.

Ahora sólo la curiosidad brillaba en los ojillos del cura revolucionario. —¿Si yo te doy ocasión para la justicia, vos me la darías para el amor, pucelo?

Ruborizado, pero sin pensarlo dos veces, Baltasar dijo que sí y el padre Ildefonso de las Muñecas se desternilló de la risa. —Se me acaba de ocurrir que la cosa debía ser al revés, pucelo: yo debería impartir la justicia y tú deberías conocer fembra placentera, como dijo otro cura alborotado hace algún tiempo.

Se arremangó la sotana, como solía hacer cuando tomaba decisiones que incumbían por partes iguales a Dios y a los hombres, y le dijo al asombrado teniente Bustos que él, el padre De las Muñecas, no sabía qué entendía por justicia el joven porteño, pero él, el cura, sí creía en la abundancia de bienes con que las escrituras asociaban la justicia humana o divina. Dejó caer la sotana y en cambio se colgó, al parejo, las cartucheras y los escapularios en el pecho.

Al día siguiente el padre Ildefonso convocó a Baltasar a la plaza central de Ayopaya, donde se encontraba reunida una masa de indios, y le dijo: —A caballo, pa' que te crean. Súbete al caballo, pendejo, si quieres que crean en lo que dices.

La mirada atónita de Baltasar suplicaba una razón.

—El caballo es la autoridad, boludo. El caballo los derrotó. En esta tierra no hay palabra sin caballo.

—Yo quiero traerles justicia, no más derrotas —protestó Baltasar enfundado para la ocasión en su chaqueta de parada, de solapa ancha de olivos dorados, sus charreteras y su tricornio con escarapelas.

—No hay justicia sin autoridad —dijo, concluyente, el padre.

Baltasar tomó aire y primero miró por encima, como buscando inspiración a la naturaleza apremiante, total, del altiplano: las montañas de un solo color sin color, pardo como el retrato puro de todas las tierras antes de que las macularа la nieve, la lluvia, la bota del soldado, la pica del minero, la hierba siquiera. Tierra sin decorado, desnuda, como esperando que el día del juicio final la tierra misma pudiera renacer de la reserva de la sierra aymará. Luego bajó los ojos y allí estaban ellos, los hombres y mujeres y niños que sólo había visto cocinando, cargando fardos, labrando la tierra, mamando, empujando las carretas de armas, las frentes marcadas por las bandas sudadas de los sacos de guano, de coca o de plata que sus espaldas portaban y sus frentes soportaban.

Sólo esta ocasión esperaba Baltasar Bustos y le agradeció al padre Ildefonso que se la diera. Empezó a hablar. Algunos oficiales de la república salieron de los cuarteles, y los montoneros también. Lejos, se detuvieron algunas carrozas y se asomaron hombres con sombreros de copa, altos y lustrosos. Algunos hasta se quitaron los sombreros que los protegían del sol pero que les acaloraban las frentes ceñidas por las bandas de cuero. Los sombreros eran como la cabeza que ellos, ahora, con acostumbrado desdén, acariciaban con la manga del saco, emparejando la suavidad aterciopelada de las chisteras. Sus frentes parecían marcadas por los sombreros de copa como las de los indios por las rudas correas de los sacos de estiércol.

A todos les dijo, porque para él ese mundo era en ese instante *todo* el mundo, que la revolución de las luces la enviaba desde el Plata, un río luminoso, a esta tierra cuyas entrañas también eran argentinas. La Junta de Buenos Aires le había ordenado —dijo después de una pausa, dando a entender que la metáfora era sólo un preámbulo, y éste una metáfora— liberar de la servidumbre a los indios del altiplano, cosa que ahora hacía formalmente —el caballo estaba nervioso y quería girar y giraba, y Baltasar no le daba la espalda nunca a su audiencia porque ésta lo rodeaba, muda, inexpresiva y paciente, a él, de manera que el orador se sentía poderoso y natural hablando de la justicia a un pueblo oprimido, y montado sobre una de las maravillas de la naturaleza, un caballo negro y brillante unido a un jinete elocuente—. Baltasar Bustos levantó en alto, empuñándolo (aunque el papel tieso persistía en enroscarse de nuevo, adoptando la forma cómoda con que él lo traía, ceñido por un listón rojo, desde que Dorrego se lo hizo llegar por un chasqui a Jujuy) el decreto al cual dio voz: "Se suprimen los abusos, se libera a los indios del tributo, se les reparten las tierras, se establecen escuelas y se declara al indio el igual de cualquier otro nacional argentino y americano."

Vio Baltasar que algunos indios se hincaron, y rápidamente descendió del caballo, les tocó las cabezas cubiertas por la gorra india, a cada uno le fue ofreciendo las manos, diciéndoles con una voz que él mismo desconocía, infinitamente tierna, la voz que reservaba para la primera mujer amada, para Ofelia Salamanca cuya imagen rubia, desnuda, perfumada, se cruzó inquietamente con la realidad de este pueblo harapiento, inexpresivo, al cual él levantaba de su posición postrada, diciéndoles: —Nunca más, somos iguales, nunca vuelvan a hincarse, esto se acabó, todos somos hermanos, ustedes deben gobernarse a sí mismos, ustedes deben dar el ejemplo, ustedes están más cerca de la naturaleza que nosotros...

El padre De las Muñecas tomó del brazo a Baltasar diciéndole: —Está bien, basta ya, no insistas, has sido escuchado. —En ese instante, Baltasar reaccionó con una fuerza que desconocía en sí mismo, como desconocía la ternura que acababa de manifestarse en él.

—Mentira, padre. No he sido escuchado. ¿Cuántos de estos indios hablan español?

—Muy pocos, casi nadie, es cierto —dijo sin inmutarse el padre, quien miraba, no a Baltasar ni a los indios, sino a las carrozas detenidas en la orilla de la plaza—. Pero saben distinguir la verdad en el tono de voz. Nadie les había hablado así antes.

—¿Usted tampoco, padre?

—Sí, pero sólo del otro mundo. Allí espero encontrar la justicia que acabas de proclamar. No aquí en la tierra. Tú les hablaste de la tierra. Nunca les ha pertenecido.

Se encogió de hombros y miró hacia la orilla.

—Ellos tampoco. Yo creo que el cielo, en cambio, sí es de ellos.

—¿Quiénes son?

—Los criollos ricos. Ellos viven de la mita.

—¿Qué es eso?

De las Muñecas no sonrió siquiera. Había decidido respetar a este enviado de la junta bonaerense; respetarlo, aunque lo compadeciera.

—La mita es a la vez la gran realidad y la máxima

maldición de esta tierra. La mita autoriza el trabajo forzado del indio en la mina. Con decirte que muchos huyen para buscar refugio en la hacienda, donde el terrateniente parece casi un franciscano comparado con el capataz de la mita.

Besó su escapulario.

—No. Te lo dice un rebelde eclesiástico. Hay algo mejor para esta gente. Ojalá que tú y yo sepamos ayudarlos. En cambio, mira las caras de los comerciantes y hacendados. Creo que acabamos de perder su confianza.

—¿Por qué llegaron hasta aquí?

—Yo les advertí: vengan a oír la voz de la revolución. No se engañen.

—¿Pero usted es mi amigo o mi enemigo, al final de cuentas?

—No quiero que nadie se ande engañando.

—Pues yo dependo de que usted lleve a la práctica los edictos que acabo de proclamar.

—¿Tú, m'ijo?

—La Junta de Buenos Aires, pues.

—Qué lejos suena eso. Igual de lejos sonaban el virrey en Lima, el rey en Madrid, las Leyes de Indias...

—Soy del interior, padre Ildefonso. Conozco la divisa de estas tierras: la ley se obedece pero no se cumple. Reconozco que en estas partes usted es la ley, y Miguel Lanza en la selva, y Arenales en Vallegrande, y...

El padre apretó el antebrazo de Baltasar. —Ya basta. Aquí sólo yo. Así os habla un rebelde eclesiástico. Yo y mis muchachos, que sólo son doscientos pero por algo se llaman el Batallón Sagrado.

—Está bien. Sólo usted, padre. Vea que la ley se cumpla aquí.

El padre Ildefonso soltó una carcajada y abrazó a Baltasar: —Ya ves, acabas por encargarme la justicia pero no me has dado a una mujer. Yo, en cambio, cumplo todas mis promesas.

Le dijo a Baltasar que los puritanos de Buenos Aires, igual que los conservadores de La Paz, estaban escandalizados por la conducta desordenada de las mujeres que confundieron la guerra de independencia con un corso de prostitución. Se rió recordando unas proclamas moralistas según las cuales el bello sexo perdía todos sus encantos sucumbiendo al desorden. A él, Ildefonso de las Muñecas, le parecían igualmente imbéciles los puritanos conservadores y los puritanos revolucionarios. El sexo se lo dio Dios a los hombres y a las mujeres, y no sólo para procrearse, sino para recrearse. Pero para ser humano, lo importante era el sexo con historia, el sexo con seso, con antecedentes, con miga, ¿lo entendía el joven teniente? El sexo, literalmente, como hostia: un cuerpo, una sangre, una emoción duradera, una razón, una historia, pues... Y si liberar a una ciudad como Cuzco que bosteza prisiones, calabozos, sangre y muerte, está permitido, igual de permitido está liberar a un sexo que también bosteza sus propias cárceles...

—En otras palabras, mi teniente, el voto de castidad es renovable, y ésa es mi ley. Así os habla un rebelde eclesiástico. Usted, en cambio, no tiene esos límites, sino que, idiotamente, se los impone a sí mismo. Lo vengo mirando desde hace días. Usted no toma nada si no se lo ofrecen. Pues mire, mi teniente porteño, vamos a hacer un trato. Yo le prometo sobre la cabeza de mis doscientos muchachos hacer cumplir sus decretos aunque nos cueste los cojones; pero usted me va a prometer que esta misma noche pierde la virginidad... No se me sonroje, mi teniente. En la cara se le ve, luego luego y desde lejecitos. Qué le parece: yo, la ley; usted, una mujer. O más dicho. Yo *su* ley. Y usted *mi* hembra. Os lo asegura un rebelde eclesiástico.

—¿Por qué hace usted estas cosas? —preguntó, bastante aturdido, nuestro amigo.

—Porque usted se ha unido a mi locura, sin conocerla siquiera. Y eso siempre se agradece.

2

Un hombre debe dormir siempre en la misma posición en que nació. Si muere antes de despertar, la existencia terminará como empezó. Todas las cosas son un círculo. No tienen sentido si no terminan como comienzan. Baltasar, acurrucado durante nueve meses en el vientre de su madre, con los ojos cerrados y las rodillas unidas a la barbilla. Esperando que al terminar todo vuelva a empezar. Esto le decía al oído una voz conocida y desconocida al mismo tiempo. La había escuchado siempre, esa voz. Y sólo la escuchaba ahora. Era su novedad. Era su antigüedad.

Cuando abría los ojos, veía a las mujeres sentadas en el suelo. Tejían. Pintaban la ropa de lana. Luego él volvía a dormirse. Quizá sólo cerraba los ojos. En todo caso, soñaba. Su cabeza se desprendía de su cuerpo durante el sueño y se iba a visitar a quien él quería. Ofelia Salamanca. ¿Dónde estaría ahora? ¿De regreso en Chile, con su marido? ¿Llorando la muerte del niño? ¿Seguirían creyendo que el niño incinerado era el de ellos? ¿Desfigurado por el fuego? ¿O reconocible a pesar de todo? Y en este caso, ¿no muerto sino perdido solamente? ¿Dónde estará mi hijo, lloraba Ofelia? ¿Dónde estará Ofelia, sueña Baltasar?

Las mujeres tejen en medio del humo. Tiñen pacientemente la ropa. Baltasar trata de distinguir sus caras. La vista no le alcanza. O la imaginación. Entonces la cabeza se le vuelve a escapar, volando, dando brinquitos, haciendo ruidos cómicos, hasta ir a dar a las espaldas del marqués, el marido de Ofelia Salamanca, como si el viejo aristócrata no hubiese podido dominar el cuerpo dormido de su mujer y la cabeza de Baltasar hubiese llegado a pesar del marido hasta las espaldas del marido, convocada por el sueño ardoroso de Ofelia, que ni siquiera conocía a Baltasar. El teniente se despertaba, urgido, doliente, y las mujeres se le acercaban, sosegantes, aplacándolo, portando tazas calientes.

—El caldo del joven cóndor combate la locura y libera el sueño.

Se durmió con asco de su propio cuerpo. Más tarde un fuego se fundió con él, sin contagiarse ni confundirse. Sin destruirlo. Un fuego se acercó a su cuerpo y se unió a él sin destruirlo. El niño en la cuna rodeada de veinticinco velas no tuvo tanta suerte. El fuego triunfó. Lo devoró. Este fuego, en cambio, tocaba a Baltasar, lo penetraba y lo consumía, pero no lo destruía.

—Tenemos miedo del fuego. Con el fuego nos quemaron. Tenemos que crear un fuego que no mate.

Luego vio a una muchacha amasar el maíz y preparar el pan en un rincón. Cuando despertó, Baltasar Bustos vio que su camastro estaba rodeado de cenizas y que en éstas se imprimían claramente las huellas de un animal. Quiso levantarse. No pudo. Estaba atado a la cama. Estaba atado a sí mismo. Las vendas grises lo amarraban a la cama, a sí mismo, al sueño de la ceniza y a las huellas de animal. No obstante, él se sentía libre. Su cuerpo atado, ceniciento, pesadamente capturado por el sueño, era al mismo tiempo el cuerpo más libre de la tierra. Flotaba pero pertenecía a la tierra. Sólo que la tierra le pertenecía al aire. Él gozaba de todos los elementos: la tierra que lo tiraba hacia abajo, el aire que lo atraía hacia arriba, el fuego que lo excitaba sin destruirlo, el agua que licuaba cada pedacito de su piel, sin desbaratarla nunca. Todo era posible. Todo coexistía. Sólo él y la muchacha panadera vivían, suspendidos, en el mundo. El mundo se volvió palpable apenas unió todos los elementos, y al tratar de imaginarlos, Baltasar descubrió a su lado a una mujer que no era Ofelia Salamanca. Se volteaba. Le daba la espalda. Lo invitaba a abrazarle la cintura. Se montaba rápidamente encima de él. Los muslos eran el fuego. Las nalgas la tierra. Los pechos el aire. La boca el agua. Quemaba sin incendiar. Le hacía desear que la mañana nunca volviera. Que la actividad del día, la revolución, la Junta del Plata, la liberación de los siervos, el poder del caudillo Ildefonso de las Muñecas, el odio lejano de unos hombres con altos sombreros de terciopelo, la incomprensión cercana y resignada de un pueblo en harapos, las advertencias de su padre, el rencor de su hermana, las miradas astutas de los gauchos, Buenos Aires, Dorrego y yo, Varela, sus amigos, todo ello huía, se evaporaba al contacto con los elementos de la creación en los besos, las caricias, la entrega de la mujer india que siendo todo esto, significaba sobre todo que la actividad del mundo quedaba fuera, atrás, adelante, pero no estaba aquí, ahora. La mujer que lo amaba físicamente tenía el poder de prolongar la noche.

—Nadie sabe que tú y yo estamos juntos aquí.

—*Acla cuna, Acla cuna* —gritaban desde lejos, desde afuera, unas voces que podían ser graznidos también; voces de cuervo, de ave rapaz. "La elegida, la elegida."

Ella regresó a amasar el maíz.

Cuando despertó, afiebrado y con la pesadumbre de un grito, las mujeres ya no estaban allí. Se levantó del camastro. La choza se sentía helada. Se habían apagado los fuegos. Pero las ropas teñidas de púrpura yacían regadas por el piso de tierra. El hombre que lo ayudó a incorporarse era un viejo mestizo. Vestía camisa sucia, corbata deshilachada, pantalón de bayeta azul y zapatos claveteados. Su pelo era corto; su barba, larga. Lo condujo fuera de esta choza de cenizas frías. Estaban en un callejón; Baltasar reconoció las montañas y olió la cercanía limosa del lago. El viejo lo condujo dulcemente. Baltasar se mantenía con dificultad en pie, apoyado entre el viejo mestizo y los muros de piedras perfectamente lisas y embonadas entre sí, como por arte de titanes. Llevaba una semana aquí pero no se había fijado en lo más sobresaliente de todo: la arquitectura, las piedras, polígonos perfectos que se reunieron como buscando una hermandad mágica. Las piedras abandonadas a la orfandad, en cambio, eran llamadas "piedras fatigadas": no llegaron al abrazo fraternal con los demás polígonos.

Sólo quedaban las piedras. No había seres humanos en las calles; ni indios, ni oficiales, criollos o españoles, ni dueños de minas con sombreros de copa, ni caudillos con sotana. La republiqueta parecía haberse vaciado.

—¿Queda alguien? —preguntó azorado Baltasar.

El viejo pareció no escucharlo.

—Quisiste llevar a esta pobre gente al pico de una montaña y mostrarle un imperio sin límites. Desde la montaña, ellos vieron un imperio que fue el suyo. Pero ya no lo es. Te invitaron a entrar. Tú accediste.

—¡Carajo, acabo de preguntar si queda alguien en este pueblo! —gritó sin contención Baltasar Bustos y se sintió diferente al hablarle a alguien así, él que nunca se enojaba de veras y hasta a los gauchos, cuando debía dominarlos, lo hacía con una sonrisa—. ¿No me oyes, viejo?

—No, no te oigo. Y la gente de aquí tampoco.

—Lo que dije fue bien claro. Se acabó la servidumbre, se reparten las tierras, se construye la escuela...

—Los indios no te escucharon. Para ellos eres no más otro porteño arrogante, igual a un español arrogante, lejano, al cabo indiferente y cruel. No ven la diferencia. Las palabras no los convencen. Ni dichas a caballo.

—Ordené al cura que implementara mis edictos...

—Todos se fueron sobre la casa de moneda de Oruro, encabezados por el caudillo Ildefonso, apenas supieron que los españoles habían abandonado la ciudad y antes de que llegaran las fuerzas del otro caudillo, Miguel Lanza. Estos ejércitos auxiliares están para servirse a sí mismos, no a la revolución porteña. Por desgracia o por fortuna, son quienes han llenado el vacío entre la Corona y la república. Ellos están aquí. Ustedes nomás vienen y prometen cosas que no cumplen, antes de largarse de vuelta.

—El padre prometió cumplir con las leyes —dijo, obsesivo, aturdido, Baltasar...

—Ya habrá tiempo para las leyes. La eternidad no se cambia en un día. Figúrate nomás si el padre Ildefonso va a ocuparse de acabar con los tributos y la mita cuando su aliado, el cabecilla indio Pumacusi, creyendo que así ayuda al padre, anda asesinando a todos los párrocos no adictos a Ildefonso de las Muñecas. La ley más urgente es parar los desmanes de Pumacusi. O sea, no me defiendas, compadre.

El viejo se había detenido frente a un edificio más lujoso que los demás. "Será el ayuntamiento", quiso reconocer ahora Baltasar, quien emergía poco a poco de su largo sueño. El viejo —el muy vanidoso— se peinaba la luenga barba mirándose en el vidrio de una ventana.

—Y tú, viejo, ¿quién eres?

—Mi nombre es Simón Rodríguez.

—¿Qué haces?

—Enseño algunas cosas. Mis discípulos no olvidan mis enseñanzas, pero se olvidan de mí. ¡Ay! —suspiró Simón Rodríguez.

—¿Y las mujeres? —continuó preguntando Baltasar Bustos, para liberarse de las explicaciones del viejo, que muy poco le decían a su mente afiebrada, más que para añadir conocimiento a un hecho que se justificaba en sí mismo: Baltasar Bustos sólo sabía una cosa, y era que esa noche larga, seguramente hecha de muchos días negados, él había dejado de ser virgen.

—Murieron, teniente —dijo Simón Rodríguez deteniéndose con Baltasar a la vista de las montañas turbias, el lago inquieto y la plaza vacía—. No se puede ser una *Acla cuna* virgen al servicio de los dioses antiguos y andar follando con el primer oficialito criollo que se aparece por aquí.

—Yo no le pedí... —dijo idiotamente Baltasar, sin recordar el trueque prometido con Ildefonso de las Muñecas, y sólo quería decir—: Yo no recuerdo nada... y sólo quería advertirse a sí mismo contra algo que intuyó secretamente al lanzar los decretos liberadores del Titicaca, redactados con la retórica y el ánimo radicales de Castelli, pero dirigidos a una población que, acaso, tenía sus propios caminos hacia la libertad, no necesariamente —nos escribió una carta conjunta a Dorrego y a mí— los que a nosotros se nos ocurren piadosamente:

"Cuando leí nuestras proclamas en medio de la desolación física del altiplano y mirando los rostros impávidos de los indios, sentí una tentación terrible, que quizá fue la única que el Demonio nunca supo resistir. Sentí la tentación de ejercer el poder impunemente sobre el más débil. Imponerle al débil mis leyes, mis costumbres, mis temores, mis tentaciones, inclusive, a sabiendas de que ellos no tienen, por ahora, cómo contestarme. Quise verme en ese momento, montado sobre mi caballo, con mi tricornio en una mano y el decreto en la otra, convertido ya en estatua. Es decir, muerto. Y algo peor, amigos. Me sentí por un momento mortalmente orgulloso, también, de mi superioridad, pero al mismo tiempo, enamorado de la inferioridad ajena. No supe darle a mi orgullo más salida que una inmensa ternura y una gigantesca vergüenza, al apearme y tocar las cabezas de quienes me respetaron sólo por el tono de mi voz, aunque no entendiesen una palabra de lo que les leí."

Pero Simón Rodríguez seguía hablando: —...ella debió envejecer virgen. Era su promesa y la rompió por ti.

—¿Por qué? —volvió a decir con rabia, sin reconocerse a sí mismo, Baltasar Bustos, antes de escribirnos la carta a los amigos y encontrar una respuesta aproximada en el hecho mismo de hacerse la pregunta: ¿por qué?

—Tú has entrado a este lugar sin conocerlo. Le has hablado a sus gentes desde el pico de la montaña. Ahora debes descender a la pobre tierra de los indios. Es una tierra que ha sido sojuzgada por las leyes de la pobreza y la esclavitud. Pero también es una tierra liberada por la magia y el sueño...

—¿Adónde me llevas? —preguntó entonces Baltasar, cuya inteligencia le informaba que en este pueblo abandonado a orillas del lago no le quedaba más remedio que seguir al viejo.

Simón Rodríguez tomó con una fuerza sobrenatural para su edad los brazos primero, y luego, volteándolo para dar la cara al vidrio, los hombros de Baltasar Bustos. Finalmente, fijó con una mano la nuca del joven militar argentino, obligándole a mirarse en el vidrio donde el viejo, hacía un instante, se había acicalado la barba.

Baltasar, mirándose, vio a otro hombre. Le había crecido la melena de bucles cobrizos. La cara había perdido grosor. Se afilaba por instantes su nariz. La boca ganaba firmeza. Los ojos, detrás de los espejuelos, mostraban una rabia y un deseo que antes, bonachones, no estaban allí. Le crecían el bigote y la barba. Con esta cara, podía ver de manera distinta al mundo. No lo afirmó. Sólo volvió a preguntarse. Ya no era virgen —pucelo, como lo llamó con un extraño galicismo el extraño padre De las Muñecas—. ¿Para quién lo había sido? No para Ofelia Salamanca, a quien sólo vio y amó de lejos tres años atrás. ¿Tenía otro objeto su tranquila pasión por guardarse en reserva para una mujer? ¿Había otra, no Ofelia, ni la virgen india, que había violado sus votos para entregarse a él? ¿Qué hacemos aquí en la tierra?, se preguntó Juan Jacobo. "Fui hecho para vivir, y muero sin haber vivido."

3

Recordaría una trampa en el sótano del ayuntamiento abandonado y unas escaleras de madera. Recordaría, al pie de las escaleras, un precipicio de roca cortado a pico sobre el lejanísimo lecho de un río. Recordaría un sendero cortado en la mejilla de la montaña, tan ancho como el lomo de una mula. Recordaría la mano del viejo mestizo con zapatos claveteados guiándole por esa estrechez vertiginosa. Recordaría la sospecha apenas de vistas entreabiertas en las axilas de las rocas: volcanes nevados y salinas muertas. Recordaría un lago rojo veteado de huevos de flamingo. Recordaría el paso veloz de la huallata y su pareja, el pavo blanco de los Andes, marcado con una herida negra, buscando su alimento en el lago. Recordaría un bosque de nubes estrelladas contra el muro de la montaña, arrastrando el humor de la selva y el río, negándose al desierto del otro lado de los Andes. Recordaría, detrás de la selva de nubes, el rumor de los cencerros y luego la visión de los tropeles de llamas alborotadas, impidiendo el paso, escupiendo y parloteando en su lengua venenosa, acompañadas de lejos por el lamento de la huallata. Luego una granizada dispersó a las bestias y a las aves, pero cuando volteó para cerciorarse de ello, Baltasar Bustos se encontró encerrado dentro de una caverna oscura. Tanteó, buscando la compañía de Simón Rodríguez; el viejo mestizo le alargó una mano y le dijo que intentara acostumbrarse a la luz de este lugar. Pero apenas movió la mano, Baltasar sintió que seis, ocho, una docena de manos, tocaban la suya, la tomaban con alegría, lo palpaban, lo recorrían, y él sólo sentía las manos calientes de los seres, para él invisibles, que chirriaban como los pavos blancos, excitados por la compañía de su pareja y la búsqueda afanosa del alimento lacustre.

—Dicen que estás frío, que tus manos y tus pies no dan calor...

Baltasar no le contestó a Simón el viejo que los pies y las manos de los indios ardían siempre porque lo supo en la noche, las noches, el tiempo que pasó con la india, virgen como él, cuyo fuego no quemaba, sino que era la protección natural de los que nacen a 10.000 metros de altura y tienen más venas en los dedos que cualquier otro mortal. Le hubiese gustado terminar allí mismo su viaje —tampoco pudo contar el tiempo que les tomó llegar hasta aquí— y acurrucarse como un animal a dormir con esta gente tibia, protegido para siempre por el calor de sus extremidades, que es el calor necesario para el sueño; pero a medida que se acostumbraba a la oscuridad, empezó a distinguir otra zona de calor en los cuerpos que lo rodeaban, y esta zona era la mirada.

Manos calientes, pies calientes y mirada luminosa. Pero con los ojos cerrados. Todos se movían como si la banda de luz que les ceñía los párpados cerrados fuese un sustituto de la vista misma, hasta que una docena o más de esas miradas a la vez veladas y transparentes, juntaron sus rayos en un solo haz y rodeando, y precediendo, a Baltasar Bustos y a Simón Rodríguez, los guiaron hasta el filo de un nuevo abismo, pero éste interno a la caverna, como si la cueva (¿era realmente eso?) reprodujese en la oscuridad interna el mundo externo, el mundo del sol.

Los cuerpos que los guiaban se detuvieron, rodeando a los dos extranjeros. Las luces de las miradas primero los cegaron; en seguida, volteándose hacia el abismo, arrojaron una luz cada vez más fuerte, más blanca, sobre un panorama inmenso pero extrañamente próximo, profundísimo pero a la vez de una sola dimensión, un gran globo color de plata pero cristalino como un espejo. En el centro de ese espacio —que podía ser globo, abismo, espejo— había una luz. Pero esa luz no era ni algo aislado de las demás luces de este anfiteatro de la cueva, ni la simple suma o reflejo de las luces desplazadas en las miradas de los habitantes del subterráneo (¿lo era realmente?, ¿no habían subido a lo más alto, a pesar de haber descendido por la trampa de un sótano en el ayuntamiento?, pero ¿dónde estaba arriba, dónde abajo?). Ésta era la luz, así, simplemente, sin mayúsculas, sin escándalo. Era —Baltasar y Simón se detuvieron azorados y ellos mismos se tomaron de las manos para tocar algo acostumbrado, la piel, la temperatura— algo más que el origen de la luz, aunque a nada se aproximaba tanto como a esta sensación. Era la luz antes de manifestarse. Era la idea de la luz.

¿Cómo lo supieron? ¿Cómo se lo comunicó Simón a

Baltasar, o éste al viejo mestizo, sin siquiera abrir la boca? Los dos miraron los ojos cerrados aunque iluminados de sus guías. Por esos párpados cerrados pasaban mensajes transmitidos por la luz. Allí se podía leer lo que ellos acababan de entender. Pero no había escritura alguna en los ojos vendados por la luz; sólo había la luz misma. Y la luz decía: Soy la idea de la luz, antes de ser vista por nadie.

Entonces todos los ojos de la caverna incásica le voltearon la cara a los extranjeros e inundaron de luz la piscina del abismo. Asomados al borde de este estanque, el viejo y el joven vieron una ciudad entera, perfilándose poco a poco, toda ella hecha de luz. Los edificios eran producto de la luz, desde las puertas y ventanas hasta los altísimos techos de las torres; los relojes eran de luz, y las calles, grandes trazos luminosos; por las avenidas pasaban veloces carruajes de luz, que parecían impulsados por la luz y dirigidos hacia la luz; y en cada esquina, en cada puerta, en cada techo, la luz escribía mensajes incomprensibles, trazaba letras, signos y figuras, nombres integrados velozmente por una suma vertiginosa de puntos de luz, en un marco que era como un emblema de la luz. Y en ese marco, el rapidísimo tecleo de los puntos luminosos escribió un solo nombre, repitiéndolo en sucesivos fogonazos, hasta imprimirlo en la retina con la permanencia de algo grabado en piedra. Y ese nombre era OFELIA SALAMANCA, OFELIA SALAMANCA, OFELIA SALAMANCA.

Baltasar contuvo un movimiento disímbolo de terror y de ternura, como si esperase la siguiente sorpresa: las letras se disiparon, pero en el marco mismo, apareció el rostro de la mujer amada, no una pintura, no una reproducción, no un símbolo, sino ella misma, su color, su carne, su mirada, el movimiento de sus labios y de su cuello; y a medida que la figura iba haciéndose pequeña para ser vista en su totalidad, se veía que su cuerpo estaba desnudo, se lo ofrecía a Baltasar, al espectador, al mundo, con cada detalle prohibido, cada superficie suave y acariciable, cada temida

y brusca secreción de araña... Ofelia Salamanca estaba allí, se movía, era vista y ahora hablaba y decía algo que era cierto porque Baltasar lo había escuchado él mismo:

—No me mandes flores. Las odio. Y piensa de mí lo que quieras.

Repitió varias veces la frase; luego la voz comenzó a disiparse, la imagen también, y Baltasar Bustos tuvo el vértigo de haber visto algo que sólo le pertenecía al reino de la muerte y que él acababa de descubrir, dormitando, en el centro de la vida.

—Has visto —le dijo Simón Rodríguez cuando las luces del estanque se apagaron— lo que tanto buscaron nuestros antepasados españoles en el Nuevo Mundo. Te he reservado a ti la visión de El Dorado, la ciudad de oro del universo indio...

Pero Baltasar Bustos, escuchando al viejo mestizo, no sintió un grito de rechazo, sino algo peor, más insidioso: una náusea parecida a la pérdida de la inocencia, una afirmación, sutil como un veneno, de algo totalmente irracional, mágico, que desmoronaba con unas cuantas imágenes seductoras e inasibles toda la paciente construcción racional del hombre civilizado. Jamás en su vida —nos escribió Baltasar— como en ese momento, una repulsión y una afirmación tan adversas como complementarias se unieron en él con semejante fuerza. Estaba convencido de que había llegado al pasado más remoto, al origen de todas las cosas, y que este origen mágico, de brujería y engaño, no era el de una perfecta asimilación del hombre con la naturaleza, sino, nuevamente, un divorcio intolerable, una separación que lo hería en lo más seguro de sus convicciones ilustradas. Quería creer en el mito de los orígenes, pero no como mito, sino como realidad de mundo e individuo conciliados. ¿Qué había visto aquí, qué superchería, o qué advertencia: "La unidad con la naturaleza no es necesariamente la receta de la felicidad; no regreses al origen, no busques una imposible armonía, valoriza todas las diferencias que encuentres en tu camino...? No creas que al principio fuimos felices. Tampoco se te ocurra que al final lo seremos."

—Esto que ves no es el pasado, es quizás el futuro —le decía el viejo Rodríguez para tranquilizarlo—; esta ciudad es un anuncio, no de la magia que detestas, Baltasar, sino de la razón por venir—. Pero para Baltasar todo era magia si no era razón. —Y si no fuera magia, sino ciencia, ¿qué diría tu razón? —le preguntó el viejo, asustado, una vez más, de haberle enseñado demasiado a un nuevo discípulo que por ello odiaría al maestro y emplearía el resto de sus días tratando de olvidar la visión excepcional que nadie quería compartir porque era incómoda, porque ponía en entredicho nuestras propias convicciones racionales.

Esto le contesté yo a Baltasar: "Debes poner a prueba tus certezas mirando la cara de cuanto las niega." No sé si Dorrego le contestó, o qué le diría, pero lo noté más turbado que yo, quizá más turbado que el propio Baltasar.

—No te dejes distraer de los asuntos de la guerra y el gobierno —me dijo en Buenos Aires Dorrego—. El Alto Perú, ya se sabe, es tierra de hechiceros, alucinaciones y drogas. Hay que acabar con eso un día.

—Hay que dejarlo todo intocado —dijo Simón Rodríguez, protegiendo con sus brazos el cuerpo débil, casi inánime, del joven Baltasar Bustos, tratando de guiarlo fuera de la ciudad de la luz—. Júrame que nunca mandarás a nadie aquí. Explorar este lugar sería destruirlo. Déjalo sobrevivir hasta el momento en que todos lo entiendan porque el propio futuro lo deje atrás.

Pero Baltasar sólo podía implorar: —¿qué he visto, he visto realmente esto, sin poderlo tocar siquiera, o es un sueño?, ¿dónde estamos? —imploró mientras Simón Rodríguez lo sacaba de allí, sin atender a las narraciones que pasaban por las miradas, siempre luminosas pero ahora abiertas, de los habitantes de El Dorado. Sin embargo, en esas narraciones estaba el único secreto de este lugar y fue a un Baltasar afiebrado, abrazado al lomo de una mula, en el vertiginoso descenso espiral de la montaña, al que Simón Rodríguez le dijo la verdad que él mismo acababa de comprender.

—Todo lo que imaginas es cierto. Hoy sólo sorprendimos una imaginación entre muchas posibles. No sabemos si es tuya; o si te precede; o si anuncia la siguiente.

Baltasar no parecía escucharle y sólo balbuceaba algo, como si quisiera, más que retenerlo, perder para siempre sus palabras al decirlas,

Que el sueño es nuestra verdadera vida

Que la noche no termina nunca

Que el sueño domina al tiempo

Que el único pecado es separar al mundo sensible del mundo espiritual.

Pero Simón le decía: —No, no, no, ésa no es la lección, la lección es entender que todo lo que imaginamos es cierto, que hoy sólo sorprendimos un momento de esa cinta interminable donde la verdad está inscrita, y que no sabemos si lo que vimos es parte de nuestra imaginación hoy; o de una imaginación que nos precede; o el anuncio de una imaginación por venir…

"Yo he conocido el vértigo de descubrir que algo que sólo le pertenece a la muerte, puede estar presente en la vida", nos escribió nuestro hermano menor, Baltasar.

Cuando recibimos su carta, Baltasar se había repuesto en una hospitalaria casa de Cochabamba, adonde lo llevó el desilusionado Simón Rodríguez. El viejo se fue, sin duda en busca de nuevos y más receptivos discípulos. Baltasar, después de escribirnos, esperó nuestras instrucciones. Dijo que quería, más que nunca, actuar en el mundo real y olvidarse de las pesadillas. ¿Qué comisión queríamos darle? Se sentía fuerte, repuesto, y había perdido diez kilos. Ah, y nos recordaba que había estado perdido en uno de los cinco mil túneles que comunican entre sí al Cuzco y las minas de Potosí; que aquí las papas tardan horas en cocinarse a causa de la altura; que el lago es sólo una huella del hielo en retirada; que la lava de los volcanes silba al descender; que el Alto Perú huele a mercurio transportado en sacos de cuero para tratar la plata; que me acosté con una muchacha que tenía las tetas entre las piernas; y que he visto al sol nadando debajo del mundo al anochecer.

IV. EL ALTO PERÚ

1

SU OVERO, que sólo olía al sudor de la caballada desnuda saliendo de la montaña, se unió a una nueva caballería con olor a pólvora, herradura y cuero. La antigua caballada sin arreos se fue deteniendo poco a poco, hasta quedarse atrás, toda ella, como asombrada ante ese olor desacostumbrado. En cambio, el caballo de Baltasar Bustos fue el único en seguir la cabalgata, confundiéndose con el tropel de guerra...

Agarrado como mejor podía al cuello sudoroso de la bestia, Baltasar Bustos sintió su rostro azotado por la crin salvaje, apelmazada: eran como cien breves chicotes. No se atrevió a agarrarse de la melena del caballo, por temor a encabritarlo. Pero el cuerpo del joven oficial resbalaba al galope furioso del caballo, aumentado por la emulación de la carga guerrera de veinte, treinta caballos más...

Lo recogieron como se levanta un fardo, o una hojarasca, al galope, como algo que arrastra el viento. No se dio cuenta de lo que ocurría. Sólo tuvo la certeza de que el mundo imaginado quedaba atrás y sería olvidado; ahora él era arrojado a un tumulto que se llamaba la realidad y que se lo llevaba en su cauda. Dos brazos fuertes lo levantaron al galope, lo doblaron sobre la montura, le hundieron la cara entre los aparejos de lana gauchos. Una voz dijo alguna barbaridad soez. Era voz cercana, pero ahuyentada por el fragor del combate. La cabeza de Baltasar, colgando, sofocada por el polvo, vio el mundo al revés.

Cuando volvió en sí, era de noche y los rumores se habían apagado. Lo primero que vio, como dos luces, fueron los ojos azules de un hombre barbado que chupaba el mate y no dejaba de mirarlo. Era un hombre hirsuto; la melena negra apenas se partía frente a las cejas pobladas; la barba y el bigote le subían hasta los pómulos y le bajaban hasta el pecho. La piel, en cambio, era pálida como la cera. Tez de santo que jamás ha visto la luz fuera de la iglesia, aunque los ojos azules eran más pálidos que la piel; sin embargo, la iluminaban. Las manos, rodeando la bombilla, negaban la palidez ciriaca, no por el color, sino por la rudeza. Y a pesar de todo, algo había en esos dedos de piedad, y bendición, y sacrificio.

Se miraron largo tiempo, como si el hombre velludo no quisiera aprovecharse de la postración de Baltasar para decir algo que no obtuviese respuesta. Cada gesto que este hombre añadía a su postura básicamente inmóvil, era, por contraste, un gesto dramático o, por lo menos, elocuente. La mirada, el movimiento leve, el ademán, querían comunicar al mismo tiempo dominación y dignidad. Baltasar pudo al fin pedir un mate. Antes de decir palabra, resumió lo que entendió en seguida, de vuelta en la realidad, después de observar por varios minutos a su anfitrión —¿dónde estaban?— y escuchar sus primeras palabras:

—Mi nombre es Miguel Lanza. El terreno es el fango de Inquisivi. La pareja somos yo y Baltasar Cárdenas. En el monte tenemos más de cien guerrilleros y quinientos indios.

Lanza tuvo que levantar una caña ardiente del fuego para iluminar, detrás de él, a un indio oscuro, de pie, que le tendió la bombilla a Baltasar Bustos.

—Nos llamamos igual, el indio y yo —dijo idiotamente, con una sonrisa, Bustos.

—Falta ver si son igual de valientes —dijo Lanza.

—Mi peligro es que admiro todo lo que no soy —esto es lo que Baltasar ya había pensado y ahora se sintió autorizado a decir.

—¿Cómo qué? —le dijo Lanza.

—Fuerza, realismo y crueldad. Es bueno que lo sepan ustedes.

—Tú eres ese porteño que proclamó veinte mil libertades desde la plaza de Ayopaya con el cura Muñecas, ¿no es verdad?

—Sí, y confío en que mis órdenes hayan sido ejecutadas.

Lanza lo miró impávido; luego la risa le asomó como una hebra de plata entre los dientes; la boca se abrió; la carcajada le estalló; las lágrimas de risa comenzaron a rodarle por el breve trecho entre los ojos azules y la barba negra como sobre un surco largamente reseco; levantó de vuelta el cañamazo ardiente para iluminar al negro Baltasar Cárdenas, pero éste no reía.

—Ya lo ves —le dijo Lanza, ahogado por el regocijo insólito, a Baltasar Bustos—; yo me muero de la risa, pero él no; yo sé que tus proclamas son puras palabras y me dan risa, pero este indio no, él se las ha tomado en serio. Y no te las perdona.

Baltasar Cárdenas dio un paso adelante y con la punta de la bota espoleada le dio un empujón a Baltasar Bustos que lo arrojó de vuelta en el camastro de salvado.

—Nos debes la vida —dijo el indio ante la mirada perpleja de Baltasar, y Lanza aclaró: —Tu batallón porteño se dispersó. Te quedaste solo entre la tropa española de un lado y nosotros del otro. Si te agarran los chapetones, a estas horas estarías muerto. Da gracias de que caíste con nosotros. —Da gracias —dijo el otro Baltasar y estuvo a punto de darle una patada al oficial de Buenos Aires, pero Lanza lo detuvo. —Somos hermanos en el calvario —le recordó a ambos Baltasares— y olvidados sean nuestros agravios para que abundemos en virtudes...

—Dime pronto tus razones y yo te daré las mías —continuó Miguel Lanza con una seriedad súbita—. Para acabar pronto y entendernos sin falta.

Baltasar Bustos cerró los ojos. Un hilo de sangre se le

escapó entre los labios y no pudo decir más. Quizás ellos entenderían su silencio, y el sueño que lo siguió, como una reiteración honorable de aquello que alcanzó a decir:

—Admiro todo lo que no soy.

En los días que siguieron a esta noche, Baltasar quiso adivinar, primero, la cara física de los lugares donde se hallaba; pero éstos cambiaban constantemente. Descubrió que su camastro era camilla y que la partida guerrillera de Miguel Lanza no paraba en ningún lugar más de cuarenta horas. Se movían entre lo desconocido; pero Lanza y el caudillo indio, Cárdenas, parecían conocerlo todo: las yungas, las vegas que recorrían expropiando sus frutos, los desfiladeros, los quiebres y rugosidades de la cordillera y, súbitamente, los cañamones que les precipitaban hasta el fondo de la selva y el fondo del fondo, hasta el lodazal, el fango del Inquisivi mencionado por el caudillo de la guerrilla.

Cambiaba el perfil del paisaje todo el tiempo; igual debía cambiar la vida de los montoneros de Lanza. ¿Qué había de permanente en ella? Cuando lo volvió a ver, un amanecer junto a un laberinto de cerros que desde lejos le habían parecido, la noche anterior, como un abanico a medio cerrar, le recordó sus palabras: "Vamos a darnos nuestras razones."

No fue sólo entonces, sin embargo, cuando Baltasar Bustos escuchó la vida de Miguel Lanza contada por él mismo. El indio su tocayo estaba siempre de pie detrás de Lanza y lo interrumpía cuando sentía que estaba hablando demasiado. Para el otro Baltasar, el indio, toda palabra era algo que sobraba, un esfuerzo excesivo. Tantas cosas esperaban para ser hechas; no era necesario decirlas. Y a medida que recobró fuerzas, Baltasar el criollo se incorporó, insensiblemente, sin que se lo ordenaran, a los trabajos de la partida montonera. Interrumpen comunicaciones. Secuestran correos. Reúnen víveres y armamentos. Atacan de noche. Desaparecen de día (esta mañana frente al abanico de cerros, regresan de pelear, van a comer unas tiras de cecina y a tomar mate antes de dormirse). Atacan de nuevo internándose en el monte, atrayendo a las fuerzas realistas hacia las ratoneras de la selva, atacando las retaguardias españolas a veces; otras, atacando sus vanguardias, hostigando sus flancos, cayendo una y otra vez sobre los equipajes, el parque, el correo, el oro, deteniéndose para fundir campanas y convertirlas en cañones, fabricar municiones con el salitre y el plomo de las minas que hicieron la despilfarrada riqueza de España y ahora eran el banco de pólvora de la insurgencia independentista: primero hay que ganar la guerra, luego vendrán la justicia y las leyes, le repitió de vez en cuando, en medio de esta actividad, Lanza a Bustos y luego le recordaba:

—Cada vez que han venido ustedes los porteños a implantar la revolución aquí en la selva y la montaña, la han jodido. Puede que sus jefes porteños sepan más que nuestros jefes indios, pero una tropa bárbara, venga de Buenos Aires o el Chaco, es tropa que quiere mujeres, dinero y el puro gusto de la violencia. Tú eres la víctima, Baltasar Bustos, de tus predecesores que llegaron anunciando libertad, igualdad, fraternidad, mientras sus soldados violaban, robaban e incendiaban. Igual que los nuestros. Pero aquí no nos damos aires. Queremos independencia para nosotros aquí y para la América en general, y sabemos el precio. Ustedes parece que no. Quisieran una guerra limpiecita y no hay quien se las dé. Los mestizos de Potosí se rebelaron contra las tropas de Buenos Aires y mataron a doscientos porteños de un golpe. ¿Qué quieres que pensemos, mi joven amigo? Son ustedes o pícaros o pendejos. Ya no los entiendo. Viene hasta acá el insigne general Belgrano, el héroe más genuino de la revolución, y manda volar la Casa de Moneda de Potosí para acabar con la fuente del poder español. Menos mal que tu tocayo el indio Baltasar Cárdenas estaba presente y le cortó la mecha, que corría más rápido que un galgo hacia los barriles de pólvora. ¿A quién le hubieran servido los tesoros de

Potosí hechos pura mierda por el celo revolucionario de Belgrano? Mejor lo hizo acá el ilustre Pueyrredón, que hoy es presidente de Argentina, y se huyó con el oro de Potosí, un millón de pesos fuertes en oro y plata sacados a la Casa de Moneda y montados en doscientas mulas de carga: tantas mulas como soldados le mataron los mestizos sublevados, para que las cuentas salgan justas, pues. ¿No te digo? O muy brutos o muy pícaros. ¡Mejor gobernarnos solos! ¡Mejor que viva la republiqueta del Inquisivi!

"¡Que viva, que viva!", le coreaba la partida entera que parecía escuchar a su jefe hasta cuando éste hablaba en voz baja para educar a Baltasar Bustos, el último recluta de esta guerra incesante, sin cuartel, de la que no se podía decir que "se reanudaba" porque no conocía, en verdad, reposo... "¡Que viva el Inquisivi y su jefe, nuestro general Miguel Lanza! ¡Que viva el criollo Baltasar Bustos!" Pues igual que ellos, con ellos, atacaba, se retraía, fingía perder para capturar al maturrango desprevenido, robaba el oro de Pueyrredón y Belgrano, robaba cartas y pensaba en el tiempo que hubieran tomado en llegar a Buenos Aires (si es que llegaban) las que nos escribía a sus adorados amigos, yo, Varela, y Dorrego, que contábamos el tiempo sin nuestro hermano menor, al que habíamos mandado, camaradas severos pero convencidos de nuestra razón, a foguearse, hacerse hombre, comparar los libros con la vida, mientras nosotros coleccionábamos relojes. Baltasar Bustos era éste mismo, que no dudaba en vadear un río crecido, arrojar una campana de iglesia de la torre al atrio para fundirla en cañón de cobre, quemarse la cara con el sol y las manos con el salitre. Baltasar Bustos era éste que robaba gallinas, equipaje, parque, todo menos matar a un hombre o tomar a una mujer, forzada o gozosa. Se volvió igual a todos, comió lo que todos, durmió las horas de todos. Sólo era distinto en esto, porque los demás no vivían, ni mataban, ni robaban o se exponían por una mujer lejana llamada Ofelia Salamanca.

Estas dos cosas las había evitado hasta ahora: coger y matar.

Y la tropa decía que un ángel protegía al querube porteño Baltasar, pues no dejaba de moverse y actuar un solo instante, sin tener jamás que recurrir a la muerte de un prójimo, por muy detestado maturrango que fuese, ni solazarse por una mujer, por apetecible y dispuesta que se hallase.

Poco a poco, llegó a compensar sus dos omisiones mediante la lealtad a la partida montonera.

En secreto, dormido en el colchón de salvado que al parecer le regalaron por verlo tan débil, tan criollo, tan a todas luces porteño de buena estampa, ignorantes todos ellos de sus raíces pamperas; pero también en público, hablándole al otro Baltasar que nunca le decía nada pero que al menos lo escuchaba y lo hacía sentir que no se volvía loco hablándose solo, se decía y le decía: —Admiro todo lo que no soy, sabes. La fuerza, el realismo y la crueldad. Mi salvación, hermano silencioso, será convertirme en lo mejor que puedo ser. Por eso estoy aquí con ustedes.

—Fue un accidente nomás —le reprochaba la mirada del indio.

—Ahora es mi voluntad —le contestaba Baltasar el criollo—. Aquí estoy con ustedes y seguiré por mi voluntad con ustedes. De todos modos sirvo la causa de la independencia.

Era su respuesta al misterio, al sueño, a la náusea de El Dorado, esa ciudad embrujada donde un hombre podía ver y escuchar a la mujer amada sin jamás tocarla: otra vez el suplicio de Tántalo, pero esta vez no con la presencia velada aunque inmediata de una recámara porteña, sino la evocación espectral, mediatizada, en una montaña de hechicerías salvajes...

Era también, lo debemos decir, su respuesta a los deberes que los hermanos mayores, Dorrego y Varela, le imponíamos al hermano menor, cómodamente, sin correr los riesgos del cadete. ¿Dónde, sin embargo, estaba la línea divisoria entre nuestros mandamientos y la aceptación de ellos por el joven Baltasar? La respuesta se la iban a dar, no sus camaradas lejanos —Dorrego y yo— sino su jefe inmediato, el cabecilla Miguel Lanza.

—Simplemente, quiero convertirme en lo mejor que puedo ser. ¿Qué debo hacer? ¿Es así como me compenetro con la naturaleza?

No le contestaban ni el indio ni los terrenos sueltos por las lluvias, al soltarse éstas también, ni los ríos crecidos que la partida sabía evitar, atrayendo a las turbias ondas a los realistas sobreequipados que en sus aguas se ahogaban: ellos no tenían uniforme, viajaban ligeros, engañando a los españoles hacia los lugares más secretos y peligrosos de la América del Sur, como diciéndoles: Miren, esto prueba que la tierra es nuestra. Ustedes mueren aquí. Nosotros sobrevivimos.

Con estas razones, sofocaban una culpa: No somos guerreros formales, no damos la cara de día, combatimos a mansalva, somos soldados nocturnos, crecemos de noche, como la selva.

Así sobrevivieron los conquistadores, y algo de ellos había en Miguel Lanza, no sólo por su aspecto de sabio guerrero, de místico bautizado por la sangre, sino por la biografía que poco a poco, en la andanza guerrillera interminable y sus raros descansos, Baltasar Bustos logró desovillarle. Era un desamparado. Quedó huérfano de pequeño y fue educado por los padres franciscanos en el Seminario de La Paz. El hermano mayor, Gregorio, introdujo en la casa los libros prohibidos.

—Era como tú, Baltasar el criollo. Creía en lo que leía. Creyó en la independencia. El 16 de julio de 1809 se unió en La Paz a los que proclamaban la emancipación de España, sin la máscara de Fernando VII. Fue la primera vez que se dijo lo que tú crees: los representantes del pueblo pueden proclamar los derechos del pueblo, con o sin monarquía española. La represión del virrey Abascal fue tremenda. Si los realistas no toleraban la insurgencia en nombre de Fernando VII, ¿qué no harían contra quienes se pasaban al rey por los cojones? Pues lo que le hicieron a mi hermano Gregorio: colgarlo en la plaza de armas de La Paz. Yo siempre imagino la cabeza ahorcada de mi hermano Gregorio, con esa lengua que hablaba tan bonito pues colgándole afuera hasta el pecho. ¿Qué iba a decir ahora esa voz que nos enseñó a los hermanos menores todo lo que sabíamos? Mira nomás cómo una vida y unas ideas que sólo son tuyas acaban por pertenecerle a otros y dime si lo que ha seguido es sólo un acto de venganza de mi parte, o la razón de mi propia rebeldía.

—Hablas mucho —punteaba estas conversaciones el indio Baltasar, pero Miguel Lanza evocaba tiernamente a su segundo hermano mayor, Manuel Victorio, que siguió la guerra de independencia donde la muerte truncó la vida de Gregorio y culminó su lucha, a orillas del río Totorani, en combate cuerpo a cuerpo y sin armas de fuego contra el capitán español Gabriel Antonio Castro.

—Dicen que esa tarde no se oyó un solo ruido en todo el Totorani, salvo el jadeo de esos dos luchadores, muertos de hambre y de fatiga, heridos de pies a cabeza, completamente solos en su combate, que al cabo cayeron, los dos juntos, muertos, en las aguas del río crepuscular. Los destinos fueron, a pesar de la comunidad de la muerte, distintos. A Manuel Victorio le cortaron la cabeza, la clavaron en picota y se la llevaron a La Paz, donde fue expuesta para escarmiento de rebeldes y alzados. Allí la miré largamente, hasta que se pudrió y la retiraron, hasta que tuve edad de seguir la lucha de mis hermanos. Ahora tú dime, Baltasar el criollo, si esta lucha mía es por venganza, por convicción o por fatalidad.

—Sí —le decía varias veces, a Lanza, a sí mismo, al caudillo indio su homónimo, Baltasar—, llámala venganza, convicción o fatalidad, pero es tu destino—. Comprendió entonces, y lo escribió rápidamente para que Dorrego y yo lo recibiéramos un día, que así como Miguel Lanza se hacía a sí mismo un destino con todas las hebras de la libertad y la fatalidad entrecruzadas, así él, Baltasar Bustos, se haría el suyo. ¿Cómo admitir, semanas, meses después de unirse a la partida altoperuana, que Miguel Lanza el huérfano tenía un nuevo hermano, más joven esta vez que él, y era el criollo Baltasar, heredero sin quererlo de las vidas de Gregorio y Manuel Victorio Lanza? Porque Lanza, después de decirle las razones biográficas de su revuelta, le proyectaba las razones objetivas de su estrategia militar, ante los mapas tendidos en el polvo y anclados por linternas robadas de alguna hacienda o convento; porque aquí todo era robado, sólo que Miguel Lanza explicaba: —Yo no hago más que circular la riqueza que estaba dormida. Soy un agente de la economía liberal.

Los mapas contaban otra historia, y al verlos, escuchando y atendiendo las razones de Lanza, Bustos, apenas liberado por la experiencia, empezó a sentirse prisionero. Los polos de la revolución en el sur de América estaban en la Lima virreinal y el Buenos Aires revolucionario, decía Lanza.

—Llevamos seis años en esto y ni Lima vence a Buenos Aires ni Buenos Aires a Lima. Las dos fuerzas más poderosas se anulan. En el medio estamos nosotros: las guerrillas del Alto Perú. Buenos Aires está lejana. La opresión colonial está cercana. La guerrilla es necesaria. Las fuerzas realistas están aquí. Nosotros también. Tú y los tuyos, Bustos, vengan, auxilien, hagan discursos. Pero no pierdan de vista la realidad. Aquí hay tres ejércitos. El rioplatense no sabe luchar en la montaña. El realista tiene que luchar. Sólo nosotros, los montoneros, tenemos que luchar aquí y sabemos cómo.

Si él, Baltasar Bustos, hablaba de leyes, injusticia e ideales, que notara también cómo se ejercía la libertad guerrillera, cómo eran los propios lugareños los que formaban la partida, elegían al jefe, se disciplinaban para servir a la causa... La libertad que él quería para su gran ciudad no era quizás idéntica a la libertad que los indios y mestizos del Alto Perú anhelaban. Pero si allá la libertad se confundía con la ley que la proclamaba, aquí era inseparable —decía Lanza— de una igualdad que nunca había sido conocida en estas tierras.

—Quizá nunca la conocerán si no usan su fuerza para aplicar la ley —le contestaba el hermano menor, Baltasar, aplicando nuestras recomendaciones: apoya lo que te niega, para poner tus ideas a prueba y fortalecerlas.

—Ellos quieren cambiar su vida, no sus leyes —dijo Lanza, hablando como Bustos en el Café de Malcos.

—Quizá no logren ni una ni otra cosa y vivan siempre igual, en la miseria —concluía Baltasar, porque los hechos se venían encima, le arrebataban la palabra, le sumaban a la fuerza críptica, disfrazada, enigmática, de Miguel Lanza, por un camino de picas coronadas con cabezas cortadas como las de Manuel Victorio Lanza, equilibradas con una plasticidad enervante por las lanzas de caña huecas y punta de fierro anudada que los montoneros portaban a lo largo de las veredas pinas que los conducían, esta vez, a las cumbres peladas y ventosas, sin vegetación ni para colgar a un rebelde, antes de precipitarlos nuevamente por las fajas de piedra pizarra y oblicua a los bosques tropicales al fondo de las quebradas, siempre con la intención de atraer a las fuerzas españolas hacia la emboscada, haciéndoles creer que la guerrilla estaba derrotada, devastando, desangrando poco a poco a la fuerza realista, obligándola a responder con represión y guerra a muerte contra los pueblos de donde provenían los guerrilleros, considerados ladrones, salteadores, asesinos y perros rabiosos: pueblos enteros desaparecían, quedando sólo los caminos hacia ellos que también acababan devorados por la naturaleza móvil, sin reposo: río crecido sin nadie que lo encauce, tierra deslavada, selva gangrenosa sin nadie que la pode, montaña nevada, matorral moribundo, pueblos desaparecidos...

Todos fueron cayendo, en ese año que Baltasar Bustos pasó con la partida de Miguel Lanza, cambiando él mismo como el paisaje, los pueblos y los hombres que entonces conoció. Cayó el padre Ildefonso de las Muñecas en su partido de Larecaja, desde donde cerraba la puerta a Lima, y cayó Vicente Camargo en la ruta de Potosí, desde donde abría la puerta a Buenos Aires. Cayeron Padilla y su mujer guerrillera cuyo último grito fue: "¡Esta guerra es eterna!" Cayó el generoso Warnes y con él se cerró el asilo para los tiempos de la derrota. Sólo Lanza se negaba a admitirlo.

Un día se apareció solo en el campamento. Los ojos azules se habían vuelto negros como la barba.

—Han matado a Baltasar Cárdenas —dijo simplemente—, ha muerto nuestro hermano.

La cabeza del indio fue paseada por la plaza de Cochabamba y luego dada a comer a los cerdos. Pero Lanza no cejaba de interrumpir comunicaciones, capturar correos, reunir víveres, pólvora, plomo, caballos, medicinas, forraje, alcohol y hasta hembras, aunque éstas eran cada vez más escasas. Los caballos, en cambio, venían a reunirse como por natural simpatía a la partida montonera. Cimarrones, sin dueño, iban llegando de quién sabe dónde a la republiqueta del Inquisivi. Sus cuerpos despedían un vapor constante en la selva. No era el mejor lugar para ellos. ¿Qué hacían aquí?

—Quieren decirnos algo —imaginó Baltasar Bustos, ahora el único Baltasar de esta compañía.

—Ni se te ocurra —le contestó Lanza, ahora el de los ojos negros, como si el indio Baltasar Cárdenas le hubiera regalado su mirada al morir.

—Pero si no sabes lo que voy a decirte —exclamaba, con lógica exasperada, Baltasar.

—Eres de los nuestros. Acabamos por leernos el pensamiento.

—¿Que nos invitan a montarnos e irnos con ellos, lejos, abandonando esta tierra que hemos recorrido palmo a palmo y sabemos perfectamente que es hostil, seca y no vale un carajo?

—Sí —dijo Miguel Lanza—. Ni lo pienses. Esta lucha no se acaba nunca. Es nuestro destino. Pelear hasta la muerte. No salir nunca de aquí. Y no dejar que salga nadie que ha llegado hasta aquí.

Luego repetía, para que no cupiera duda: —Es muy difícil llegar hasta aquí, debe ser imposible largarse de aquí.

Lo decía como si a pesar de su amplia fraternidad, temiese que un desertor —pues lo sería cualquiera que abandonase vivo a Miguel Lanza— fuese a contar por allí, en las ciudades, a los porteños o a los chapetones, quién era Miguel Lanza, cómo y dónde vivía y cuáles eran sus senderos. La secreta voluntad de Miguel Lanza era conocida por todos, era la ley no escrita del Inquisivi.

—Vamos a movernos todo el tiempo, sin parar, pero sin abandonar jamás el perímetro de la montaña, la selva y el río—. Y todos sus soldados debían pensar como él. No habría excepciones. No lo sería el criollito Baltasar Bustos.

Sin embargo, sólo la llegada de los cimarrones hizo explícito este trato. Sólo entonces Miguel Lanza le dijo claramente a Baltasar lo que éste ya sabía y aceptaba día a día, como parte de su integración a la tropa montonera y a la naturaleza salvaje del Alto Perú. Seguirían juntos hasta el fin. Pero la decisión era suya, de Baltasar. Era un pacto consigo mismo. Hizo muy mal Miguel Lanza en decírselo en voz alta, cuando llegaron los cimarrones:

—El que se une a mi tropa ya no la deja nunca. Ni lo pienses, Baltasar. De aquí no sales ni tú ni nadie. Todos somos ciudadanos de la republiqueta de Miguel Lanza hasta vencer o morir.

La cabeza de Baltasar Cárdenas llegó esa noche, robada por un parcial de la guerrilla, a manos de la partida apostada para atraer a los españoles a los arenales de Vallegrande, y de allí a las selvas donde todos los que entraban se pierden.

Alguien le había sacado los ojos al indio.

Baltasar Bustos miró a Miguel Lanza con sus ojos negros que antes fueron azules y lo entendió todo.

Esa noche volvió a dormir temblando de fiebre, como el primer día. Luego trató de escribirnos a Dorrego y a mí en Buenos Aires para preguntarnos si nosotros también nos habíamos propuesto la cuestión del destino, pues él, nuestro hermano menor, nuestro joven camarada, acababa de sentir que, insensiblemente, había pasado un año con un destino que él creía suyo, libre, pero que no lo era, no era el suyo, sino que Miguel Lanza se lo quería imponer. El precio era la recompensa que nosotros entenderíamos mejor que nadie: ser hermanos. Ampliar la fraternidad pero a costa de sacrificar la libertad. Por eso les escribió a ellos, sus verdaderos hermanos: un nosotros mínimo, de sólo tres hombres. Baltasar Bustos, nos escribió, no tenía por qué cumplir el destino trunco de otros tres hermanos, los Lanza, Miguel, Gregorio y Manuel Victorio.

Admitiría que admiraba cuanto él no era. Y esperaba que su salvación consistiría en ser lo mejor que pudiera ser a medida que sus circunstancias se desplegaban, crecían y lo presionaban. Quería ser lo mejor que pudiera ser, en el choque entre lo que él se proponía ser y lo que los demás le imponían.

Recordaba las lejanas discusiones, febriles, en el Café de Malcos, a la hora inminente de la revolución. Visto con la visión que el presente le otorga al pretérito, Baltasar Bustos se veía hoy menos convencido que ayer de sus ideales, que celoso de imponérselos a otros. O de castigar a otros por no compartirlos. A Miguel Lanza le importaban un rábano, no los ideales de Baltasar, pero sí su pretensión de imponérselos a los demás. Porque si Baltasar tenía razón, ¿no la tenía también Miguel Lanza cuando confundía el destino de un hombre con la guerra sin cuartel, interminable, repetitiva, hastiante...? Y al final de este calvario, Lanza y sus seguidores sólo podían vislumbrar un paraíso claustrofóbico: vivir encerrados, no ceder una pulgada de lo conquistado con tanto fervor y sacrificio, convertir en valor supremo de la existencia la fatalidad aislada, repetida, cercada, de una tierra que no valía un carajo.

Baltasar Bustos vio en ese instante el destino de Miguel Lanza como el de un héroe numantino, decidido a arrojarse sobre las espadas romanas antes que ceder o comprometer la pureza de su combate.

¿Quién era, entonces, el verdadero idealista? ¿Miguel Lanza, encerrado en el círculo sin salida de la lucha a muerte? ¿O Baltasar Bustos, que proponía un ideal pero, ahora, conocía también la lucha que el ideal exigía? Lo malo, esa noche, para él, era que no podía comprender —nos escribió a Dorrego y a mí— si la lucha comprometía y aplazaba para siempre el ideal, o si éste, al cabo, no valía la pena y merecía que la realidad humana, el hambre de acción y movimiento que al cabo justificaban la vida de Miguel Lanza, lo derrotasen.

"Vivir, morir. Qué poco trecho y qué poco tiempo entre los dos. Díganme mis amigos del alma, Manuel Varela, Xavier Dorrego, ¿nos hemos equivocado, tenía razón mi padre, pudimos ahorrarnos esta sangre mediante el compromiso, la paciencia, la tenacidad? Quizá, si no nos levantamos en armas, sólo hubiésemos sufrido el holocausto ejemplar de los sumisos. Pues nadie había más violentos que quienes hoy nos acusan de violencia contra ellos: nuestros verdugos seculares, me dice a la oreja esta noche la voz, criolla como la mía, del deplorable, admirable loco Miguel Lanza, dictándome mi destino, igual al suyo, para no quedarse solo ahora que sus hermanos fueron matados. Y entender esto me basta, Dorrego, Varela, para entender que mi destino dejará de ser mío entre Lanza y sus montoneros, pues mis opciones se reducirán a una sola: no la lucha por la independencia, sino la muerte en nombre del ideal; o la vida enclaustrada para que Lanza no se vuelva a quedar sin hermanos, solitario en medio de esta naturaleza enemiga.

"Otra voz me habla también secretamente, sin embargo, y es la voz muerta de la cabeza sin ojos de mi tocayo Baltasar Cárdenas.

"Cuando cayeron los españoles en la trampa que les preparó Miguel Lanza en el Vallegrande, yo estaba entre los primeros en lanzarme contra ellos. Me despedí del ángel de la paz que hasta entonces me protegió y me entregué a su compañero oscuro, el ángel de la muerte. Descubrí que eran mellizos. Me trabé en el combate cuerpo a cuerpo a medida que nos desparramábamos por los arenales, aislándonos unos de otros, realistas y montoneros; pero en medio de la lucha a sablazos y puñaladas, yo me di cuenta de que si al fin yo iba a matar a un enemigo, éste no debía ser mi igual, mi semejante, mi probable igual, sino precisamente mi desigual, mi hermano verdaderamente enemigo, y no porque militase en las filas españolas, sino porque era realmente distinto, el otro, el indio...

"Con los cristales manchados de fango en esa primavera mortal del Alto Perú, limpiándome los espejuelos con la manga de la casaca, busqué el rostro cobrizo, la figura del débil, aunque físicamente fuese fuerte. Débil ante mis razones, mis letras, mis teorías, mis refinamientos, mis costumbres... Débil porque su tiempo no era el mío, sino el de esa ciudad mágica y espectral que un día me mostró el maestro Simón Rodríguez. Otro porque soñaba otros mitos que no eran los míos, débil porque carecía de mi lengua, distinto porque no me entendía a *mí*... porque en *mí* él también veía a su enemigo, el amo, el capataz, el rapaz, el irredimible blanco...

"Lo abracé con todas mis ganas, casi como si matándolo también lo amara y él fuese, de un golpe, la consumación de los dos actos que rehusé cumplir acá en la guerrilla. Matar y fornicar. Miré los ojos amarillos, vidriosos, del indio que combatía con los españoles y no permití que me ofuscara la parcialidad. No lo mataba por realista, sino por indio, por débil, por pobre, por distinto... Le quitaba para siempre su destino sin saber siquiera si podía, verdaderamente (para siempre) hacerlo parte del mío...

"Abrazado a él, le clavé el puñal hasta lo más hondo de su vientre moreno, de sus tripas calientes como las mías, pero alimentadas por otra cocina. Aquí el agua tardaba en hervir —pensé absurdamente en el momento de matarlo, abrazado a su cuello, enterrándole el puñal en la barriga—; las papas duran horas cocinándose...

"Maté por primera vez. Todo pasó en un instante. Y sentí el estupor de seguir vivo.

"Maté al indio en un lugar apartado. Nadie me vio cometer el crimen. Pensé en Baltasar Cárdenas y la manera como los españoles hicieron memorable su muerte. Sacándole los ojos y clavándole la cabeza cortada en la plaza pública.

"Yo quería hacer memorable también la muerte de este soldado indio anónimo. Era mi primer muerto.

"Me desvestí apresuradamente. Quedé completamente desnudo en medio del lodazal y la lluvia reanudada, que me lavó la sangre y el barro de la batalla.

"Desvestí en seguida al indio muerto. Esto lo hice con lentitud. Luego le puse mi propia ropa, trabajosamente, sin preocuparme porque mi muerto era pequeño y las prendas mías le quedaban grotescamente holgadas.

"Sólo cuando lo vi allí, tirado en el barro, lavado como yo por las aguas del cielo, sentí que había cumplido con mi primer muerto y que podía, desde ahora, matar en la guerra con buena conciencia, sin pensarlo dos veces. Él sería mi víctima propiciatoria, mi muerto memorable.

"Me vestí con la ropa del indio, que es amplia y gruesa para defenderlo de las noches frías del altiplano.

"Y sólo entonces me dediqué a memorizar su rostro.

"Pero la cara no se grababa en mi mente. La veía igual que todas las caras de indios. Idénticas entre sí. Indistinguibles para mi ojo citadino y blanco.

"¿Qué rostro podía entonces darle a esta víctima mía para hacerla realmente memorable? Apenas pensé esto, dejé de ver el rostro del indio muerto y vi el mío como un rostro guerrero, glorioso. Me di risa. Traté de trasladar el rostro de mi victoria en el campo de batalla al soldado indio vestido con mi ropa y yacente a mis pies. Esto, mis amigos, sí que pude hacerlo. La máscara de la gloria pasó sin dificultad de mi rostro al suyo, cubriéndolo con un rictus de horror y violencia. No tuve que verme en un espejo para saber que ahora el indio y yo compartíamos al fin un mismo rostro.

"Era el rostro de la violencia.

"Huí del lugar apenas sentí que ambos rostros, el mío y el de mi víctima, se estaban transformando una vez más. Ya no se llamaban gloria. Ni siquiera se llamaban violencia. Arrancadas las máscaras de la guerra, el rostro que nos unía era el de la muerte.

"Había pagado mi deuda con Miguel Lanza."

Baltasar Bustos separó esta noche las cosas que consideraba suyas —un portapliegos de cuero, los anteojos en estuche— y escribió lo que precede en los pliegos. Luego se forró los papeles de las cartas destinadas a Buenos Aires entre el cinturón y la piel, y esa noche, mientras la partida celebraba la victoria de Vallegrande entre borracheras y cantos, abandonó el Ayopaya y los fuegos mortecinos del campamento de Miguel Lanza, tendido en el costillar, abrazado, como llegó, al cuerpo de uno de los caballos cimarrones que vino a buscarlo y que él soltó, fabuloso rebaño salvaje, con la esperanza de que encontrara el camino de regreso al hogar: la pampa, su padre, Sabina, el gauchaje...

2

José Antonio Bustos yacía tendido en el salón de la estancia, allí mismo donde 10 años antes se veló a su esposa, la vasca María Teresa Echegaray. Pero si la mujer murió como vivió, desprevenida, el marido le había anunciado al hijo, Baltasar:

—Si me encuentras muerto con una vela en la mano, quiere decir que acabé por darte la razón. Si me encuentras con las manos cruzadas sobre el pecho y enredadas en un escapulario, significa que me aferré a mis ideas y me morí combatiendo las tuyas. Trata de convencerme.

Baltasar regresó a la pampa muy tarde y muy temprano. Muy tarde para convencer a José Antonio Bustos, muerto dos días antes. Muy temprano para evitar la incertidumbre que de allí en adelante le acompañaría. Su padre estaba tendido con las manos dobladas, los dedos enrollados en un escapulario y una vela, erguida como un falo blanco, entre los dos puños apretados para siempre en el rigor final.

De tan frágil y consumido, parecía que el padre se le iba a ir volando a Baltasar y que esa vela era un mástil, aunque el rosario era un ancla más poderosa que cualquier viento. Se parecía más, sin embargo, a la cera. Bustos el criollo recordó a Miguel Lanza y su color de santo. Ahora Bustos el padre lo había adquirido también, pero al costo de la muerte.

Cuestionó a Sabina: —¿Qué dijo, qué pensó al final, murió en paz, me recordó, me dejó dicho algo?

—Crees que preguntas por él, pero sólo piensas en ti —dijo la hermana con esa mueca que la afeaba y le imposibilitaba a Baltasar verla como una fea, por lo menos, amable.

—A ti te gustaría saber, si estuvieras en mi caso.

—Hijo pródigo —metaleó Sabina con su peor *grimace*—. Dijo que no se podía caminar contra el océano. Pensó que todo era un espejismo y que por ello todos eran ilusos y todos tenían razón. Murió con sosiego pero con incertidumbre, como lo demuestran la vela y el rosario. Te dejó dicho lo que acabo de decirte yo.

Se mostró indecisa por un instante y luego añadió:

—A mí ni me dijo nada ni me dejó dicho nada.

—Estás mintiendo nuevamente. Te quería y era cariñoso. Estabas cerca de él. Le hablabas duro y él te lo admitía. Dices esto para inspirarme compasión y culpa. ¿No trajeron a un niño rubio a vivir con ustedes?

Sabina negó con la cabeza. —Ni niño, ni padre. Y tú has regresado. Ya no puedes pedirme que siga aquí.

—Haz lo que gustes, hermana.

La palabra fraternal se le agrió entre los dientes. Acababa de dejar a tantos hermanos, muertos y vivos y a punto de perecer; añoraba a otros, Dorrego y yo, Varela, que llevaba ya seis años sin abrazar... Y Sabina sólo lo miraba con extrañeza, como si las palabras que le dirigía correspondiesen a un hombre que no estaba (o no estaba ya) frente a ella. Le hablaba a su recuerdo de Baltasar.

—Cómo has cambiado. Ya no eres el mismo.

—¿Cómo?

—Eres como ellos —dijo mirando hacia afuera, al gauchaje reunido en duelo alrededor de la casa y que ahora miraba con una extrañeza más secreta que la de Sabina al hijo pródigo que regresó pareciéndose a ellos, los peones del amo don José Antonio, antes nómadas, ahora arraigados por las leyes de la revolución porteña. No debía ser así, le decían las miradas que le seguían a lo largo de los talleres y establos; el hijo del patrón no debería parecerse a los peones del patrón, a sus arrieros, boleadores, jinetes, amansadores, vaqueros, herreros y fuelleros. Debería ser siempre el señorito; debería ser diferente de ellos. ¿Cuántos eran los bastardos de José Antonio Bustos entre el gauchaje? Uno o mil: ahora Baltasar se parecía a todos ellos y ya no a sí mismo. Desde que Simón Rodríguez lo levantó del lecho de la *Acla cuna* y le mostró su imagen en el vidrio de una ventana de Ayopaya, Baltasar no había querido verse otra vez en un espejo. No abundaban en la guerrilla; que la naturaleza labrara su apariencia al golpe de su vida; la montaña no se miraba a sí misma, ni uno de esos ríos desbordados de la selva; ni el cóndor pensaba en sí mismo, ¿por qué él? Sólo ahora, desprendido de la partida guerrillera, de vuelta en el hogar y en la muerte doméstica, bajo la mirada de sus antiguos siervos, tuvo la tentación de verse al espejo y la resistió de nuevo. Le bastaba la mirada de los gauchos: se había convertido en ellos. Tocaba su melena, su barba intonsa, su piel curtida, sus mejillas enjutas, y sólo el aro de metal de los espejuelos delataba al Baltasar de antes. ¿Cómo iba a cambiar su mirada? Por ella se podían colar los viejos antagonismos de la desigualdad. Se parecía a ellos; quiso demostrárselo paseándose por la estancia como lo hacía por el monte, mostrando su familiaridad recién adquirida con el salitre y el fierro y con los productos del ganado, los tasajos y los sebos, las cerdas y los cuetos, los charques y los huesos...

Pero se diferenciaba de los gauchos porque ni uno solo de estos hombres sentía, como Baltasar Bustos al regresar a su casa, que continuaba atrapado entre el reino indio, el ejército realista, las republiquetas separatistas y la hegemonía ilustrada de Buenos Aires. Ni uno solo de estos gauchos compartía esta angustia *política* y *moral* con él; para ellos no existían estas divisiones, sino la más inmediata de lo tuyo y lo mío, y si me das bastante de lo tuyo, yo me contento con lo mío. ¿No expresó Castelli, en su malograda campaña en el Alto Perú, que el pueblo debe tomar sus propias decisiones, disponer de sí, desarrollar todo su potencial económico, político y cultural y pensar lo que quiera? Baltasar Bustos miró por última vez las manos cruzadas de su padre, enredadas en el rosario, manchadas por la vela, insensibles ya al ardiente dolor, y luego miró las miradas desconcertadas del gauchaje que no esperaba el regreso de un amo igual a ellos, y luego recordó la distancia infinita del reino indio, de la fantasía contra la cual luchaba su razón y de la presencia de su tocayo el caudillo indio. Ninguno de ellos pensaba como *quería*. Todos pensaban como *creían*.

La idea lo aplastó, lo descorazonó y entendió al cabo la risa de Miguel Lanza, única en esa alma de santo triste, de guerrero insomne, cuando repitió las palabras del emisario de la revolución rioplatense en el Alto Perú: "¡Haremos en un día el trabajo de la eternidad!"

Eran palabras risibles. ¿Lo era también el peso que Baltasar Bustos sentía sobre sus espaldas al decirle todo lo anterior en la oreja helada a su padre José Antonio: "Me toca a mí hacer en toda mi vida la obra de un día. Pesa sobre mí, sobre cada uno de nosotros, la responsabilidad entera de la revolución de independencia"?

La vela acabó por derretirse entre las manos insensibles del padre muerto. En cambio, el rosario siguió allí, enredado como una serpiente sagrada. ¿Qué iba a cambiar, quién lo iba a cambiar, y cuánto tiempo tomaría cambiar las cosas? Pero, ¿valía la pena cambiar? Todo esto venía de tan lejos. No se había dado cuenta antes: el origen era tan remoto, las cosmogonías americanas precedían todo débil barrunto de razón secular, *écraser l'infame* era una infamia en sí que reclamaba su propia destrucción: era un débil parapeto racionalista contra la antigua marea de los ciclos, regida por fuerzas que nos preceden y nos sobrevivirán... En El Dorado, él había visto las miradas de luz que contemplaban el origen del tiempo y celebraban el nacimiento del hombre. No recordaban el pasado; estaban allí, siempre, sin perder por ello ni su presencia en la actualidad más inmediata ni sus orígenes más remotos... ¿Cómo caber junto a ellas, sin perder nuestra humanidad, sino acrecentándola gracias a todo lo que hemos sido? ¿Podemos ser al mismo tiempo cuanto hemos sido y cuanto deseamos ser?

Su padre no le contestaba. Pero Baltasar estaba seguro de que lo escuchaba. Sabina había dejado que se consumiera la vela. Dio un alarido histérico cuando la llama tocó la carne. —No siente nada —le dijo Baltasar. Ella sí que sentía los cuchillos que llevaba siempre puestos, como escapularios, entre los pechos, encima del coño, entre las nalgas: él ya no necesitaba verlo para saberlo; los olía allí, cerca de su hermana y del cadáver de su padre; los sentía punzándole su propio cuerpo, con la misma certeza con que su puñal de combate penetró el cuerpo del indio en el encuentro del Vallegrande. De la misma manera como sabía: "Maté a mi enemigo de raza en la batalla", sabía también: "Mi hermana usa cuchillos privados, tibios, mágicos, cerca de sus partes"; como supo antes: "Miguel Lanza quiere que no me escape nunca de su guerrilla para ser su hermano menor, en vez de sus hermanos muertos." De todo esto, asumiéndolo, quería ahora separarse para seguir adelante hacia su propia pasión que era la mujer llamada Ofelia Salamanca.

Le escribió después a sus amigos que acaso su sino era el del regreso a la estancia paterna: demasiado tarde para algunas cosas, demasiado pronto para otras. Era un inoportuno. Pero ellos mismos le habían señalado la oportunidad. Ofelia Salamanca había salido de Chile y se encontraba en el Perú. Había pues, razones de ser, inmediatas, sensuales.

—Tus amigos mandaron un recado. No pudieron recuperar al niño. La mujer está en Lima. Ya está. ¿Te irás?

Baltasar le dijo que sí a su hermana.

—¿No me llevas contigo?

—No. Lo siento.

—No es cierto, pero no importa. No me llevas porque me respetas. No esperaba menos de tu amor por mí. Tú jamás me deshonorarías. Que lo hagan los gauchos.

—Perdóname si no siempre estoy atento. Quisiera estar siempre abierto a lo que piensan y quieren los demás.

—Sabes que ya no tengo nada que hacer aquí. No tengo nadie a quien cuidar.

—Queda la casa. Quedan los gauchos. Tú misma lo acabas de decir.

—¿Soy la ama?

—Si quieres, Sabina.
—Me voy a morir de soledad si no me entrego a ellos.
—Hazlo. Ahora vamos a enterrar a nuestro padre.

V. LA CIUDAD DE LOS REYES

1

LA GARÚA se suspendía sobre Lima ese verano de 1815 cuando el Marqués de Cabra, asomándose a su balcón barroco suspendido sobre la plazoleta de las Mercedarias, le dijo a nadie, a la nube fracturada, a la lluvia invisible que calaba el alma: —Esta ciudad nos enerva a los españoles, nos deprime y nos desmoraliza. Lo bueno es que lo mismo les pasa a los peruanos.

Se rió como una gallina de su gracia y cerró los complicados batientes de las celosías virreinales. Su criado indio lo había vestido ya de casaca plateada, pechera de holanes, pantalón corto de seda, medias blancas y zapatos negros con hebilla de plata. Sólo le faltaba el bastón de malaca con empuñadura de marfil.

—¡Cholito! —le dijo con cariño imperioso a su criado. Estaba a punto de dar la orden, pero el muchacho indígena ya tenía el bastón preparado y se lo entregó a su amo, no como se debía, para que el marqués lo tomara de un puño por la cabeza, sino al centro, ofrecido como una espada vencida. El cholito éste debió haber visto en su corta vida muchas espadas, rendidas, ofrecidas al vencedor. Eran parte de la leyenda del Perú: cada victoria era negada por dos derrotas, de manera que la aritmética del fracaso era inevitable. Ahora, lo que fijó la atención del Marqués de Cabra fue lo acostumbrado: la empuñadura de marfil de su bastón, que era una cabeza de Medusa, con la mirada inmóvil y aterrante y los senos duros, como anunciando la piedra que contenían sus ojos.

Había sido un regalo de su esposa, Ofelia Salamanca,

y de tanto acariciarla, la Medusa había perdido algo de sus facciones y, por completo, los antiguos pezones de la atroz figura mitológica. El marqués sacudió su cabeza y la peluca recién empolvada dejó caer algunos copos sobre los hombros del antiguo presidente de la Audiencia de Chile. El brocado los absorbió, como absorbía la caspa de la cabellera rala del hombre sesentón que esta tarde salía a una Lima dividida, como siempre, entre los rumores públicos y los rumores privados.

Aquéllos tenían que ver con la situación desatada por los sucesos de Waterloo y el exilio de Bonaparte a Santa Elena. Fernando VII había sido restaurado en España, negándose a jurar la constitución liberal de Cádiz gracias a la cual regresaba al trono; la Inquisición había sido reinstituida y los liberales españoles eran objeto de persecuciones que a algunos les parecían incompatibles con su defensa de la patria contra el invasor francés, mientras el reyezuelo idiota vivía un exilio dorado en Bayona. Lo importante para las colonias americanas de España era que de una vez por todas había caído la famosa "máscara fernandina". Ahora se trataba de estar a favor de la monarquía borbónica restaurada, o en contra de ella. Ya no había medias tintas. Españoles contra hispanoamericanos. Simón Bolívar les había hecho el favor de darle un nombre al combate: era *la guerra a muerte*.

El Marqués de Cabra prefería prolongar, como lo hacía en esos momentos al vaivén de su carroza, los rumores públicos a fin de postergar los privados. Pues en este verano enervante de lluvias jamás consumadas, como una boda de cópulas aplazadas cada noche, él mismo era el objeto preferido del chisme limeño, y su entrada a los jardines del virrey Abascal en esta ciudad de huertos multiplicados para escapar a los temblores, no haría sino aumentar eso que los chilenos, con su inimitable gracejo lingüístico, llamaban "la copucha".

La verdad es que otras cosas ocupaban la atención de

los invitados a la fiesta vespertina de los virreyes, y la primera de ellas era el juego de la gallina ciega que los jóvenes privilegiados de la Corona —*la jeunesse dorée*, los llamaba el Marqués de Cabra, siempre al tanto de las novedades parisienses— disfrutaban correteándose a tropezones por los jardines dieciochescos de la residencia virreinal, pálida imitación, a su vez, de los jardines de Aranjuez, que eran el más pálido reflejo, para terminar, de los jardines reales de Le Nôtre.

—Caramba, que con tanta gallina este jardín más bien parece corral —dijo el Marqués de Cabra, como era su hábito, a nadie y a todos. Esta costumbre le permitía decir desfachateces e ironías que nadie podía tomar a mal si no iban dirigidas a persona en particular, pero que cada cual podía aplicarse a sí mismo, si le venía el hábito.

El jardín era, más bien, una especie de hermosa lavandería en movimiento, pues la agitación de paños blancos, gasas y telas, pañuelos y sombrillas, dominaba el espacio: faldas volanderas, moños, camisas de holanda, polleras, levitas color ciervo, borlas, flecos, cordones de plata, charreteras y fajas militares, pero sobre todo los pañuelos, pasados entre risas de unos ojos a otros, vendándolos, vedándolos, permitiendo al ciego sólo un instante, blanco como un relámpago, para darse cuenta de la ubicación de la presa preferida, hombre o mujer, aunque dos jóvenes curas se unieron también al juego, y sus hábitos negros eran el único contraste para tanto albor. El marqués, desde su privilegiada distancia, apreció los rubores agitados de la bella juventud criolla, donde tanto se cultivaba la tez clara, la mirada rubia, la cabellera solar. De allí la abundancia de sombrillas en manos de las muchachas, que aun cuando se cegaban con la venda sobre la mirada, no soltaban su parasol y corrían graciosamente, una mano deteniendo la sombrilla, la otra buscando a la pareja ideal prometida por el azar del juego. En cambio, entre los muchachos, la agitación del calor y el juego sacaba pronto rubores morenos, como si la pura estampa criolla reclamase una inactividad perfecta. En la recámara velada de un palacio de celosías, sonrió el espectador recién llegado, o en la mazmorra de una cárcel, allí acabarían reposando estos señoritos, pues esto le prometía la guerra de independencia a la bella juventud limeña: el poder renovado o la prisión. *Guerra a muerte*... Por el momento, lejos de la resistencia loca e inverosímil de las partidas montoneras del Alto Perú, lejos, incluso, de la amenazada paz de Chile, el Perú permanecía como el bastión central de España en la América del Sur. ¿Por cuánto tiempo? Era como jugar a la gallina ciega dijo el pícaro y divertido marqués, introduciéndose como un elemento de juglaría en la rueda de los jóvenes, adoptando actitudes coquetas, arrojando lejos su tricornio, añorando quizá las capas y los chambergos prohibidos por la monarquía modernizante de Carlos III, despidiendo el perfume y el polvo de sus *toilettes* dieciochescas entre este grupo fresco pero sudoroso de jóvenes que ya habían abandonado la clásica peluca, a favor de las melenas románticas, libres, agitadas por el viento... La ruptura entre las generaciones comenzaba, también en Lima, con la moda del pelo, pues esto (quería creer, con espíritu comprensivo, el Marqués de Cabra) era para indicar que comenzaba en las cabezas. Era la era de las cabezas. ¿No lo pidió el ministro de Felipe V? "¡Denme cabezas!"

No pudo pensar más porque la suya topó con la del muchacho que traía puesta la venda y con los brazos extendidos giraba en busca de su pareja; giraba con más energía y afán que nadie, agitando su melena de bucles bronceados y entreabriendo sus labios rojos y abultados, en los que la palidez de la barba cuidadosamente afeitada contrastaba con la piel de la frente y las mejillas, morena, curtida por el sol. La venda blanca le cubría la mirada; y si su cabeza rizada chocó contra la peluca del Marqués de Cabra fue tanto por la agitación del joven como por la intrusión del viejo.

El joven agarró de los brazos al viejo, sintió las rugosidades de la casaca, se arrancó la venda al tiempo que el viejo se arreglaba la peluca descompuesta y ladeada sobre el cráneo, y ahogó un grito sordo, casi animal, comparable al de un toro cuya fuerza ha sido engañada. Pues lo que Baltasar Bustos imaginaba, en la oscuridad impuesta por el juego, era un encuentro nocturno con Ofelia Salamanca, un encuentro del cual este juego de la gallina ciega no era sino un pronóstico, un ritual anticipado. Le aseguraron que ella estaba en Lima; para ella vino hasta acá, en un largo viaje desde la pampa por el desierto y la sierra a Ayacucho y la costa peruana; para ella se cortó las barbas y el bigote, se aliñó el pelo, se perfumó y se puso los trajes de la moda virreinal; para ella, buscándola, recorrió las fiestas crepusculares de Lima, bastión final del imperio español en el continente americano, buscándola, porque sus amigos le dijeron: —Está en Lima; pero nadie la ha visto; —está en Lima, pero anda con otro; y para ella jugó a la gallina ciega, imaginando que cada mujer que tocaba, al arrancarse el pañuelo de la mirada, sería ella, por quien él había suspirado desde aquella noche terrible del secuestro y el incendio en Buenos Aires, y aun desde antes: desde que la vio de perfil, desnuda, sentada frente a su espejo, polveándose, recién parida pero con una cintura incomparable y dos nalgas infinitamente acariciables, moldeables por mano de hombre, secretas, hurgantes nalgas de Ofelia Salamanca que volvieron loco a Baltasar Bustos...

Y ahora, en cambio, estaba abrazando al viejo marido de su amada.

El Marqués de Cabra lo miró sin reconocerlo. Nunca lo había visto. Baltasar dejó de verlo, quitándose el pañuelo de los ojos y entregándoselo, turbado, al irónicamente estupefacto marido de Ofelia Salamanca. El amante platónico se colocó trabajosamente los anteojos redondos, descubriéndose más ciego que cualquier gallina lúdica: el vaho empañaba los cristales.

El círculo encantado del juego se deshizo, pero la cortesía era otro juego aún más complicado y los jugadores tardaron varios minutos en cederse el paso, invitarse, decidirse a pasar antes que otro.

—Usted primero. Pase, por favor.

—De ninguna manera.

—No me abochorne usted.

—Belleza antes que experiencia.

—Mi honor no es precederla, sino seguirla.

—A los pies de usted.

—Se lo ruego.

—Soy su servidor.

—Su criado.

—Beso sus manos.

—Hágame el grandísimo servicio.

—No puedo permitirlo.

—¿Cómo pagarle sus atenciones?

—Usted primero, por favor.

—No ha nacido quien se le adelante, señora.

—Su tapete es mi envidia, señora.

—Considéreme su más humilde servidor.

—Usted primero, se lo ruego.

Las prolongadas cortesías limeñas obstruían todos los umbrales de entrada al palacio, pero apenas adentro, y saboreando las agüitas calientes con azúcar quemada y las yemas y melindres preparados por las monjas del convento de las clarisas, los dos rumores —el público y el privado— sofocaron las elaboradas fórmulas de cortesía... Fue la presencia del Marqués de Cabra, sin embargo, lo que logró la unión perfecta del chisme de la calle y el de la alcoba, y fue él mismo quien echó a rodar la especie, anunciando:

—Mi esposa ha abandonado Lima, sí, sí, ustedes llevan varias semanas sin verla y se han preguntado por qué (era cierto, le dijeron a Baltasar: ella estaba en Lima, pero no se mostraba; no era la perfecta casada, quizá, pero sí la perfecta tapada, ja, ja), quizás han elaborado razones (dicen que viene siguiendo a un gallardo capitán de artillería trasladado de la capitanía general en Chile al virreinato en Lima; para él, el ascenso ha sido una democión, al separarlo de la dulce Ofelia; ¿la dulce Ofelia?; deja nada más que te cuente lo que me contaron...) pero la verdad es que la marquesa sufre espantosamente de los nervios a causa de todas estas conmociones patrióticas y su fe realista no soporta el espectáculo de una España derrotada, humillada, expulsada del mismo mundo que descubrió y construyó (dicen que no ha soportado la muerte de su hijo en Buenos Aires; una muerte misteriosísima, doña Carmelita de todos mis respetos, pues nadie sabe a qué atribuirla, y la versión de un simple accidente no convence a nadie; mira nomás qué casualidad que todos los fuegos de Buenos Aires se concentraran en esa cuna inocente; aquí hay gato encerrado, te lo digo yo, y nunca acabaremos de saber la verdad de este asunto que ya lleva cinco años, fíjate tú nada más, animando el chisme de Montevideo a Bogotá; qué largos son los caminos, qué tarde llegan los documentos, qué perdedizas se vuelven las leyes, don Manuelito de mis amores, pero qué rápido corren los chismes, hágame usted nada más el santísimo favor); trescientos años ha durado el imperio de España en América, más que cualquier otro imperio de la historia —iba diciendo, tricornio bajo el brazo, el señor Marqués de Cabra— y un alma tan sensible como la de mi esposa mal puede soportar el espectáculo de su fin (¿no habla traición el marqués?, ¿cómo se atreve a prever el fin del imperio español de América?; algo terrible debe haber hecho la tal Ofelia Salamanca para que el viejo chichisveo éste se exponga de esta manera y en estos tiempos, a la sospecha de traición; la Inquisición no está dormida en Lima, ¿no lo sabrá el Marqués de Cabra, que tantos herejes y revoltosos ha recibido del brazo eclesiástico para darles su debido destino?); pues ella desciende de los primeros conquistadores, es criolla pura y de la mejor cepa, y cuando a veces mi imaginación flaquea, ella la enciende con el recuerdo de aquellas proezas incomparables: quinientos hombres marchando de Veracruz a Tenochtitlan, habiendo barrenado las naves para capturar al gran Moctezuma y tomar el imperio azteca; apenas un número igual rindiendo, en ocho días, al inca Atahualpa; la conquista de los Andes, del Amazonas, del Pacífico; las ciudades ensartadas como un rosario de perlas barrocas, de California a Tierra del Fuego; las almas convertidas y salvadas: miles, miles, compensando sobradamente las perversas vidas subyugadas por rebeldía e idolatría contumaces —rió el Marqués de Cabra paseándose por los salones repletos del palacio virreinal de Lima esa tarde del regreso de Baltasar Bustos al mundo que más irreal le parecía después de su vida reciente en la pampa, el Ayopaya y la partida de Miguel Lanza...

—La Marquesa de Cabra, pues, se excusa de no estar presente en este sarao, pero ustedes saben que no hay mejor manera de hacerse presente en nuestra sociedad que haciendo notar una ausencia —volvió a reír el élfico marqués invitando a la concurrencia, animada y lánguida a la vez (mezclando sabiamente, quizá, con un dejo de fatalidad india y otro más de desidia criolla, ambas cualidades), a abandonar, como en efecto lo hicieron, el tema de "Ofelia Salamanca, la mujer del Marqués de Cabra", para no darle la razón a éste, o hacerle sentir que no era él quien los leía con tanta transparencia o los manipulaba sin asomo de piedad; dejando, en cambio, a Baltasar Bustos solo, azorado, hambriento de verdad o, al menos, de compañía.

No se le escatimaba la brillante reunión limeña, mirase el joven argentino a las medias que con enorme descoque mostraba una mujer cuarentona pero apetecible, negándose a que sus faldas tapasen la novedad de sus *bas* —como los anunciaba— recorridos de los dedos a la rodilla por pequeños relojes color violeta engarzados unos con otros y que obligaron a nuestro amigo Baltasar a pensar en nosotros,

Varela y Dorrego, jugando con nuestros relojes en Buenos Aires, ajustándolos como ajustábamos nuestras vidas políticas, acomodándonos a la dirección de Alvear cuando renunció Posadas, sin atrevernos a hacer la pregunta: ¿qué hacemos aquí mientras nuestro hermano menor Baltasar Bustos, el más débil de los tres, el más torpe físicamente, el más intelectual también, se expone en las montañas contra los godos?

—El tema de nuestro tiempo ¡es el tiempo! —anunciaba la dama cuyos plumeros plantados en la nuca reproducían el color de los relojes bordados, invitando a los jóvenes criollos a jugar con las palabras y las ideas, respondiéndoles ella misma de una manera que no podían hacer las iletradas señoritas coloniales que se veían abandonadas por sus galanes, atraídos por la novedad como las luciérnagas por la vela encendida.

—¡Qué contratiempo!

—Usted puede desandar las horas, señora...

—O más bien, qué abundancia de tiempo...

—¿Le parecen gordas mis piernas?

—Me parecen un anuncio de la cara que usted le pone al tiempo.

—El tiempo no tiene edad, mi amigo.

—Pero sí sufre de males, señora.

—Yo creo estar a tiempo.

—Y nosotros, ay, a destiempo siempre aquí en el Perú...

Todos rieron pero Baltasar Bustos, mirando hacia las piernas de la señora color violeta y sus polleras, se dejó atraer por las faldas negras de los dos jóvenes curas que habían jugado a la gallina ciega y que ahora lo miraban a él, esperando que levantara la mirada, olvidando a la provocadora señora cuyos días coquetos estaban contados (hasta Micaela Villegas, la famosísima Perrichole, la mujer más libre de la colonia, acababa de cumplir los setenta años, mire nada más su señoría) para mirarlos a ellos, sonriéndole: un cura era muy feo, el otro muy hermoso; entre los dos no juntaban los cuarenta años de la señora violeta. Lo miraban con impudicia, pero sólo cuando dejaron de mirarlo y levantaron sus copitas de vino para brindar entre sí, se dio cuenta Baltasar de la inmensa ternura que los unía; las miradas cambiadas entre los dos jóvenes sacerdotes indicaban también que el feo cumplía una función subalterna, de mimo, reverencia, cuidado y servicio, respecto del sacerdote guapo.

Baltasar Bustos se quedó un rato mirando las faldas de éste sin ganas de averiguar la reacción del otro, temiendo, él que se encontraba tan solo después de la larga campaña del Alto Perú y la muerte del padre, que la atracción de ese joven clérigo de facciones esbeltas, pelo negro y piel de cera —como la de Miguel Lanza, como las manos muertas de su padre sosteniendo el cirio encendido a propósito por la crueldad, la saña fraternal de Sabina, tan ansiosa de crear con él un círculo de dos, como el que formaban los dos sacerdotes— entorpeciese su relación con el devoto cura de facciones toscas, un poco prognato y, como Baltasar, miope. Las miradas que encontró al levantar la suya eran ambas, sin embargo, de satisfacción, de atracción compartida, de invitación... Le adivinaban el hambre de compañía, la soledad; no imaginaban que detrás de sus ojos estaba la figura deseada de Ofelia Salamanca...

Otra mirada lo atrajo, aunque ésta jamás le prestó la menor atención y le hizo, más bien, sentirse intruso, ajeno al círculo exclusivo de estas aristocracias criollas que en la ciudad de Lima, capital de capitales sólo rivalizada por México en la América española, alcanzaban no sólo su esplendor, sino su esencia más pura. Ésta era la mirada de una mujer que, sin duda, era la más bella de la fiesta crepuscular, pues se parecía al crepúsculo mismo; su belleza morena brillaba, y todo su atuendo, haciendo gala de luto, lograba brillar gracias, en parte, a los hilos de oro sutilmente tejidos en el vestido fúnebre, sin desmentir el dolor, pero dándole un sentido de lujo a la muerte, seguramente, del marido de la joven mujer cuyo verdadero brillo, fatal, era el de la piel, no el del vestuario o alhajado alguno. No usaba joyas. No las necesitaba. Su belleza deslumbró a Baltasar, el de los ojos llenos de tripas y sangre y laderas de pizarra y matorrales. ¿Era tan bella como él la miraba? El objeto de la mirada de la mujer era una pareja. Otra pareja, obviamente un matrimonio, el brazo de ella posado eternamente sobre el de él, como para iniciar, eternamente también, un paseo solemne que, a cada paso de la pareja, anunciase eso: somos una pareja. Pero él le estaba diciendo a la mujer morena: atrévete a romper esta pareja, te invito a hacerlo, ven con nosotros; y la mirada vedada de la esposa era tan legítima, que casi desautorizaba su propia prohibición para convertirse en la más sutil de las invitaciones. Baltasar Bustos buscó instintivamente, esa tarde, la soledad de la mujer enlutada para acompañar la suya... Supo que la mujer solitaria dejaría de serlo en compañía del hombre que tan secreta pero tan públicamente le decía: —Eres mi amante posible. Te invito a ser mi amante real en presencia de mi propia mujer. Más no puedo hacer para atraerte...

—María Luisa... —el nombre se escapó como un suspiro o como una amenaza de la voz compartida de los cónyuges—. Sentimos tanto lo que te pasó...

—No importa: el tiempo hace maravillas.

Empezaron a hablar de misas y novenarios, un castrado inició el canto de un pasaje de Palestrina y una señora ancianísima, cuajada de velos y con más mantillas que pelos en su cabeza, le rezongó a Baltasar como quien enseña una lección fundamental: —Los criados saben. Son los únicos que saben en sociedades como la nuestra. Las nanas quechuas abandonaron a la nobleza inca para servir a los españoles. Ahora van a abandonar a los españoles para servir a los patriotas criollos, como tú, mozo imberbe.

Se rascó los lunares que suplían la ausente cabellera

de su cráneo y cacareó de gusto, anunciando que su cabeza aún le servía: —Y otra cosa. ¿Has visto el servicio de plata de la tal Ofelia Salamanca? Pues procura que su marido, el cornudo marqués, te invite a cenar y verás el destino de toda la plata de Indias, mancebillo, doncel, mozuelo, ¿cómo llamarte?, ¡tan guapo, tan joven! —cacareó la anciana vestida de gasas transparentes y detenida por dos criados indios con casacas versallescas y pelucas de algodón; agitó los brazos la viejuca: anden, cholitos de mierda, ayúdenme, no se detengan, nadie merece mi conversación más de un minuto, me falta tiempo.

Baltasar buscó las medias con los relojes pero quizá su dueña había sido invitada a retirarse. En cambio, todas estas escenas eran como espectáculos laterales, meras saltimbocas de estos saltimbanquis, le dijo cerca de la oreja una voz conocida que conmovió a Baltasar Bustos; volteó, incrédulo, para encontrarse, apenas encorvada, la alta figura del viejo preceptor Julián Ríos, el jesuita que colgó los hábitos e instruyó a media pampa sobre la fauna, la flora y la lengua locales —con la esperanza de descubrir, dijo ahora rememorando escasos años de la niñez de Baltasar y Sabina Bustos, una imaginación universal aunque nutrida por la tierra; unas raíces, sonrió el antiguo jesuita, añadiendo con un brillo de sus espejuelos ceñidos de plata: —*Mais mes racines sont plutôt rabelaisiennes, dit la corneille quant elle boit l'eau de la fontaine...*

Baltasar rió, apretó el brazo de Ríos y le escuchó decir mientras el viejo empujaba suavemente al joven a otro espacio de la fiesta virreinal: —Todo lo demás son *side shows*, como se dice en la jerga circense, que no es la jerga de Circe, no: el espectáculo central siempre lo presenta el señor Marqués de Cabra.

Quien, en efecto, presidía la corte: —Una vez —indicó Julián Ríos— que el tapete había sido limpiado de chismes por decisión del propio marqués, que fue el primero en dar voz al rumor sobre su mujer; aunque también pudo dar voto, que para el pueblo es un señor, Don Voto a tal —calambureó irrepresiblemente el padre Ríos, pero el marqués ya hablaba sin interrupción:

—La revolución moderna está totalmente dividida entre esos hermanos enemigos, Rousseau y Voltaire. El ginebrino quería que el pueblo actuase. El otro, que el pueblo fuese guiado. Pero como toma mucho tiempo para que el pueblo se eduque y actúe con prudencia, hay que guiarlo de inmediato, y Voltaire gana la partida y ya no la pierde nunca. ¿Qué dijo ese viejo cínico?

—La luz desciende por grados —citó Julián Ríos—. Al bajo pueblo le basta el ejemplo de sus superiores. Cuarenta mil sabios: es poco más o menos todo lo que nos hace falta.

—¡Cuarenta mil sabios! —suspiró el viejo marqués—. Inclúyanme entre ellos. Lo primero que haré es impedir que el pueblo jamás tome mi lugar y pueda instruirme a mí. La revolución moderna sólo crea una nueva élite. Para qué, si la antigua élite era más fina y experimentada en lo mismo que va a hacer la nueva élite: impartir la injusticia.

—Trasladar en un año la propiedad de un grupo mínimo de titulares a una masa de cuatro millones de electores no me parece tan elitista, señor marqués. No ha habido cambio de riquezas tan grande y tan acelerado en toda la historia...

—Bah —ni siquiera miró el marqués al preceptor—. Las revoluciones de intereses acaban costando más que las revoluciones de ideales. Todo el terror jacobino de Francia me parece menos doloroso que la injusticia elitista de la revolución norteamericana. Vaya revolución, señores, que no toca la esclavitud, sino que la consagra...

—¿Seremos nosotros menos racistas que ellos? —preguntó Ríos.

—¿Qué se va a hacer, señor... señor...? —dijo con altanería el marqués, sin encontrarle su justo título al preceptor—, digo, ¿qué se va a hacer si es la propia gente de color la que acude a los tribunales, aquí en Lima, en Barranquilla o en La Guaira, pidiendo prueba escrita de su blancura? ¿Cuántos jueces venales no han dejado sentado en jurisprudencia, mirando la cara color tizón de un zambo por los cuatro costados: "Puede ser considerado blanco"? Nuestros juzgados están inundados con solicitudes de declaración de blancura, señor, ¿señor...?

—*Father* Rivers —sonrió el preceptor.

—Ah, un pérfido albión, pues...

—No, señor marqués, sino apenas un pobre albino deslumbrado de admiración ante vuestras luces...

—Así me gusta. Los ríos deben fluir. O más bien, correr.

—Nuestro tiempo es de correrías, señor marqués. Yo apenas si oigo decir, corre, Ríos.

—Ninguna, les digo a ustedes, más irónica que la de los propios pardos haciendo peticiones legales para que no se les dé trato de "pobre negro" o "pobre mulato".

—Todos cooperamos, señor marqués. Las familias blancas también inician acciones legales en Lima, Caracas y Panamá para impedir que cualquiera de sus miembros se casen con gente de color.

—En resumen, señor Correríos, tengo razón al afirmar ante ustedes que mi única virtud ha sido la buena administración de la injusticia y que, personalmente, prefiero morir a dejar de ser injusto.

Un coro de risas recibió estas gracias lapidarias del señor Marqués de Cabra, con las cuales no sólo disipaba la atención inicial prestada a los *affaires* de su esposa, sino la que reclamaba el pobre castrado que interpretaba a Palestrina. Acalló, ciertamente, el comentario del antiguo jesuita: —El privilegio es como el manto de Neso: al arrancarlo, se arranca la carne.

El marqués se volteó como una avispa y habló como un látigo: —Hagan su guerra de independencia. Luego vendrá la desilusión. No hago frases. Pronostico lo más concreto. Una economía estancada, sin la protección de España, pero incapaz de competir en el mundo. Una sociedad de privilegios, pues no será corriendo a los españoles como los criollos dejarán de ser injustos, crueles y codiciosos. Y dictadura tras dictadura para cubrir el vacío entre el país de las leyes y el país de las realidades. Se van a quedar ustedes a la intemperie, señores patriotas. Destruirán el techo de la tradición. Pero no sabrán sobrevivir en el aire libre de la novedad. Lo que para un inglés, *father* Rivers, es un alisio, para un peruano será un huracán: la edad moderna. No nacimos, los que hablamos español, para ella.

—Haremos nuestra propia modernidad, no la de los ingleses o los franceses, señor marqués —dijo el joven Baltasar, imaginando un techo francés que cubriese a su hermana Sabina del abandono de España, la intemperie tan temida.

El marqués lo miró con curiosidad, como si la inteligencia del viejo jamás se atreviese a descartar una relación, una asociación, una contigüidad posibles, por más arbitrarias que pareciesen a primera vista...

—*Father* Rivers —sonrió el marqués—, su joven discípulo, porque lo es, ¿no es cierto?, sabe que todas las aguas acaban por comunicarse, ¿verdad?

—Los ríos discurren —dijo el preceptor.

—Los ríos discurren, los criados crían, los curas curan, si pueden, los *castrati* por fortuna no castran, pero los jóvenes de cara quemada y barba recién cortada llaman mi atención: ¿discurren, crían, curan o castran?

—Nada de eso, señor marqués —dijo Baltasar—. A veces, sólo desean.

—Pues que no deseen lo ajeno —dijo ácidamente el viejo—. En este país, la única práctica sabia es meterle el dedo por el culo a cada minero cuando sale del trabajo, para ver si no se anda robando el oro...

—¡Jesús, señor marqués! ni yo me permito tanta grosería —cacareó la vieja alopécica y banderilleada de peinetas—, y eso que le gano a usted en edad, y eso que no escucha mis palabras el señor virrey Abascal...

Quien estaba detrás de Cabra con una cara solemne y visogótica. El marqués se inclinó. Todos esperaron las palabras del virrey, don Fernando Abascal, Marqués de la Concordia, quien seguramente esperó cancelar cualquier discusión sobre los tópicos de moda —independencia, lealtad a la Corona—, pues otros no convenían como materia de conversación animada, con unas palabras más lapidarias que cualesquiera —imaginó dando la vuelta a los presentes con su mirada de bacalao ofendido— que los demás pudiesen pronunciar.

—Los americanos han nacido para ser esclavos destinados por la naturaleza a vegetar en la oscuridad y el abatimiento.

Lo dijo por deber, lo dijo por ofender, pues consideraba que en las presentes circunstancias su deber era ofender, y su ofensa mayor sería pasar por alto cualesquiera razones que los demás pudiesen invocar: era el virrey, pero ni el virrey y sus atributos podían derrotar —era el momento de demostrarlo— la imaginación y el humor del señor Marqués de Cabra, quien así quería dar a entender que más que el virrey, el virrey merecía ser quien hablaba: Cabra.

Miró directamente a Baltasar Bustos y le dijo que esa tez tostada y ese mentón pálido indicaban muchos meses al aire libre y al sol y una barba hasta hace poco intonsa; Baltasar asintió; a nadie se parecía este muchacho, ¿era soldado?, pero ninguno de los oficiales presentes mostraba tales contrastes, semejantes rudezas, ¿en qué campaña andaría el tal, el tal...?

—Bustos. Baltasar Bustos.

—Ah, padre Ríos: sobre Bustos no hay nada escrito, ¿eh?

—Y a cada Baltasar le llega su festín.

—El de Nabucodonosor es el que se escribe en la pared.

—Y advierte: el fin se acerca, señores.

Cabra miró con sorna al virrey, que de pescado ofendido había pasado a molusco satisfecho: había dicho; nada más importaba.

—Baltasar Bustos, pues.

Dijo el marqués que no sabía si este Baltasar era leal o insurgente, pero era criollo, eso se veía, y oficial también, aunque no de cuál causa, eso *no* se veía —añadió Cabra con un dejo suavísimo de amenaza—, pero oficial, y criollo, sin duda haría lo que todos hacían, que era tomar a un indio, como este mozo de librea y peluca de algodón que asistía a la Excelentísima Señora Viuda del Señor Marqués de Z... que fue virrey del Perú, y decirle, como ahora le decía el Marqués de Cabra, tomándolo con fuerza: —Cholo de mierda, sí, cholo de mierda mil veces; no te meteré el dedo por el ano a ver si te robas mi oro, cholo, pero si yo fuera este oficial criollo, ¿patriota?, ¿rebelde?, ¿leal al rey?, ¡quién sabe!, ¿qué más da?, le diría: Cholo de mierda, limpia las barracas, hazme la cama, friega los pisos, desinfecta los retretes, trae leños, sírveme agua, no respingues si te doy una patada en el trasero, no dejes escapar un suspiro si te pego en la cara, no levantes la cabeza si te digo mira mis pies, cholo de mierda, pues ni a la altura de mis pies llega tu alma, si es que la tienes, pobre diablo.

El marqués, más agitado de lo que él mismo creía, hizo una pausa y tomó aire para decir que todo eso le diría siempre un criollo a este cholo de mierda que él tenía cogido del pescuezo. Se lo diría aunque fuese patriota, porque antes de ser patriota era criollo de mierda también. ¿Por qué no hacía ya el señorito Bustos lo que el marqués le invitaba a hacer, si un día, tarde o temprano, lo iba a hacer para demostrar *quién mandaba aquí*?

Cabra mostró al criado de la señora viuda del Marqués de Z... como un trofeo bestial. La vieja calva agitó los puñales de carey de su cabeza y protestó: Miguelito es tan bueno, es tan fiel, ella no permitiría que nadie, ni siquiera el distinguidísimo presidente de la Audiencia de...

Cabra se volteó ferozmente hacia la anciana, ella, que ordenó se azotara públicamente a la Perrichole por hacer gala de su amasiato con el virrey De Amat y, peor aún, por creer que las culpas de la prostitución se expiaban siguiendo públicamente y sin calzado la carroza del Santísimo Sacramento, y no en secreto, sin añadir escándalo al escándalo y publicidad a la virtud; ella, que miró y se regocijó de la muerte descuartizada del rebelde indio Túpac Amaru, el pretendido último inca que en nombre de los oprimidos se sublevó para convertir en reyes indios a los pobres del Perú; ella, ahora, ¿defendía de una paliza a este cholito de mierda a su servicio?

—Ay, señor marqués, pero el Tupacamaro ese hizo que el señor corregidor del Cuzco se bebiera el oro derretido de las minas y así muriera atrozmente. El cholo Miguelito, en cambio, ni es puta ni es rebelde, sino una verdadera alma de Dios —dijo la viejuca con una voz encadenada de flemas.

Hubo risas pero Cabra no soltaba a su cholo empelucado y esperó que se hiciera el silencio para proclamar que desde ese día, para precaver la caída del imperio español en América, él, Leocadio Cabra, marqués del mismo nombre, antiguo presidente de la Real Audiencia de Chile, se daría a sí mismo por muerto, pues mal podía un hombre como él sobrevivir a la muerte de su mundo, y celebraría aquí mismo, en la Ciudad de los Reyes, sus propios funerales, con pompa y esplendor, presididos por el señor virrey don Fernando Abascal, Marqués de la Concordia (quien parecía entender aturdido estas razones, insólitas, para las cuales no tenía respuesta preparada: ¿cómo llamar también a este loco marqués: "esclavo", "oscuro" o "abatido"?). Su Excelencia no debía de ver en esta anticipación de la muerte acto impío y *cocasse*, como en los funerales prematuros del hereje Voltaire o del rebelde fray Servando

Teresa de Mier, el liberal mexicano de Cádiz, sino acto de devoción y profunda piedad, como el entierro anticipado de S. M. Carlos I en el monasterio de Yuste, entre cánticos solemnes y loas eclesiásticas... Pues bien: el anticipado entierro del Marqués de Cabra no sería, sin embargo (¡Dios lo librara!) ni una broma voltaireana ni un sublime pronóstico de nuestro destino común encarnado por el más católico de los monarcas, sino un amargo comentario a los tiempos que corrían (la señora expulsada de la presencia del virrey se miró las medias de relojitos, el preceptor Julián Ríos dejó discurrir al marqués):

—Cuando entren a esta ciudad Simón Bolívar desde el norte y José de San Martín desde el sur, cosa que también profetizo hoy, todos ustedes dirán que yo he muerto y estoy enterrado, a sabiendas de que en mi lugar está enterrado este cholo de mierda, el criado de la viuda del Marqués de Z..., a quien desde ahora condeno a morir joven en mi lugar para que el mundo crea que yo he muerto y me dejen en paz, me dejen en paz, me dejen en paz, solo y viejo y olvidado y abandonado y engañado por mi dulce Ofelia —dijo enloquecido el Marqués de Cabra, arrojando lejos su peluca, que fue a dar sobre la cabeza calva de la vieja ceñida de peinetas con una pericia casi deportiva (si no la calificase el azar) mientras el marqués se retiraba con pasos arrastrados, sollozando, y los compases del minué tocado por los músicos cholos con pelucas de algodón y casacas coloradas se iban transformando, en la oreja de Baltasar Bustos, en la música de la montaña melancólica, remota, melodía de adioses irremediables, arrastrando un rumor de bestias, llamas antiguas y caballos nuevos, el temblor de la tierra y el tormento de los cielos, silenciando a ambos con la quena tristísima que era la única voz del altiplano.

Ahora no: un gran rumor de candelabros que se apagan, manteles y vajillas, acompañó las despedidas alegres de los jóvenes, dándose citas para esa noche y las siguientes: "Vamos al café Los Bodegones", "nos veremos en el teatro, no te pierdas a *la Paca* Rodríguez; no se ha visto andaluza más salerosa, lástima que esté enamorada de su marido *el Bufo* Rodríguez", "ten cuidado, ya ha pasado un año y no se habla de otra cosa que del asesinato de la cómica más famosa antes de esta *Paca,* que fue la María Moreno, ultimada por su despechado galán, un tal Cebada, al que toda Lima le perdonó sus apasionados celos menos nuestro anfitrión de esta noche (¡baja la voz, Juan Francisco, no le faltes al respeto a nuestro ilustre virrey!), que lo mandó a que le dieran vil garrote, seguramente porque el propio virrey deseaba a la cómica María Moreno y no hizo caso de las advertencias pintadas por todos los muros de Lima: ¡Abascal, Abascal, si ahorcas a Cebada te irá mal!; ¿mal, Matilde, mal?, míralo tan fresco como una lechuga", "no me hables de lechugas que me da hambre", "¡todos al café y luego a la comedia!"

2

Baltasar Bustos se abrazó del viejo preceptor jesuita, pidiéndole que lo envolviese en su capa; Julián Ríos, sin duda por los sentimientos adversos que le inspiró la decisión borbónica de expulsar a la Compañía, seguía vistiéndose a la usanza prohibida por Carlos III: con el chambergo y la capa. Ésta sirvió para proteger a Baltasar, más que ocultarle, pues el sabio preceptor reconocía la necesidad de este muchacho que salía no sólo al mundo, sino a un mundo radicalmente nuevo; que se desprendía dolorosamente de un pasado que juzgaba abominable, pero que era suyo; ¿entenderían los patriotas suramericanos que sin ese pasado nunca serían lo que anhelaban ser: paradigmas de modernidad? La novedad en sí es ya una anacronía: corre hacia su vejez y su muerte irremediables. El pasado renovado es la única garantía de modernidad, tal era la lección del padre Ríos para su joven discípulo argentino, que esta noche le parecía tan desamparado como el continente entero...

Sin embargo, el propio Julián Ríos, eclesiástico e iluminista, no escapaba a la contradicción y por eso podía entenderla en los demás. La suya era la de aprobar y condenar, a un tiempo, los motines que condujeron al incendio de la mansión de Esquilache en Madrid cuando se conoció el decreto de expulsión y el pueblo acusó a la corte borbónica de todos los males provocados por la ausencia de la Compañía de Jesús. El motín de Esquilache tuvo sus ribetes de comedia, pero para Ríos confirmaban, en su propia alma, el conflicto entre mantener el orden buscando soluciones pragmáticas, evolutivas, o transformarlo todo por medio de la violencia, corriendo el riesgo de retornar a un punto inferior al que provocó la insurgencia misma, pero también aprovechando la oportunidad para lograr cosas que de otra manera nunca serían reales.

Estas consideraciones embargaban al preceptor cuando guiaba a un Baltasar invisible bajo la capa fuera del palacio virreinal, y si una parte de su ánimo le decía (y le dijo a Bustos): "¿Dónde vives?, debes reposar, déjame llevarte al lugar donde te hospedas, allí hablaremos, me preocupa tu futuro, qué vas a hacer, por qué no regresas a tu casa y te ocupas de los tuyos, no hay más política que la del suelo, toda la política es local, pero yo no sé nada de ti ni de lo que has hecho desde que eras niño...", la segunda mitad de su alma lo llevaba hacia el palacio ocupado por el Marqués de Cabra en la plaza de la iglesia de las Mercedarias, pero dando una gran vuelta al otro lado del río para poder conversar a gusto.

Guiando a Baltasar Bustos por las calles nocturnas de esta ciudad siempre peligrosa, secreta, fabricada con las arcillas incompatibles de la arrogancia y el resentimiento y por ello feroz en su capacidad de humillar al débil y de violentar al poderoso, Julián Ríos se permitió observar que a un ratero de los que siempre abundaban en esta capital de extremos sociales le bastaría una vasija de agua y una cuchara para abrirse un boquete por las paredes de lodo de Lima; ciudad desprevenida, sin proyectos a largo plazo que concentrasen las voluntades, todo se le iba en esperar que, una vez más, la lluvia amenazase el día entero pero nunca lloviese de verdad, porque una auténtica tormenta tropical derretiría, materialmente, a la ciudad sin estructuras de piedra, hasta la Alameda de los Descalzos, desde donde se miraban las Lomas de Amancoes.

—Un día va a caer un tremendo tormentón aquí —le dijo Ríos a su protegido, pero Baltasar parecía, en las circunstancias, más abatido que el propio Marqués de Cabra. La razón, en ambos casos, parecía ser una sola: Ofelia Salamanca.

—¿Qué te pasa? ¿Dónde has estado? ¡Si no te veo desde que eras un niño! —le dijo el preceptor a su discípulo, al costado del conventillo de Santa Liberata.

Se detuvieron en la plaza llena de mulas y arrieros que llegaban de la cordillera o se hacían al desierto; los olores frescos de hierbabuena, coriantro, perejil y verbena se abrían paso a duras penas entre los espesos humores de lana mojada, cuero de mataderos recientes, espuelas que aún olían a mina, excremento humeante y largos orines de bestias de carga. Baltasar, con las manos reposando, fuertes y ansiosas de misericordia, en los hombros del viejo preceptor, le contó la historia de sus actos desde que dejaron de verse, las lecturas de Rousseau, la incandescente fe de Mayo, la decisión íntima de no pasar a la rebeldía sin pasar por el hogar, la tradición, y el enfrentamiento con lo que él era y de dónde venía; la campaña del Alto Perú, en fin...

—Con estas manos he matado. No me diga usted *c'est la guerre*, padre...

—Yo ya no tengo historia personal. Mi historia no tiene sentido fuera de la Historia. Qué tristeza. Pero el mundo nos ha hecho así.

—A usted nadie le borra el sacerdocio, ni Dios mismo. ¿Puede confesarme?

—Puedo oírte y anticiparme a ti. No me creas orgulloso si te digo esto. Simplemente, en mi orden cada individuo es algo más que sí mismo.

—Maté a mi primer hombre. Era un indio. Luego ya no me importó seguir matando. Fui un buen guerrillero. Lanza es un hombre valiente. A él no lo culpo de nada. Lo único culpable fue esa acción. La primera. Tenía que ser. Maté y maté a un indio.

—Los jesuitas, sabes, armamos a los guaraníes del Paraguay. Gracias a esas armas, nadie entró al territorio de los indios: ni los virreyes, ni los mercaderes de alcohol, ni los tratantes de esclavos. Desapareció el uso de la moneda, las tierras eran de la comunidad, la jornada de seis horas, todos eran prósperos, nadie era injusto. ¿Te parece una utopía? Pues no lo era. Las treinta y tres reducciones que construimos, del Paraná al Río Negro y de Belém a Paysandú, sólo fueron posibles gracias a un acto político y militar: la decisión de Felipe IV de darles armas a los guaraníes. Sin ello, los indios, como todos los demás, hubieran sido exterminados por el alcohol, los trabajos forzados, la mita y la enfermedad. ¡Una Utopía Armada! Dinero no, fusiles sí. Pero basta un fusil para que la utopía ya no lo sea. El germen del mal es justificar la muerte del prójimo.

—¿Era una comunidad?

Ríos dijo que sí, pero Baltasar, esa noche, no se encaminaba a utopía o comunidad alguna si no pasaba antes por la conversación franca con un ser al que respetaba. La soledad acumulada de los tiempos en la pampa, culminando con la muerte de José Antonio Bustos y el extrañamiento definitivo de Sabina su hermana, la soledad de los meses en la guerrilla del Inquisivi, donde la fraternidad era frustrada por la decisión numantina de Miguel Lanza: aquí nos morimos todos pero de aquí no sale nadie. La solitaria lejanía —¡cinco años ya!— sin ver a Dorrego y Varela y sentir que vivían juntos en la fraternidad loca, amorosa, estrecha del Café de Malcos. Todo ello no era compensado por un sarao en la Lima virreinal, la invitación tácitamente perversa de dos jóvenes sacerdotes o la indiferencia soberana de una bella mujer morena y brillante capturada por la tentación de un hombre que, seguramente, no la merecía. Y definitivamente lo agriaba la ausencia de Ofelia Salamanca y el feo rumor que rodeaba esa ausencia: adulterio, prejuicio, crueldad, frivolidad ostentosa...

—He tenido la impresión de estar totalmente solo en estos años —le dijo al cabo Baltasar a Ríos—. Ahora acabo de sumergirme en los demás. En ningún caso me siento libre, ni solo ni acompañado. La sociedad me hace falta, o no la añoraría. Pero en la sociedad me siento enfermo. Me repugnan las escenas de esta noche.

—Es que quieres cambiar la sociedad —le dijo Julián Ríos—. Pero tu condición es muy cara. Sólo te sentirás libre cuando esa misma sociedad que quieres cambiar sea tan perfecta que ya no te haga falta.

Preguntó Baltasar Bustos si tenía otras opciones que no fuesen, entonces, luchar por lo imposible, o conformarse con lo que era. Ríos le pidió que le diera lo que decía buscar y compartir con su peña de amigos porteños, un poco de sinceridad. ¿Por quién pasaban todas estas cuestiones? ¿Quién era el conducto personal de todas estas angustias?

Ahora, caminando de prisa, entre sauces plantados sin simetría y bajo una noche disipada de brumas y con las estrellas del Pacífico mostrando el único cielo hermoso de Lima, que es el cielo velado a la luz del día, Baltasar Bustos le contó al preceptor lo ocurrido la noche del 24 al 25 de mayo en Buenos Aires. El rubor del muchacho crecía a medida que aumentaba la risa del preceptor, y Baltasar, incrédulo, caía físicamente en la trampa de sí: su cuerpo, sus palabras, su andar enérgico, ahora que había perdido tantos kilos en la campaña con Lanza, eran en ese momento la peor trampa, porque no tenían respuesta gestual, actitud corporal convincente, a esta risa que no podía ser injuriosa, por venir de quien venía, pero que lo era, a pesar de todo: una bofetada en cada carcajada, risa de avispas...

—¡Pobre inocente! Pero si la Audiencia de Buenos Aires no fue incendiada por ti, Baltasar, sino por las turbas que esa noche decidieron acabar con todos los archivos de la colonia y los registros de discriminación racial, las exclusiones de propiedad, cuanto denotara, Baltasar querido, la cadena de papel de esta colonia que ha esclavizado con las palabras tanto como con los hierros... Baltasar, tú no mataste a ese niño; ¡tus treinta velas no sirvieron ni para devoción de santos!

—Veinticinco —dijo Baltasar—; ella tenía veinticinco años entonces, ahora debe tener treinta...

—Aquí vivió —dijo Ríos señalando desde la pileta de las mercedarias el palacete donde se detuvieron en ese instante, asombrados los dos del trajín que animaba, a punto de dar las once de la noche, las entradas, las puertas y ventanas de la casa ocupada por el señor Marqués de Cabra, antiguo presidente de la Audiencia de Chile, y su evaporada esposa: antorchas se paseaban, de ventana en ventana, mulas y carretas se detenían frente a la puerta cochera, baúles salían, cortinajes negros entraban, una procesión de acólitos azorados se detuvo en busca de su pastor, el viático llegó portado solemnemente, las tapadas comenzaron a reunirse, pequeñitas con sus zapatillas planas y embozadas en sus capas y velos.

—Las puertas de la casa están abiertas de par en par, Balta...

Ofelia Salamanca dejó en su recámara un frasco de polvo y un raspador de plata para limpiarse la lengua. También dos libros de moda de Samuel Tissot, uno sobre los desórdenes de literatos y sedentarios y la cura para los mismos: caminatas, té de canela e hinojos; el otro, simplemente titulado *Onanismo y locura*. También dejó la cinta roja, color de sangre, que él le vio ponerse alrededor del cuello desde el balcón esa noche de mayo en Buenos Aires. El hilo de sangre simbólico de la guillotina. El listón, Baltasar se lo guardó sigilosamente en la bolsa. Miró de reojo al lecho matrimonial y entonces le ganó un sentimiento espantoso de celos, el celo de imaginar a Ofelia en brazos de su marido el marqués, al cual ahora, en una ceremonia perfectamente sincronizada, conducían amortajado al mismo lecho de donde Baltasar Bustos, por más que quisiera, no podía exiliar a la pareja erótica, Ofelia Salamanca montada, abierta de piernas, sobre el esqueleto de su marido el Cabra, cabrón, la cabrona rozando el monte de Venus que él imaginaba desde hacía cinco años, protuberante y hondo a la vez, poblado y casi prepubescente a la vez, recluido, conventual, invisible sexo de Ofelia Salamanca, un momento y al siguiente pulposo, pendiente, visible desde toda postura, reproducido con simetría febril por delante y por detrás de los muslos de la hembra deseada... Mujer de Cabra, ¿y de cuántos más?

Baltasar Bustos y Julián Ríos fueron arrinconados en la recámara cuando a ella entraron los criados con velas, las plañideras contratadas, los acólitos, los curiosos, los curas desconcertados y sobre todo el actor principal: el señor don Leocadio, Marqués de Cabra, quien fue tendido, amortajado, más pálido que Miguel Lanza, en la misma cama donde gozó los amores de su mujer Ofelia... ¿Estaba realmente muerto? ¿Fingía? ¿Le vino un ataque después de la penosa escena en la fiesta del virrey Abascal? Baltasar no quiso enterarse. Se acercó a la cabeza fúnebre, y al oído del Marqués de Cabra, vivo o muerto, le dijo: —Yo amo a tu mujer, yo quemé vivo a tu hijo y no tendrás otro, vivo o muerto, pues en cinco años te has despojado de tu virilidad y no eres más que un espantapájaros senil, yo voy a seguir a tu mujer hasta el fin del mundo y obligarla a que me ame, en nombre de la justicia, pues ella está obligada a querer a un hombre apasionado por ella y capaz de todo por ella.

No le importó que, para simular la muerte, o porque realmente estaba muerto, los oídos del señor Marqués de Cabra estuviesen perfectamente taponados de cera. Pero dos lágrimas cristalizadas, duras como la plata, habían añadido un surco más a las mejillas arrugadas del antiguo presidente de la Audiencia de Chile.

3

Sobran solamente un par de papeles antes de dar fin a este capítulo. Uno de ellos es el testamento del Marqués de Cabra, digno de mención por dos motivos. El primero es que en él ofrece una cuantiosa suma vitalicia a un cholo que todos los días se pare en la esquina del Pilón del Molino Quebrado y se deje patear por todos los criollos que pasen. Explica el sagaz marido de Ofelia Salamanca que en esta disposición testamentaria lo guía el ánimo de evitar la frustración de todos los peruanos que se queden sin esclavos.

La segunda disposición, más amarga, es una orden improcedente, improductiva e irrealizable. El Marqués de Cabra ordena a la aristocracia colonial saquearse ella misma, para que los rebeldes no encuentren nada.

Pero, ¿dónde andan los rebeldes, este año de 1815? Llegan a Buenos Aires toda suerte de noticias, la mayoría deprimentes. Bolívar está exiliado en Jamaica, y en vez de organizar ejércitos, escribe cartas quejándose del infantilismo perenne de nuestras patrias, de su incapacidad para gobernarse a sí mismas, de la distancia entre las instituciones liberales y nuestras costumbres y carácter... En el sur, la expedición de Belgrano al Alto Perú había fracasado y sólo la resistencia de los caudillos como Miguel Lanza impedía la plena restauración colonial, en tanto que aquí mismo en Buenos Aires cayó el directorio de Alvear, y los hacendados, comerciantes y curas se hicieron del poder, persiguiendo a los liberales y sentenciándolos a confiscación, destierro y muerte... Pero la noticia más triste viene de México, a fines de año, y es que el sacerdote rebelde Morelos ha sido capturado, juzgado y ajusticiado. Su cabeza cortada es como una luna negra ensartada a una lanza en San Cristóbal Ecatepec.

Dorrego y yo, Varela, nos acomodamos como podemos, esperamos tiempos mejores, nos hacemos ojos de hormiga, leemos las cartas de nuestro amigo Baltasar, a veces se las contestamos, no sabemos bien dónde se encuentra, las mandamos a la estancia de su difunto padre, a ver si llegan, nos enteramos de que Lanza lo ha condenado a muerte por deserción, arreglamos nuestros relojes y en tardes en que sopla el pampero, nos juntamos frente a los mapas del continente y trazamos los vaivenes imaginarios de ejércitos inexistentes: campañas siempre peligrosas, pero al cabo triunfantes, de ejércitos ideales, fantasmales, suramericanos...

La Historia, de esta manera, la convertimos, Dorrego y yo, Varela, en la presencia de una ausencia. ¿Es otro el nombre de la perfección ideal?

VI. EL EJÉRCITO DE LOS ANDES

1

"SE LLAMA Baltasar Bustos, su familia es de estancieros, gente de razón, pero medio bárbaros, como todos los estancieros", "ojalá fuese, al menos, hijo de comerciante", "¿es buen partido?", "pero luchó con los montoneros del Alto Perú, ¿cuándo se volvió realista?", "cuando Miguel Lanza puso precio sobre su cabeza como desertor", "él dice que está enamorado, que viene aquí buscando a una mujer", "eso no nos importa; viene del Inquisivi y Jujuy, trae noticias que sí nos importan", "obra con perfecta claridad, sabemos todo sobre él", "no nos oculta nada", "sabe que aplastaremos a la rebelión y nos hace este favor", "de guerrillero no tiene aspecto", "no se guíe Su Excelencia, por las apariencias", "regordete, perfumado, vestido de seda, miope..."

Se paseó por los salones de Santiago de Chile como se había paseado por los de Lima, pero su figura no era la misma, sino la descrita líneas arriba por las autoridades de la capitanía general de Chile. ¡Había hecho tal alharaca el tal Baltasar Bustos sobre su búsqueda de Ofelia Salamanca, ahora viuda del Marqués de Cabra, muerto de bilis y apoplejía en Lima! Pero muerto en su cama. Aunque no se sabe si antes o después del ensayo de su propia muerte. ¿Llegó muerto ya a la cama de su esposa? ¿O se murió allí convirtiendo el ensayo en realidad y la intención jocosa en castigo de Dios? ¡Merecido se lo tenía el marqués, que tan mala fama dejó en Chile de injusto y cruel, aunque siempre con una sonrisa y un chiste en los labios! Pero su mujer, Ofelia Salamanca, ya no está aquí, dicen que se fue para el norte, huyendo de la inminente caída de Chile que tan mal defiende, dijo antes de partir, el capitán general más pusilánime de los últimos tres siglos, Francisco Casimiro Marcó del Pont, quien ha creído compensar su falta de energía militar con sobrada energía para reprimir, poner en tela de juicio la lealtad de todos los criollos sin excepción, expropiarlos, quemar sus casas y a veces enviarlos exiliados a la isla de Juan Fernández. Nada de esto compensa la torpeza de Marcó del Pont en el campo de batalla, pero sí convierte al dominio español en objeto de odio general y pone en estado de nervios exacerbado a todos los habitantes de Santiago y Valparaíso. De eso huyó Ofelia Salamanca. ¡Estaba harta de suspicacias, sobresaltos, vaivenes! Ahora llega a buscarla este gordito cegatón que por pura casualidad viene de Jujuy, el Alto Perú y Mendoza, y que tuvo amistades entre la oficialidad patriota de la Argentina que lo protegió de la sentencia de muerte de Lanza, pero le negó, por lo mismo, confianza: siente que la espada de Damocles cuelga sobre su cabeza de todos modos; no está hecho, obviamente, para la guerra; dice que Lanza lo reclutó a la fuerza; se ve tan nervioso como todos los demás; sólo quiere encontrar a la viuda del Marqués de Cabra y alivia su sofoco con ademanes exasperados del pañuelo, movimientos nerviosos de la cabeza, como esperando un mal anuncio o un peor golpe a cada momento; se queja de la falta de lociones acostumbradas en Chile, ¡este país es el fin del mundo!; se pregunta qué hace aquí, si no es buscar a Ofelia Salamanca, hasta que se le recomienda formar un club de corazones rotos por la hermosa chilena, enemiga contumaz de la independencia y de los rebeldes, de la cual se dijo, pero es sólo una copucha, pues, que fue ella personalmente quien le clavó un puñal en la espalda al coronel insurgente Martín Echagüe para impedir que concurriera a la batalla de Rancagua, perdida por la tropa rebelde y que obligó a los cabecillas derrotados, O'Higgins y Carrera, a huir a Mendoza, del otro lado de los Andes, de donde ahora nos llega este joven imberbe y confuso y nervioso a decirnos que el ataque de los rebeldes es inminente, San Martín ha desplegado ejércitos de más de veinte mil hombres en fuerzas móviles, del norte al sur de la Argentina andina, preparando un asalto general hacia Chile desde Aconcagua hasta Valdivia...

Santiago de Chile era una ciudad aterrada al iniciarse ese verano de 1816, y precisamente por ese motivo sus cuarenta mil habitantes habían decidido divertirse hasta la muerte y gastarse hasta el último centavo, pero la feria de los rumores culminaba, igual que en Lima, en las fiestas, continuas, simultáneas, con las que la sociedad realista, cada vez más menguada, intentaba exorcizar el temor del triunfo insurgente y buscaba en vano a los posibles aliados criollos que la violencia represiva de Marcó del Pont había entregado a la facción patriótica. Circulaba en secreto *La Aurora de Chile* del padre Camilo Henríquez, dando noticias que debían tomarse por falsas puesto que venían del enemigo faccioso, a menos que éste se estuviese engañando a sí mismo todo el tiempo. El propósito de las reuniones sociales de la capital chilena, en esos meses de calor agobiante y perfumes de damascos pelados un minuto antes de que se pudriesen, era reunir noticias, dar cabida a todos los rumores y apuestas sobre el futuro de la colonia, escuchar a todo el que tuviese una pizca de información.

—Están locos —decía Baltasar Bustos paseándose con displicencia por los saraos chilenos con una copita de vino blanco en la mano—, no han escatimado fuerzas para un ataque general en un frente *enooooorme;* los van a hacer pedazos a toditos ustedes, pues, pero duerman tranquilos. Yo no, porque busco a una mujer...

Se preguntaban quienes le escuchaban si este *fop*, como lo llamarían en la corte inglesa engalanada entonces por *el Bello* Brummell, este petimetre cegatón y blando, realmente amaba a la mujer que decía perseguir, puesto que tan públicamente proclamaba su pasión. No, no debía quererla tanto si tan llamativamente la invocaba. Era el mal del tiempo, quizá: vivir apasionadamente, ser uno mismo sólo siendo uno más su pasión romántica, que ya era compañía suficiente, aunque dolida, para el héroe interior inventado por Rousseau, por Chateaubriand...

—Sólo le pido al mundo que me regale un punto de partida: la mujer amada —decía Bustos entre los suspiros de las muchachas chilenas, las más bellas de América. Pero, en seguida, las desilusionaba con un gesto amanerado y una conclusión desopilante—: Pero no vayan a creer que deseo una compañera, eso sí que no. Sólo necesito, ¿me entienden ustedes, castas doncellas que me escuchan?, un objeto de amor. Un *objeto* para mi amor.

Le daban la espalda. Quizás ese sacerdote joven y hermoso, que lo miraba intensamente, entendía lo que al cabo se acercó a decirle, y era que sus palabras le hacían pensar que había algo más serio en ellas que su frivolidad aparente. El amor que nunca se consuma es el más intenso de todos.

—De manera que tú también has leído al santo Crisóstomo —le decía Baltasar recordando una violenta noche de mayo en Buenos Aires—. Pero ahora (suspiraba) nuestras pasiones secretas no cuentan. El orden está en peligro. Yo he convivido con los facinerosos de la guerrilla. Sé lo que son capaces de hacerles, a las mujeres, a los curas como tú... Hay que colgarlos antes de que nos cuelguen.

—Futre —le dijo el sacerdote a Baltasar, al tiempo que le propinaba una cachetada.

—¡Ay! Te vi de lejos en Lima, ya sé quién eres, ten cuidado —le contestó Bustos al sacerdote.

Los separó un tercer joven, militar realista, cuyo alto cuello bordado se clavaba dolorosamente en las mejillas, ocultando una parte de las patillas abundantes, rojizas, cuidadosamente cultivadas. Dijo este joven teniente que no era el momento de provocar rencillas y aumentar los nervios. El sacerdote se exponía gravemente al defender, así fuera por motivos de piedad cristiana, a los rebeldes. Bustos debía controlar el explicable nerviosismo de un hombre con precio sobre su cabeza. Pero los montoneros del Inquisivi no llegaban aún hasta Santiago. Podía estar tranquilo.

—No, los montoneros no, pero San Martín sí —decía entonces Baltasar—; el ejército que ha concentrado en Argentina va a atacarnos por todas partes, no va a haber recursos sufi...

El teniente patilludo le ordenó callar. Sembraba la confusión y el nerviosismo. La capitanía general tenía buena información. San Martín atacaría por el sur, donde el paso de la montaña era más fácil. ¿Quién se iba a aventurar por las cumbres más altas? Nadie había cruzado con un ejército el valle del Aconcagua. ¡Eso estaba a seis mil metros de altura! Además, el propio San Martín se había reunido con los jefes pehuenches en gran parlamento, para pasar por sus tierras llanas, sorprendernos a los españoles en el Planchón y devolverles la libertad a los indios.

—Ya marchan hacia el Planchón fuerzas suficientes para detener cualquier invasión rebelde —dijo satisfecho el teniente, clavándose los pulgares en el ancho cinturón y acariciando, con una mano, los dedos blandos de sus albos guantes de parada.

—¿Ustedes les creen una sola palabra a esos indios embusteros? —rió Baltasar Bustos.

—Todo indica que han traicionado a San Martín —dijo el teniente patilludo.

—Como pudieron traicionarnos a nosotros los realistas —insistió Baltasar, ante la expectación del grupito que se iba juntando a escucharlos—. ¡Ya no sabe uno qué pensar!

—Cuidémonos mejor de los sacerdotes iluministas, embriagados por las lecturas francesas —añadió el sacerdote joven, como para borrar de inmediato cualquier mala impresión y confundir aún más la discusión—. Tenemos el poder de la confesión y afectamos las conciencias de militares, empleados públicos, amas de casa... Sé que en Chile abundan los curas desleales, y su labor de zapa es interminable.

—Los facciosos han dividido a mi familia, padres contra hijos —dijo un capitancillo cetrino arreglándose la pechera color crema con un gesto que negaba su rencor—, y eso no se los perdono.

—De eso yo no sé nada —contestó con gesto enérgico el teniente ebúrneo—. Yo sólo sé que no hay un boquete de la montaña donde no tengamos fuerzas listas para repeler a San Martín, por donde quiera que se nos aparezca en los Andes.

—¿Sabes que tu amada Ofelia asesinó al capitán Echagüe en el lecho, mientras fornicaban? —le dijo con misterio y seducción y saña el joven sacerdote a Baltasar Bustos, pero con voz lo suficientemente alta como para que lo escucharan, con delectación y escándalo, las muchachas del verano, las eternas dueñas chicas de la sociedad santiaguina...

2

Baltasar Bustos pasaba tan cómico, ciego y atolondrado por las fiestas de la crepuscular colonia chilena, que no debió sorprenderle que algunas personas se fijasen más en él que él en ellas. Los saraos se sucedían como un largo adiós, de los salones del palacio de la Real Audiencia hasta las elegantes y sobrias charcas al oriente de la ciudad, pasando por el barroco de artesonados, rejas y portones de la Casa de Velasco en el centro de la ciudad.

Por el recuerdo de Ofelia Salamanca, Baltasar hacía gala de rondar, como ánima en pena, el recinto de la Audiencia, donde el difunto Marqués de Cabra había presidido antes de ser trasladado a Buenos Aires. Era un edificio reciente, teminado apenas en 1808, con veinte ventanas de fierro forjado en el primer piso, balcones de hierro en el segundo y una serie de patios y galerías que recordaban a nuestro héroe (que lo eres, Baltasar) los espacios de la Audiencia rioplatense donde se determinó su vida...

La de este edificio santiaguino se debió a un gobernador que llegó aquí decidido a implantar la cultura de la Ilustración en la más remota colonia austral de España. Luis Muñoz de Guzmán se tomaba en serio las ideas modernizantes de la corte de Carlos III y llegó al puerto de Valparaíso cargado de instrumentos musicales, partituras barrocas, acaso libros prohibidos, y sin duda libretos teatrales que pronto empezaron a representarse, bajo protección de la esposa del funcionario, doña Luisa de Esterripa, en los patios y salones mencionados.

Y, sin duda, nada hubiese alejado a Baltasar Bustos de la representación de esta tarde de verano en una de las casas solariegas, pues se trataba nada menos que de la pieza de Juan Jacobo Rousseau *El descubrimiento de América,* de no ser que a esa misma hora de la tarde, todas las tardes desde su llegada a Santiago, Baltasar Bustos se asomaba al balcón de la casa que un viejo amigo de su padre, comerciante indiano, había abandonado para regresar a España, y desde allí miraba una aparición en los jardines vecinos.

Entre los olivares y los almendrales aparecía, hacia las cinco de la tarde, una muchacha toda vestida de blanco que parecía flotar en su nube particular de algodones suaves y corpiños de gasa. Baltasar esperaba el momento de la aparición, que era siempre puntual y siempre lejana, como la de un nuevo astro, mitad sol, mitad luna, que se mostrase sólo para él y le ofreciese la cariñosa ronda del satélite en torno al verdadero astro, que era él. Pues a medida que se acercaba, esta muchacha deliciosa giraba también alrededor de los almendrales, y mientras más se acercaba, giraba sobre sus propios pies, que siempre estaban desnudos, en una danza que Baltasar quiso imaginar dedicada a él, pues en verdad no había otro espectador allí, sino el sol y la luna que en esa hora incierta coexistían en el cielo andino.

Baltasar trató una sola vez de mirar a los dos, el sol y la luna presentes a las cinco de la tarde sobre un jardín de plantas sabias y serenas. No podían competir con ella, que era ambos a la vez, y otras muchas cosas juntas.

Un buen sol, caliente y acariciante como la mano de una madre acostumbrada y que se contenta con no ser deseada excepcionalmente; pero también un sol malo, que estaba a punto de ejecutar al día, arrojándolo a una hoguera irremisible de la cual esa precisa jornada nunca más se levantaría: el sol era la madrastra del tiempo.

Y luna mala, que asomaba ya como para sellar con un candado de plata la muerte del día; luna blanca drenada de vida, luna pálida con cara de vampiro, luna exangüe hambrienta de desperdicios y flujos sangrientos; pero también luna buena, lecho del día reposado entre sábanas blancas, baño final que nos lava del hollín del sol y nos hunde en la amorosa recreación del tiempo, que es el sueño...

Todo esto miraba, tarde tras tarde, desde su balcón, Baltasar Bustos, hasta distinguir un rostro, la cara insólita de la luna, inesperada, individual, marcada por unas cejas que en otra mujer hubiesen sido ofensivas, unidas, sin cesura, como un segundo sexo a punto de devorar los ojos negros, la nariz altanera, los labios colorados y la mueca de desdén, dulce desdén, que empezó a enloquecer a Baltasar y a apartarlo de la obsesión de Ofelia Salamanca...

Cada tarde, desde hacía una semana, la hermosísima muchacha —pues no podía tener más de dieciocho años— se iba acercando más, hasta desaparecer por una arquería de la casa vecina. Quizá lo había ubicado a él en la casa vecina, pues jugueteaba con coquetería, asomándose y escondiéndose entre los pilares de los largos corredores, antes de desaparecer hasta el día siguiente.

Pero esta tarde ella no estaba allí.

Baltasar sintió un deseo ardiente de saltar la barda, abrazarla y besarle los labios rojos primero, y en seguida las cejas incitantes, velludas, unidas como un azote divino, promesa de lujuria y pavor. Sol y luna era ella, y esta tarde no estaba.

Sólo esta tarde. ¿Por qué? ¿Qué pudo haber interrumpido un rito que él consideraba sagrado ya, indispensable para su vida romántica?; pues nuevamente, se dio cuenta y nos lo dijo al describirnos este episodio, su emoción amorosa dependía de una distancia, de una ausencia, de la intensidad del deseo manifestado hacia una mujer que no podía tocar, que miraba de lejos y que ahora, igual que Ofelia Salamanca, había desaparecido sin cumplir la cita convenida, no con él sino con el sol y la luna...

Entonces Baltasar Bustos tomó su sombrero, corrió fuera de la casa, corrió sin sentirlo las diez cuadras que lo separaban de la Casa Colorada en cuyo gran patio se estaba representando la breve tragedia de Rousseau, corrió por la Calle del Rey, irrumpió por el gran portón y la vio a ella en el centro del patio, bailando, rodeada de coros, de indios y españoles, ella misma representando a una española alegórica que bailaba y recitaba a la vez: "Boguemos, crucemos los mares, nuestros placeres tendrán su turno, pues descubrir nuevos mundos es ofrecerle flores nuevas al amor..."

Alzaba los brazos, y las gasas transparentes de sus corpiños mostraban dos cerezas nuevas, frescas, besables, bailando una contradanza breve y risueña en los pechos de la muchacha.

—No es lo mejor de Juan Jacobo —le dijo el cura bien parecido a Baltasar mientras la concurrencia aplaudía y los actores se inclinaban dando las gracias—. Yo prefiero el *Narciso*, o *El amante de sí mismo*, donde Rousseau tiene la audacia de iniciar el diálogo con dos mujeres que hablan de un hombre, hermano de una de ellas, que por su delicadeza y la afectación de su atuendo es una especie de mujer disfrazada bajo el traje del hombre. Sin embargo, la apariencia femenina, menos que disfrazarlo, lo devuelve a su estado natural...

—¿Quieres decirme que esa maravillosa muchacha es en realidad un hombre disfrazado? —preguntó Baltasar, adoptando en seguida su propia afectación vaporosa y cruel.

—No —rió el sacerdote—, se llama Gabriela Cóo, y su padre se ocupa de una tarea infinita y laberíntica, que es liquidar para beneficio de la Corona los predios rurales de los jesuitas en Chile, y como ella no es menos emancipada que el mismísimo Rousseau, se ocupa de actuar, leer con entusiasmo a los autores del siglo y comulgar con la naturaleza. Deja que te la presente, Bustos.

—¿Quieres decir que todas la tardes sólo estaba ensayando un papel? —dijo con patente desengaño Baltasar.

—¿Perdón?

Aceptó conocerla socialmente, pero sólo a condición de que nadie se enterara de que cada tarde, a las cinco, mientras durara su obligación de vivir en Chile, él la vería aparecer, vaporosa e infinitamente deseable, en el jardín colindante con su casa. Temió que ella lo hubiese conocido ya, en una de tantas tertulias santiaguinas, y lo despreciase como las otras muchachas que, además, estaban enteradas de su obsesión por la desaparecida Marquesa de Cabra. Estuvo a punto de renegar del encuentro y proponer, ya que ella y él eran entusiastas de Rousseau, una relación puramente epistolar, como en la novela que hacía furor en todo el nuevo mundo, de México a Buenos Aires: *La nueva Eloísa*. Sucedieron, al cabo, tres cosas, igualmente previsibles e inesperadas. Cegatón y petimetre, gordinflón y poco atractivo, Baltasar entabló una de tantas conversaciones en una cena con su compañera de mesa. El diálogo estaba bien avanzado cuando Baltasar se dio cuenta de que él representaba un papel, romántico y perfectamente aprendido, que repetía en estas reuniones, pero que ese papel era, también, perfectamente auténtico, pues todo lo que él decía correspondía a una convicción íntima, aunque la expresión verbal no fuese demasiado feliz. El divorcio era, así, el matrimonio, también, de sus palabras. Las había dicho una y otra vez, con una mezcla de desidia y pasión, desde su paso por Lima, buscando a Ofelia Salamanca y dando a entender que, condenado a muerte por el cabecilla feroz, Miguel Lanza, sus simpatías sólo podían estar en la Corona, pues la Insurgencia le negaría toda protección.

No podía cambiar su discurso esa noche; era auténtico y era falso al mismo tiemo. Pero se lo dirigía a ella, pues descubrió a media cena que le estaba hablando a Gabriela Cóo. Le dio un rostro a ese rostro, unas cejas a esa cara, un perfume a ese cuerpo, y no podía ya parar, como una carreta que se derrumba por un cerro, el movimiento de sus palabras. Y ella le respondía cada vez de manera cortés pero cortante, inteligente, firme y hasta graciosa. ¿Se reía de él, como casi todas estas muchachas chilenas, demasiado bellas e inteligentes para tomarlo en serio? ¿Y no era esto, precisamente, lo que él más deseaba: que lo dejaran libre para proseguir su pasión verdadera, la búsqueda de Ofelia?

—Cuando me acerco a una mujer como usted, siento el deseo de que mi dolor y mi pecado vengan de usted.

—No me diga.

—Sólo usted puede matar la pasión en mí.

—Con mucho gusto.

—Quiero decir: hágame la gracia de apresurar mi calvario.

—¿A quién le habla usted, señor Bustos?

—Le digo que mi alma sólo quiere curarse o morir, señorita.

—Pues yo sólo sé curar, no matar.

—Trata de ser otra y no trataré de seducirte —dijo bajando la voz Baltasar.

—Ni lo seré ni quiero que me seduzcas —le contestó ella con el mismo tono, antes de reír en voz alta—: Sea más ecuánime, señor Bustos.

Pero lo segundo que sucedió es que cada tarde a las cinco ella volvió a aparecer lejana en su jardín, acercándose poco a poco, como si le diera a entender que sólo de lejos pero con seguridad pausada, ella se iría acercando, dejándose querer, dejando que él la hiciera cada vez más suya, en la mirada y el deseo primero, y algún día quizás en la posesión verdadera... Los movimientos de la danza, las languideces crecientes, la creciente desnudez de ese cuerpo esbelto, casi infantil, pero gobernado por una máscara cuya voluntad era una boca roja como una herida y unas cejas negras como un látigo, deletreaban un nombre, Gabriela, Gabriela Cóo, deseada, deseable, prometedora, prometida, segura de que no decepcionaría a su amante, si él quisiese serlo, si él se entregase a ella, lejana y núbil en su jardín, como se había entregado a Ofelia Salamanca, lejana y viuda, madre que parió dos veces al mismo niño, parto de vida y parto de muerte, mujer cargada de penas y rumores y crueldades probables y traiciones imaginadas: el cuerpo danzante de Gabriela Cóo le pedía escoger, y no le decía: soy mejor que la otra; sólo: soy otra y debes aceptarme así...

Tenía que ser así, se dijo Baltasar cada atardecer, porque ella ya no ensayaba la obra teatral de Rousseau, que se representó una sola vez en el patio de la gran mansión de arquitectura portuguesa en la Calle del Rey. Ya no. Ahora la representación sí que era sólo para él...

Era su Dueña Chica; decidió llamarla así, como nosotros lo llamábamos a él nuestro Hermano Menor.

Una tarde se encontraron, el Hermano Menor y la Dueña Chica, sin necesidad de darse una cita, sencillamente. Él saltó la barda en el momento en que ella abría el zaguán que separaba las dos propiedades. Ninguno cedió nada, pero los dos lo entregaron todo. Ella le explicó que su actuación de la otra noche no era un acto infantil, de niña mimada entreteniendo a la buena sociedad. Ella quería ser actriz, creía en la independencia pero no sólo política, sino personal. Ambas cosas iban juntas, así creía ella, al menos, dijo. Aquí en Chile, en otras partes de América, en Europa incluso, ella iba a seguir su carrera. Amaba las palabras, dijo Gabriela Cóo, cada palabra para ella tenía vida propia y requería el mismo cuidado que un niño recién nacido. Cuando ella abría la boca y decía una palabra, como la otra noche —el amor, el placer, el mundo y el mar—, tenía que hacerse cargo de la palabra como una madre, como una pastora, como una amante, como una Dueña Chica, sí, convencida de que sin ella, sin su boca, sin su lengua, la palabra iría a estrellarse contra un muro de silencio, y moriría, desamparada.

Para hacerse cargo de las palabras que ni siquiera eran suyas, sino de Rousseau, o Alarcón, o Sófocles, ella tenía que prepararse largo tiempo. No le daría nada a un hombre si no se lo daba antes a las palabras. El amor era una vocación tan fuerte como el teatro en ella, pero las palabras también sostenían al amor. Todo esto era muy difícil y hasta un poco triste —Gabriela Cóo se acercó a Baltasar Bustos y le acarició los bucles— porque su trabajo era pura sombra, sin registro, pasajero: sólo quedaban las palabras que la precedían, pobrecitas, y seguirían sin ella. ¿Qué podía pensar Gabriela, para darle sentido a su vida de voces espectrales, sino que gracias a su boca las palabras no se habían muerto, sino que habían ganado un poquitín de vida, espesor, dignidad, qué sé yo?

Buscó la nuca de Baltasar debajo de la cabellera rizada y le preguntó si la entendía, y él dijo que sí, porque sabía que ella lo entendía igualmente bien a él, ella sabía lo que él quería y por qué motivos actuaba y hablaba de esa manera en las cenas de Santiago de Chile y por qué iban a separarse muy pronto.

—Dime que no es por la otra —dio su único traspiés, por lo demás explicable, Gabriela Cóo, y él la perdonó pero decidió también, en ese momento, separarla de su vida, darle toda la libertad que ella necesitaba y darse a sí mismo toda la esclavitud que representaba su obsesión con Ofelia, hasta consumar esa pasión. No veía, en ese momento, otra manera de serle fiel a esta muchacha adorable, Gabriela, Gabriela Cóo, mi amor, mi amorcito adorado, rica, Gabriela, nunca acabaremos de conocer nuestros corazones, mi Dueña Chica.

Tanto deseó el único beso que se dieron él y Gabriela, fue tan intensa la imaginación del acto, tan rojos los labios de la muchacha, que al unirse a los de Baltasar, y abrirse la boca y juntarse las lenguas y separarse sólo para recorrer a cosquillas el paladar y contar cada uno de los dientecillos ávidos y crueles y cariñosos de ambos, de todo lo que ellos hicieron juntos se desprendió otra boca, otro beso que les arrebató el suyo, lo hizo lejano, lo separó de Gabriela y de Baltasar, para convertirlo en el beso, la boca y la voz de Ofelia Salamanca.

Y esto fue lo tercero que ocurrió.

Él se prometió a sí mismo no pensar más en Gabriela hasta que pudiera ser sólo de ella.

3

De cara a Santiago, pero con la muralla de los Andes de por medio, la ciudad de Mendoza era en ese mismo tiempo el centro de la revolución americana. La dulzura de su valle de parras y cerezos, la primavera eterna de sus brisas tibias y sus paisajes nevados, la tierra toda de perales rubios y estiércol feraz, era negada y entregada a los extremos de un helado cálculo y un fragor infernal por las actividades del Ejército de los Andes que se formaba, contra todas las abulias, contra todos los obstáculos, en la capital de Jujuy.

No había nada; San Martín se ocupó de convertir la nada en recursos de guerra. Ordenó contribuciones, exaccionó a todos. Jodió al presidente Pueyrredón hasta la locura, motivó a las damas mendocinas para que entregaran sus alhajas en el cabildo, proscribió el lujo, redujo a la mitad los sueldos de la oficialidad y a Mendoza entera le proclamó, desde la altura de un caballo que no era más alto que el general libertador, erguido, apenas cumplidos los treinta y siete años, con una madurez inminente que no apagaba los velados brillos de la mirada ni la recia determinación de la boca:

—Que sude dinero Cuyo para la liberación de América; de ahora en adelante, cada uno es centinela de su propia vida.

El director supremo de la Junta de Buenos Aires, Pueyrredón, no estaba dispuesto a cederle a San Martín ni en voluntad ni en humor para una empresa que en Buenos Aires era comparada a las de Aníbal, César o Napoleón: ahí van, desde la capital porteña, los despachos de los oficiales, los vestuarios y las camisas. Van dos mil sables de repuesto y doscientas tiendas de campaña. Van, en un cajoncito, los dos únicos clarines que se han encontrado. Y basta ya, escribió Pueyrredón: "Va el Mundo. Va el Demonio. Va la Carne. Y no sé cómo me irá con las trampas en que quedo para pagarlo todo. ¡Carajo! No me vuelva a pedir usted más."

Sudó el Cuyo, se quedó seca Mendoza, y hasta las campanas y los emparrados se exprimieron para juntar trabucos y arcabuces, tercerolas y sables, dagas y tridentes, las pistolas y los yagatanes, esas temibles hojas de acero con empuñaduras de plata cancelada.

Allí está ya el mayor De la Plaza al frente del parque y la armería, y Álvarez Condarco, el químico de Tucumán, mezclando salitres para sacar pólvoras. Se levanta la sotana hasta la cintura el fraile Luis Beltrán en su maestranza, fundiendo cañones y granadas, mientras su vecino, el molinero Tejeda, suda también sobre su batán, tiñendo de azul el paño para los uniformes. Y hasta el más humilde artesano fabrica, aunque sea, lanzas de caña, y el más humilde arriero entrega sus animales de carga, y los médicos sus medicinas al hospital organizado por el doctor Zapata, y si no hay voluntad, a fuerza se les arrancan las mantas y frazadas a los vecinos, dormidos o despiertos. "No hay casa que no pueda desprenderse de una frazada vieja", gritan los corsarios de la libertad, proclamándose mendigos más que rateros; no hay más remedio que pordiosear...

Pero todo el bullicio, el retintín, la jácara y el lamento, el golpe de metal fundido, los relinchos y los clavetazos, son como un vasto silencio cuando ese día de enero, al atardecer, entran jinetes al campamento del general José de San Martín en Mendoza, tres hombres a caballo que se despeñan de la cordillera y no pueden detener sus monturas, haciéndolas correr y saltar y esquivar obstáculos entre las armerías, el parque, las maestranzas, y los batanes, hasta fundirse, los tres corceles sudorosos y tensos, en el corral y los establos de los tres mil caballos, las siete mil mulas y las vacas sin número que constituyen el pie montado del Ejército de los Andes.

Se apearon los tres amigos, riendo, gritando, abrazándose, felicitándose de ser amigos, de estar vivos, de haber llegado, de traer noticias, pero, sobre todo, congratulándose de su camaradería viril, su amistad de veinticinco años, el éxito de su hazaña al cruzar la cordillera los tres, a caballo desde Santiago, tan veloces en su avance, que ellos tres eran sus propios mensajeros:

El cura Francisco Arias, hermoso y devoto, en sus veinte años, de lecturas fervientes y sensualidades que juzgaba dignas de su fe y de su inteligencia generosa, abarcadoras.

El teniente Juan de Echagüe, valiente y guapetón con sus *favoris* rojizos que tan bien se veían peinados para el baile como revueltos con la pólvora.

Y el joven héroe Baltasar Bustos, cegatón irremediable pero regordete a voluntad, perdiendo la dureza del cuerpo ganada en la campaña del Inquisivi con una dieta de melindres, cremas, yemas de huevo y polvorones, obedeciendo la orden de regresar a su naturaleza natural, gorda y suave, perdiendo el orgullo de su virilidad esbelta, para servir a la causa en que los tres estaban empeñados, aunque los hicieran bailar con la más fea: la simulación.

"Arias y Bustos se juntarán con Echagüe en Chile. El país está nervioso. A pesar de la derrota de Rancagua, no se vence el ánimo rebelde. El capitán general es un incompetente y una bestia. Pero Santiago es el centro nervioso. Entren a todas partes. Háganse amigos de todo el mundo. Difundan rumores falsos. Contradíganse. Confundan a todo el que quiera la victoria de los matuchos. Seduzcan a todo el que pueda servir a nuestra causa. No dejen verdad alguna en pie, creen un universo de duda, confusión, contradicciones, noticias falsas, rumores... Y no se sientan héroes. Sólo son parte de un ejército de espías y contraespías desparramados por todo Chile. Esparzan infundios; pero mándennos decir la verdad. Averigüen número y posición de tropas, arreos, movimientos, planes. Pero sobre todo, hagan creer que vamos a atacar por todas partes, en toda la línea, del Aconcagua a Valdivia..."

Eso les pidió personalmente a los tres San Martín y eso cumplieron. Ahora Baltasar quería comer carne y no volovanes, Echagüe sentía vengada la muerte de su tío (según dicen, en brazos de la Cabrona, Ofelia Salamanca, la viuda del marqués) y el padre Arias miraba a sus dos amigos con esos ojos bellos, lánguidos, enigmáticos, que por igual seducían a hombres y mujeres y a todos les hacían sentir que este joven sacerdote podía hacer lo que quisiera porque obviamente Dios mismo se lo ordenaba y encarnaba la voluntad divina en el cuerpo frágil, fuerte, tierno, dispuesto al perdón pero también a la ira, portador juvenil de Jehová y de Cristo...

Caminaban abrazados, lejos de los establos donde se apearon, pero acompañados siempre de la menuda población del vasto campamento cuyos ruidos habituales regresaban a ocupar la tarde, después de la galopante interrupción de los amigos. Gansos, pollos, puercos, patos. Los graznidos, los cacareos, los chillidos, vencieron mágicamente a los martillos, los fuelles, los relinchos... Arias miraba a Bustos y a Echagüe. Ojalá fuera cierto que Baltasar inventó, genialmente, el pretexto de la bella Ofelia para justificar su paso por Chile; ojalá que no la conociese siquiera, ni la amase en verdad. Ojalá que Echagüe nunca creyese que su camarada amaba a la mujer que mató a su pariente. Ojalá que esta maravilla de la vida, que era la unión de tres amigos jóvenes a los que por el momento nada separaba, persistiese, brillase lo más posible, antes del triunfo de las inevitables separaciones... Cuando los amigos le preguntaron qué hacía, Arias dijo que rezaba, a su manera, y con una palabra, fíjense nada más, de la más pura cepa árabe. Luego comieron y bebieron juntos, contaron chistes, recordaron familias y parejas, evocaron niñeces, se quisieron como hermanos.

—Esa mujer te quería —le dijo Echagüe a Bustos.

—¿Quién? —preguntó, turbado, Baltasar.

Pero Echagüe y Arias se miraron y guardaron silencio. Se habían jurado nunca mencionar a Gabriela Cóo.

4

Los tres se presentaron ante San Martín con los pechos depurados por el aire de Mendoza, que es la ciudad más arbolada del mundo, una ciudad dulce entre todas porque la protege un techo de hojas que se entrelazan como los dedos de una gran ronda de amantes inseparables.

El sacerdote iba vestido todo de negro, con su larga sotana y sus ojos de color eclesiástico también.

El teniente llevaba el morrión de cuero con aplicaciones de galón dorado sobre el brazo y la casaca azul abotonada con escudos argentinos.

Baltasar Bustos guardó sus anteojos en el estuche de cuero y se metió bajo la axila la gorra de paño azul y galón dorado.

Era un terceto orgulloso de amigos mirándole la cara a un héroe, preguntándose en qué punto el destino personal de cada uno —Echagüe, Arias, Bustos— modificaba o era modificado por el destino de los hechos, la guerra y los otros hombres —San Martín—. Sin embargo, la vanidad, escribió Juan Jacobo, mide a la naturaleza según nuestras debilidades, haciéndonos creer que las cualidades que nos son ajenas, son quimeras.

En el salón desnudo salvo por una mesa llena de mapas, portapliegos, lupas, tinteros y sellos para lacrar, les dijo claramente el general que la estrategia de la liberación de América del Sur dependía de la conquista del virreinato rector: el Perú. Pero tomar el Perú significaba primero invadir Chile. De las republiquetas del Alto Perú no se podía esperar una acción sostenida y de largo aliento, sino lo que siempre habían hecho: hostilizar y distraer las tropas y recursos de Lima.

Todo estaba listo. Los felicitaba, a los tres, por su campaña de zapa en Chile. Marcó del Pont estaba totalmente confundido sobre el sitio por donde atacarían los patriotas. Confiaba en que Echagüe había aprovechado el viaje de regreso para cumplir instrucciones. El joven teniente dijo que sí: había memorizado todo el trayecto, hasta la posición de la última piedra, sin necesidad de tomar notas. Baltasar y el padre Francisco miraron a Juan y luego a San Martín. Conocían el secreto; no era necesario jurar silencio. Pero un indio apoyado en una lanza a la entrada del salón de mapas mendocino los miraba con melancolía lejana. ¿Había escuchado? Sin duda. ¿Había entendido? Sí; no; sí.

—Yo he vivido con ellos, sé que lo entienden todo

—dijo Baltasar cuando San Martín ordenó al indio que se retirara.

—Pues sólo atacando a Echagüe y torturándolo le podrán arrancar el secreto —dijo el padre Arias.

—En Perú les decíamos cholos de mierda —le dijo con una ira súbita Bustos a Arias.

—No te preocupes. Ellos, entre sí, se dicen cosas peores.

—Eso no arregla el problema de la justicia —insistió Bustos, un poco irritado por el realismo cínico del joven sacerdote—. ¿Vamos a liberarnos de los españoles para ponernos los criollos en su lugar, siempre por encima del cholo y el indio?

Echagüe se rió: —No veas esto ahora, Balta. Vé sólo la gloria...

Tarareó *"le jour de gloire est arrivé"*, se sonrojó, se compuso. —Perdón, mi general. Me olvidé de dónde estaba. Es que somos tan amigos los tres.

—A mí también me preocupa la justicia —dijo San Martín—. Y por dondequiera que pasemos, vamos a declarar la libertad de comercio, suprimir la Inquisición, abolir la esclavitud y proscribir los tormentos. Pero ya vieron ustedes lo que pasó con Castelli y Belgrano en el Alto Perú. Proclamaron los ideales de la Ilustración ante los indios que no los entendían y espantaron a los criollos que no quieren revoluciones en permanencia. No bastan las teorías o los individuos para lograr la justicia. Se necesita crear instituciones permanentes. Pero ahora hay que lograr la independencia. Luego vendrán los dolores de cabeza.

—Usted crea leyes, mi general. Debe creer en ellas desde ya —dijo el impetuoso Baltasar, feliz de estar de vuelta en las filas patriotas, cada día más seguro de su capacidad para aunar los sueños y las realidades de la revolución.

—Somos muy legalistas —sonrió San Martín—. Nos gusta mucho el equilibrio, la simetría legal para esconder la confusión de nuestras sociedades mal formadas. Nos encanta la jerarquía, la protección dogmática, todo lo que heredamos de la Iglesia y de España. Se nos olvida que debajo de las cúpulas de la certeza y de las columnas de la ley, hay un sueño lleno de rocas, alimañas y arenas movedizas que pondrán en peligro todo el equilibrio del templo de la república.

—Se necesita una voluntad fuerte, un hombre salvador —dijo sonriente Echagüe, con su eterno guante en la mano.

—Mis jóvenes amigos —le devolvió la sonrisa, pero muy amarga, San Martín—, yo no sé si vamos a lograr nuestros propósitos, o si en la cordillera nos van a despedazar para siempre. Por eso les digo a ustedes, desde ahora, que si triunfamos, en realidad habremos sido derrotados si le entregamos el poder al brazo fuerte, al militar afortunado.

—Pero si se trata de salvar a la patria... —insistió Echagüe.

—A la patria la van a salvar todos sus ciudadanos, no un jefe militar...

—En la guerra no piensa usted así.

—Pero en la paz sí teniente Echagüe. Si no creamos instituciones, si no logramos unidad entre los americanos, iremos de división en rencilla, en guerra fratricida. Se lo juro a usted, yo mataré maturrangos, pero no argentinos. Eso nunca. Mi sable jamás saldrá de su vaina por razones políticas.

—Mi general, perdone que hable yo solo. No pretendo hacerme portavoz de mis amigos que...

—Es usted tan fogoso como su tío.

—Don Martín Echagüe debe estar contento de mis acciones. Yo quiero estar siempre contento de las suyas, general.

—Nunca me pida usted, ni nadie, entonces, que sea el verdugo de mis conciudadanos. Un militar puede llegar al poder sólo para ese fin. Pero cuídense ustedes los civiles también —le dijo a Bustos y, curiosamente, al padre Francisco Arias—. Que nadie los empuje al poder sólo para que maten en nombre de los militares. Que nadie los coloque en la encrucijada de estar en el poder para matar o ser matados.

Rió ante el silencio solemne de los jóvenes y les dijo que perdonaran las peroratas de un próximo cuarentón que, en el fondo, sólo quería cumplir con su deber y retirarse a un rincón a vivir como hombre, en paz y respetado. ¿Nadie creerá que si me retiro a mi chacrita mendocina no soy un falso Cincinato, sino un verdadero Sila en espera de apoderarse del poder? ¡Carajo!

Todos rieron y él los acusó de provocar esta discusión sobre un futuro hipotético a partir de un hecho actual, visible, que era la voluntad americana de ganar la independencia: lo habían visto, esa voluntad los rodeaba, nunca se había visto nada igual en América, no era el momento de llorar sobre las nubes por venir, sino de seguir este sol de la voluntad que se manifestaba en torno a ellos, jóvenes, patriotas, americanos. ¿Quién iba a decir, después de estas jornadas, que un argentino, un chileno, un peruano, no sabían organizarse ni gobernarse a sí mismos? ¡La prueba estaba allí afuera!

Y allí afuera, los soldados reclutados recibían uniformes y se los ponían al aire libre, después de mostrarse desnudos por unos segundos. El padre Francisco Arias se acercó a ayudarlos a vestirse; muchos no sabían ponerse correctamente el uniforme, abotonarse, fajarse la cintura y cruzarse la banda de cuero del pecho. Les hizo un gesto a los otros dos para que acudiesen. Baltasar detuvo a Juan.

—No lo hagas. Te vas a sentir mal el día que ya no puedas ser camarada de quienes no son iguales a ti. Sólo esta guerra nos une. Luego la sociedad nos dividirá.

A la mañana siguiente, reunida toda la tropa frente al convento de San Francisco, puso San Martín a su frente a la Virgen Generala, Nuestra Señora del Carmen, declarada Patrona del Ejército de los Andes. Pero en el centro de esa figura ampona como una muñeca de lujo, triangular como un sexo amantísimo de mujer, Baltasar puso, en el lugar de la cara rodeada por las cofias blancas de la virginidad materna, la cara de Ofelia Salamanca, sonriéndole como si él fuese todo eso, amo del juguete, amante de la mujer, hijo de la madre...

5

Echagüe le describió detalladamente al general San Martín la ruta de Los Patos, por donde tomó el grueso del ejército, al mando de Bernardo O'Higgins. Más al sur, por el camino más corto de Uspallata, avanzaría el coronel Las Heras con la artillería. Varias columnas menores se dispersarían al norte y al sur de éstas, confirmando la impresión de que el ejército atacaba a Chile sobre un gran frente, del Aconcagua a Valdivia, dispersando las fuerzas realistas ya desmoralizadas por las campañas de rumores organizadas por San Martín, un abanico de engaños, de La Rioja y el paso de Comecaballos a San Juan y la ruta de Pismanta, hasta el sur, por el paso de Portillo y el de Planchón, donde los indios pehuenches habían delatado a los patriotas. Infantes y milicianos, granaderos y blandengues, siguieron las rutas de la gran invasión, sin antecedentes en América, que sumaba a 5 423 hombres, aunque sólo cuatro mil combatirían, seguidos de sus columnas de abastecimientos, sus carretas de trigo, su ganado vacuno, sus albañiles y panaderos, sus linternas y vagones de agua, su carruaje cubierto de despachos y mapas tirado por seis caballos, hasta la altura de seis mil metros a mirar allí el rostro de los Andes, dominando a quienes pretendían dominarlo. Estos hombres primeros, Adanes de la independencia, con las plantas de los pies sobre la tierra de ruinas volcánicas y glaciares extintos, contemplaron el rostro pardo y la corona de nieve que era la cara de un dios extinto, pero pronto a reanudar la catástrofe interrumpida de una naturaleza potencial, vibrante esta tarde del cruce de San Martín a Chile con todos los recuerdos de antiguos cosmos devastados y todas las promesas de mundos por venir que éstos, los cinco mil de San Martín, jamás verían.

¿Mirarían, en cambio, la lucha fratricida prevista por el general, las patrias nuevas en escombros, destruidas por sus propios hijos? Baltasar Bustos buscó en el ascenso al más alto templo de los Andes, las miradas de sus amigos Echagüe y Arias y las del propio José de San Martín. Ocupados en ascender a la cima, ordenar, exaltarse ante el espectáculo grandioso, emborracharse quizá con la voluntad de triunfo en la batalla y con la voluntad de armar este ejército incomparable, ¿tenían tiempo, como Baltasar, de ensimismarse y pensar en el momento en que la retórica se divorciaría de la acción? Pero el momento era excelso y nadie debía arruinarlo. Que lo gozasen, en nombre de todas las generaciones por venir, quienes tenían hoy el privilegio de ser americanos, en el techo de América, acompañando al Libertador de América.

Durmieron. Bebieron de sus cantimploras. Alguno incluso se hizo afeitar por un improvisado barbero para que los maturrangos no creyeran que de la pampa sólo llegaban gauchos matreros. Pero la noche era helada y se agradecieron las frazadas robadas a los vecinos de Mendoza. Los cañones pasaban en fila india y los indios cargaban el equipo. En la retaguardia se escuchaba el mugido del ganado doblado bajo las provisiones. Algunos hombres cayeron mareados, vomitando, enfermos con el mal de la montaña alta: el soroche. Nunca se escuchó una guitarra esa noche heroica. Alguien, sí, cantó una vidalita. Y San Martín soñó con tener zancos para dar el salto de un golpe.

Iniciaron el ascenso el 18 de enero y hasta el 2 de febrero comenzaron el descenso; para el día 4, ya se encontraron la primera partida realista en una garganta de la montaña llamada Achupallas; cien soldados del rey que no pudieron resistir el asalto a sable limpio de Juan Echagüe. De allí en adelante, el ejército se precipitó, en sus dos componentes mayores, del Aconcagua al valle central de Chile. El 12 de febrero, a la luz de la luna, todos estaban corriendo cuesta abajo hacia el encuentro con las tropas realistas de Marcó del Pont en Chacabuco. Fue así, bajo la luna, que los tres amigos, Baltasar, Francisco y Juan, se miraron por última vez, sin poder ya darse la mano, ni menos un abrazo, ni decirse una palabra más. Las órdenes dadas por O'Higgins eran: envolver al enemigo, rodearlo; está puesto allí en el centro para que hagamos esto: un círculo mortal. Los jinetes se lanzaron a atacar con O'Higgins por la Cuesta Nueva, que era el ala derecha de los españoles, dándole tiempo a Soler de llegar más tarde y hacerse cargo de desbaratar los restos de la retaguardia izquierda. Los tres amigos estuvieron entre los primeros en atacar sobre la izquierda, y ésta era guerra de sable contra sable, cuerpo a cuerpo, en el choque de la caballería, seguida de cerca por la infantería que, ella, llevaba los sables entre los dientes para encaramarse unos en los hombros de otros a fin de vencer las mamparas de troncos erigidas por el enemigo. Los jinetes volaban sobre los parapetos; en un salto cayó el valiente Juan Echagüe, y Baltasar vio la cabeza quebrada de su amigo; en otro, un mosquetazo tiñó de rojo la casaca negra del hermoso padre Francisco Arias, y Baltasar cabalgó hacia adelante, los cristales empañados, el armazón de fierro de los anteojos bien clavado en sus orejas irritadas, calientes, intentando dejar en blanco su corazón para impedir que en él se registrara el dolor, que sin embargo escribió con sable, en su mente, un acto de gracias indeseado, porque no era él el que cayó. Baltasar Bustos escribió un testamento como un relámpago en el que él se legaba a sí mismo a la memoria de los muertos, él se heredaba a sus amigos caídos. La muerte de un joven soldado, más bello y valiente que los demás. La muerte de un joven sacerdote, más bello y piadoso que los demás. A ellos les heredaba su vida Baltasar Bustos, dando gracias por no ser ni tan bello, ni tan valiente, ni tan piadoso como ellos. Estaba vivo y podía vivir para su enigma, su pasión de Tántalo, fugitiva e intocable. La muerte en el campo de batalla lo decidió, en ese instante, a apurar su propia vida antes de morir como sus amigos. Quizá, también, para apresurar el paso que lo reuniría con ellos.

La noche de Chacabuco, el corneta de San Martín sopló tan fuerte que dicen que el cerebro se le salió por las orejas.

6

Ante los cuerpos del sacerdote Arias y del capitán Echagüe, tendidos en la catedral sin torres de la capital chilena, adonde las tropas libertadoras entraron el 14 de febrero, San Martín le dijo a Baltasar Bustos, de pie al lado del general:

—Sólo perdimos doce hombres. Qué lastima que fueron ellos.

—¿Cuántos perdió el enemigo? —dijo sin mirar a San Martín Baltasar Bustos, acongojado por la muerte de sus amigos y ahora por las palabras del general, como si su dolor se extendiese hasta el corazón, que juzgó helado, del Libertador.

—Quinientos. Con Chacabuco se perdió Chile y se perdió el Perú. Ya no son colonias de España.

Baltasar quiso decir: lo que yo perdí es más que dos países, pero San Martín le dijo que mirara bien los rostros de sus amigos muertos, pues pronto no vería más rostros de amigos muertos con la razón y en la gloria de la batalla por la independencia, sino rostros de hermanos muertos en las guerras fratricidas por el poder. Baltasar preguntó si esto era tan fatal como lo hacían creer sus palabras, que le recordaban las de un pesimista muy distinto de José de San Martín, un presidente de Audiencia maturrango... San Martín lo interrumpió: —Estamos unidos para batir a los maturrangos. Hemos visto que divididos, nos ganarían ellos. Yo sólo le pido, amigo Bustos, que sea consciente de esto y de los peligros de la falta de unidad. Ella nos acecha, porque tenemos que crear instituciones donde no las había, y eso toma tiempo, tener mente clara y manos limpias. Podemos creer que las leyes, por estar separadas de la realidad, hacen a ésta irreal. No es cierto. Vamos a estar divididos por la realidad y por la ley, por la voluntad de federación contra la voluntad centralista... Hemos salido a la pampa y nos quedamos sin techo. No es razón para negarnos a respirar el aire libre y estar siempre encerrados. Sólo le pido que se dé cuenta de los riesgos. Usted y sus amigos deben construir un nuevo techo, ventanas por donde entre el aire y puertas sin candado. No, no soy un fatalista. Pero no quiero ser ciego. Vea usted conmigo, amigo Bustos. Decídase a ser, conmigo, un verdadero ciudadano, y renuncie a ser jamás, como yo lo hago ahora ante sus amigos muertos, ni rey ni emperador ni demonio.

—Con mis amigos, yo pude fundar un mundo —dijo con la cabeza inclinada Baltasar Bustos.

—Y sin ellos... —iba a decir San Martín...

—Sólo puedo vivir una pasión.

El general no entendió lo que decía el muchacho. Le puso una mano sobre el hombro y le dijo: —Fueron héroes —y a Baltasar lo ascendió allí mismo a capitán.

Baltasar se quedó solo con los cadáveres de Francisco Arias y Juan Echagüe. ¿Eran realmente héroes? ¿Lo era el mismísimo José de San Martín, que era lo más cercano a un héroe vivo que Baltasar Bustos conocía? En la penumbra fúnebre de la catedral, que no lograba disipar los resplandores barrocos puestos allí por sus arquitectos, que además de jesuitas eran bávaros, imaginó al Libertador, a sus amigos, a Miguel Lanza y a Baltasar Cárdenas el indio, al padre Ildefonso de las Muñecas, a todos los combatientes que él conoció, privados de caballerías, de campos de batalla, de infanterías... Era esto, quizá, lo que en su ánimo más secreto se guardaba José de San Martín: la visión de un mundo sin héroes, en el que los hombres como él, que era un héroe grande, pero también como Lanza y Cárdenas, el joven padre Arias y el capitán Echagüe, sus amigos, ya no fuesen posibles, porque ya no habría batallas con sables, encuentros cuerpo a cuerpo y códigos de honor, sino muertes fratricidas, batallas ganadas contra los hermanos, no contra los enemigos, guerras previsibles, programadas, en las que la muerte sería decidida y otorgada a la distancia... Guerras sucias en las que las víctimas serían los débiles. El héroe —volteó a mirar las espaldas rectas del general José de San Martín, vestido de gran uniforme, caminando solemnemente hacia la salida de la nave, granulado poco a poco por la luz empañada de las cúpulas— sería entonces, como el Dios de las montañas, un dios moribundo... Imaginó allí mismo el patetismo de un San Martín viejo, firme en su resolución de no manchar más su espada matando a ciudadanos argentinos, predicando con el ejemplo, negándose a ser "el brazo vigoroso", por mucho que lo disgustaran las rencillas de "díscolos, apáticos y sarracenos". Desde el centro de la victoria, San Martín se negaba a festejarla con exuberancia romántica. Su solemnidad ocasional le era perdonada en nombre de la severidad estoica, castellana, que le sobró a este hijo de madre y padre palentinos. Si iba a evitar la tentación cesárea, no era para hacerse irresponsable de la Argentina, sino para decirle a la Argentina que todos deberían comportarse como él. Todos debían ser responsables. Desde ahora, cada uno debería ser centinela de su propia vida. Alguien tenía que decirlo, y no desde el abismo de los fracasos por venir, sino aquí mismo, desde el mediodía del triunfo, pero triunfando sobre la pasión de la victoria.

Cuando entendió esto, Baltasar Bustos sintió el impulso de correr hasta el último héroe y darle un abrazo. Pero eso hubiera sido una fiesta más, una negación de la seriedad del Dios moribundo. No lo insultaría ni con sus recriminaciones ni con sus alabanzas. Se quedaría, mejor, un largo rato con sus camaradas, y con la ternura, la compañía, las esperanzas, las bromas, la intimidad, que jamás volvería a conocer.

El general entendió sus razones y le deseó buen viaje.

Una mañana de febrero, asoleada, Baltasar Bustos embarcó en la goleta *La Araucana*, en Valparaíso rumbo a Panamá, pasando frente a la escuadra armada por Lord Cochrane para el asalto a Lima. A su paso, las fue nombrando, como un adiós a las armas: la fragata *Lautaro*, de cuarenta y seis cañones; el bergantín *Galvarino*, armado con sus cohetes incendiarios; la goleta *Moctezuma* y el navío *San Martín*, los transportes y las lanchas cañoneras.

Pues en Santiago le habían dicho: —La mujer que tú buscas anda por Caracas. Pero no esperes nada bueno de ella.

Para él, la guerra había terminado y sólo quedaba la pasión.

Pero en Santiago, no quiso buscar a Gabriela Cóo.

VII. LA CASA DEL ARLEQUÍN

1

CON LA MARINERÍA irlandesa, entre El Callao y Panamá, recuperó la forma esbelta de los días del Alto Perú; insistió en recorrer a pie, cubierto sólo por un sombrero de jipijapa comprado en Guayaquil, la selva esmeralda de mar a mar, entre Pedro Miguel y Portobelo, por donde lo guiaron, entre estatuas de barro con figuras de hombres montados unos sobre las espaldas de los otros, los indios de San Blas cuyas caras con cicatrices azules eran una correspondencia herida a los inmutables colosos de Barriles. Nada reflejaban las aguas de las lagunas panameñas, tan intenso era el sol que las cegaba de día. Y de noche, se divisaron las luces de Portobelo donde lo esperaba la segunda goleta, del otro lado del istmo, para llevarlo a Maracaibo, la antigua fortaleza de Tierra Firme asediada, una y otra vez, por las armas y luego por la fama de Drake y Cavendish. Pero ahora, en las memorias más recientes, Maracaibo asociaba su renombre al filibustero Laurent de Graff, que jamás se lanzaba contra la laguna venezolana sin una orquesta privada de violinistas y tamborileros, y al capitán francés Montauban, que sólo se desplazaba por sus calles saladas en palanquín portado por cargadores y precedido, hasta en el mediodía, por un desfile de antorchas...

Nada era la fama de los antiguos corsarios ingleses, franceses y holandeses, al lado de la que ahora precedía a nuestro héroe, Baltasar Bustos, en su celebrada búsqueda de Ofelia Salamanca por todo el continente americano. Las rutas de la alpaca y la mula eran lentas, espesas las selvas, áridos e imposibles de atravesar los picachos, sangrientos los mares de los bucaneros y hondas las barrancas, pero las noticias corrían más veloces que los chasquis indios o las goletas irlandesas: un muchacho de aspecto poco imponente, regordete, melenudo, miope, persigue del estuario del Plata al golfo de Maracaibo a la bella chilena Ofelia Salamanca; dicen que nunca la ha visto, mucho menos tocado, pero su pasión lo compensa todo y lo lleva, a pesar de su debilidad física, a luchar sable en mano por la independencia de América, con los temibles guerrilleros de Miguel Lanza en los lodazales del Inquisivi, con el legendario padre Ildefonso de las Muñecas al frente de la indiada del Ayopaya, con el mismísimo José de San Martín en la escalada heroica de los Andes.

"¡Vaya héroe!", se dijo Baltasar Bustos, al oír en el hediondo puerto de Buenaventura la primera canción sobre sus amores, convertidos en cumbia y bailados por inmensas negras con pañuelos de cuadros rojos y de cuatro puntas amarradas a la cabeza, entre plátanos largos y negros como vergas de gigantes extintos. Las faldas múltiples de las mujeres no les impedían dar a entender qué cosas había debajo de ellas, o cómo se movían de rítmica, acompasada, sabrosa y lentamente las caderas. "¡Vaya héroe!", se repitió en Panamá, oyendo la historia de sus frustrados amores convertida en tamborito y bailada por muchachas criollas, blancas como la nata y envueltas en inmensas polleras que hacían abanicos de sus figuras de arañas lechosas. "¡Vaya héroe!", que tenía que resistir la tentación de los mantecados y polvorones que se disuelven en la boca, los higos chumbos y las guanábanas caramelizadas de estos puertos bailadores entre un Pacífico ardiente, liberado de las heladas aguas del barón von Humboldt, y un Caribe arrullador, separados ambos por la cintura de Panamá que era también faja de negra bailadora y cantante: ¡Allí viene Baltasar Bustos, buscando a Ofelia Salamanca, de la pampa hasta el llano! ¡Y vaya héroe! Quién lo iba a reconocer, no regordete como la canción lo evocaba, sino delgado otra vez, los músculos del abdomen endurecidos por las jornadas al pie del mástil con los irlandeses que convertían en juego alegre sus horas de trabajo y en sollozo nostálgico sus horas de borrachera y descanso (que eran idénticas): Baltasar Bustos color de avellana, la piel tostada y la cabellera de miel, la barba y el bigote rubios, renacientes, parecidos a, pero en vez de, el higo chumbo que se resistía a comer; las nalgas duras, las piernas desnudas y cubiertas de vello dorado, el pecho lampiño y lubricado por el sudor, y los secretos más salados anunciados por el largo vello de sus axilas. Este Baltasar no era el de la cumbia, el del tamborito, el del merengue (y se le hacía agua la boca).

La fama lo precedía, pero nadie podía reconocerlo. El último signo de su identidad legendaria —los anteojos redondos con marco plateado— lo arrojó al mar al salir del río Guayas, cuando escuchó el primer corrido andino, una zamba que quién sabe cómo llegó del Titicaca al Chimborazo, si no arrastrada por un cóndor moribundo, entonces chiflada por un guanaco encabronado.

A saber: el pueblo lo mentaba, y quería que triunfara en la guerra y el amor. Hasta los negros, apartados en Maracaibo de la pasarela de la goleta al grito de "¡Mala raza!" por los enervados oficiales realistas mientras se asomaban entre los sacos de cacao más blancos y menos malditos, seguramente, que ellos: detestados por los españoles y por los criollos, estos negros eran las tropas derrotadas de otra revuelta, "la insurrección de la otra especie", que pronto se dio cuenta de la realidad de las guerras de independencia: todos querían libertad para sí, pero nadie quería igualdad con los negros, desatados en su cólera contra todo hombre blanco de Venezuela, español, criollo o el mismísimo Simón Bolívar, quien condenó la explosión negra del Guatire como obra de un pueblo inhumano y atroz que se alimentaba de la sangre y la propiedad de los patriotas. Baltasar Bustos vio ahora el rescoldo de la rabia en las miradas amarillas y los cuerpos sudorosos que los españoles apartaban para que bajara el equipo de irlandeses y él, confundido entre ellos, pisó un suelo que sintió inseguro, bajo un cielo que miró suspendido, todo él, como ciertas nubes que miramos largo tiempo, en los veranos más tranquilos, esperando que ellas se muevan para que nosotros mismos lo hagamos: ¿cómo vamos a ponernos en marcha si el mundo se ha detenido?

La revolución triunfaba con San Martín en el sur; en el norte, las victorias iniciales de Bolívar habían sido anuladas por la reconquista española del feroz general Morillo, y sólo la voluntad de Bolívar, exiliado primero en Jamaica y ahora de regreso en la base sureña de Angostura, su repliegue y refugio después de las derrotas a manos de Morillo en la batalla del Semen, casi en el momento en que San Martín vencía, con Bustos a su lado, en Chacabuco, seguida por la derrota del gran llanero insurgente Páez en la batalla de Cojedes poco después. Estas palabras cómicas —dos batallas que encerraron a las fuerzas patriotas, por lo demás, al sur del Orinoco— eran saboreadas por Baltasar Bustos como un anticipo, acaso, de su fortuna amatoria en esta Venezuela adonde había llegado precediéndole como siempre, entusiasmada por la implacable brutalidad realista de Morillo, Ofelia Salamanca.

—Pasó por Guayaquil, rumbo a Buenaventura.

—Desembarcó en Panamá, cruzó el Darién...

—Se embarcó en Cartagena rumbo a Maracaibo. Allí reinan los godos y ella puede festejar sus triunfos, la muy perra.

Puerto enfermo, de burdeles y almacenes, éstos estaban vaciados por el sitio constante puesto a Maracaibo por las fuerzas rebeldes, y aquéllos repletos de toda la basura arrojada por una guerra que llevaba ya ocho años sin parar, con los ejércitos del rey y los de la patria disputándose cosechas y ganados, los esclavos huyendo de las haciendas incendiadas y de los amos rabiosamente aferrados a la esclavitud, con independencia o sin ella; los campesinos sin tierras, los pueblerinos sin pueblo a donde regresar, los artesanos sin trabajo, los huérfanos y las viudas, recalaban en el puerto realista por donde salía al mundo la exportación, cada vez más pobre, del chocolate. Como siempre, nuestra amarga cena se quedaba sin postres para enviárselos al mundo.

Baltasar Bustos arrojó los anteojos al río Guayas. No le habían servido para encontrar a Ofelia Salamanca. Ahora, sin más guía que su pasión, recorrería llanos y sierras, ríos y selvas, hasta agotar la leyenda y hacerla realidad. Durante un año entero, mientras Bolívar conquistaba la Nueva Granada y el poder realista se desgastaba en la vigilancia, Venezuela vivió suspendida en la espera del encuentro decisivo entre el Libertador y los realistas, entre los llaneros de Páez y los godos de Morillo. Pero en los burdeles, las cantinas, los hospitales, los muelles y los hacinamientos de Maracaibo, y no ya en los salones como en Lima o en Santiago, Baltasar Bustos buscaba noticias de la amada que iba a justificar, en el encuentro con él, las canciones que allí mismo, y no en los bailes criollos inexistentes ya, cantaban putas, arrieros, niños, cargadores y monjas de la asistencia pública: la balada de Baltasar y Ofelia.

¿La conocía ella? ¿Sabía esas letras, graciosas unas, majaderas otras, cachondas las más? ¿Era ella lo que las canciones decían, una amazona a la que le faltaba una teta, cercenada para mejor flechar, hija de un pueblo de puras mujeres que sólo salían a ser preñadas una vez al año y mataban a sus hijos varones? Tampoco era verdad la manera como todas estas baladas lo describían a él. Obsedido, paseándose por todos los vericuetos del puerto tropical, esperando recibir instrucción cierta y recibiendo sólo melodías inciertas, desgastándose en la humedad implacable, la comida podrida, la amenaza perpetua de la fiebre...

Unos ojos lo perseguían a medida que se volvía una figura acostumbrada aunque no identificable. Éste no era él, el de la canción... Pero los ojos que lo seguían lo habían visto antes así, como lucía ahora, igual que al regreso de la campaña del Alto Perú, magro y duro. Desde una ventana salidiza lo miraban esos ojos, entre celosías y velos negros, pues si esta mujer siempre había aparecido envuelta en fábricas oscuras, ahora el brillo de una noche de garúa en Lima ya no acompañaba sus trajes de un negro opaco, verdaderamente luctuoso...

Mandó a un negrito pizpireto, vestido de arlequín, a llamarlo. De este modo Baltasar entró por primera vez al burdel del Arlequín en Maracaibo. La fama lo había rechazado; el prostíbulo era tan famoso como la leyenda de Ofelia y Baltasar, y éste temió ser reconocido allí. La fama se comparte y reconoce dondequiera. Bustos tenía razón. Fue reconocido, pero no al entrar, no por la compañía de ninfas del lupanar, mujeres de todos los colores y sabores, a las que Baltasar imaginó paseándose entre esas odaliscas de vientres desnudos, atadas todas a la naturaleza por sus ombligos anchos o profundos, arrugados o prístinos, más o menos lejanos del tijeretazo separador, pero todos ellos suspirantes ombligos, con vida propia, como si una puta lo fuese para prolongar el ocio espléndido y las sensualidades sin pecado, suspendidas en la nada, de la vida prenatal. Ondulaban las negras impúdicas de Puerto Cabello, las indias lacias de la Guayana, las mestizas arrepentidas del Arauca, las criollas cínicas de Caracas, las francesas abanicadas de La Martinica, la china con una teta entre las piernas, las holandesas como vacas de Curazao, las inglesas distraídas de la Barbados, pretendiendo no estar aquí *at all.* Baltasar Bustos, guiado por el negrito arlequín, las olió como mostaza y orín, incienso y zorrillo, congrio y sándalo, guayaba y palo de Campeche, té y arena mojada, oveja; todos estos humores se daban cita en el gran salón estilo Primer Imperio, con taburetes otomanes y esfinges de yeso, luces inmóviles y horarios muertos, del burdel más célebre del más célebre puerto de la piratería, la expoliación, la trata de esclavos, el asedio patriota contra un imperio, el de España, que allí se había instalado para la eternidad.

Como ante una reina vencida, pero por ella misma, apareció al fin Baltasar, cuando detrás de él se vedaron las miradas codiciosas de las mujeres y se cerraron las puertas. Ella no perdió el tiempo: le dijo que lo esperaba por aquí, a sabiendas de que él no quería encontrar aquí lo que andaba buscando allá afuera. Iba a otras cosas, a ella se lo contaban todo, porque allá afuera no esperaba encontrar a la tal Ofelia Salamanca.

—Aquí sí, ¿verdad?

—No —negó él—, aquí tampoco; casi he perdido la esperanza de hallarla jamás.

—¿Prefieres, a estas alturas, no encontrarla nunca, Baltasar, seguir buscando siempre porque eso justifica tu vida, este movimiento que te enloquece y nos enloquece a todas al cantarlo y bailarlo? ¿Ni siquiera mi chinita triteto-na? ¿La más-cara?

—No me delates. Te reconocí de la fiesta en Lima.

Ella juró no decir quién era Baltasar. Ella se guardaba bien los secretos. ¿Él quería saber cómo había llegado ella de los salones virreinales a esta casa, verdad? Baltasar no dijo nada. Ella le agradeció la discreción, pero le prometió:

—Cuando regreses, te lo cuento todo.

Porque ahora, añadió rápidamente, con esa cara de luto que parecía la faz del crepúsculo y brillaba entre su carne y sus paños oscuros, dándole luz a la muerte, él tenía que seguir hasta Mérida y de allí subir por la sierra al Páramo y al Pico del Águila, dar vuelta y regresar aquí.

—¿Allí la encontraré?

—No te lo aseguro. Encontrarás su leyenda en todo caso.

—Ésa ya la conozco. La cantan junto con la mía.

—De esa mujer que tú quieres, nadie sabe la verdad.

—Entonces, ¿cómo la voy a saber yo?

—Yo creo que buscándola, aunque no la encuentres.

—¿Tú la conociste en Lima, Luz María?
—No digas más ese nombre. Yo ya no soy ésa.

2

Estas palabras aumentaron el hambre de Baltasar. No veía muy bien sin sus gafas, pero los otros sentidos —olores, sobre todo, y ruidos—, le llegaban con más intensidad que nunca. Se sentía, al iniciar su nuevo viaje, incapaz de distinguir lo que lograba ver de lo que olía, escuchaba y, al cabo, soñaba. Una vez dijo en el Alto Perú que temía admirar todo lo que él no era, sólo por este motivo; pero ahora una veloz concatenación de canciones —¿serían éstas, siempre, la manera más veloz de comunicarse en el vasto continente apartado?— le ofrecía a Baltasar Bustos la imagen de un hombre que era y no era él: ya no era él físicamente aunque sí era él en su alma, espejo móvil del tiempo que iba viviendo. Era cierta la pasión celebrada en las canciones; quién sabe si lo era la historia de un héroe que compensaba en la acción guerrera la plañidera ausencia amorosa. Pero ninguna melodía —valsecito peruano, cueca o cumbia, vidalita— decía la verdad que él le había comunicado a dos padres: el suyo y el preceptor jesuita Julián Ríos; y a dos amigos, Dorrego y yo, Varela, tan lejanos ambos, preocupados con nuestros relojes y nuestra política porteña —caían gobiernos, nos invadían caudillos provincianos, la anarquía ocupaba el lugar de los sueños—, que ya ni nos acordábamos de la leyenda de nuestro amigo Baltasar y la bella Ofelia. En cambio, esos otros dos amigos suyos cuya vida y muerte nos llenaba de envidia y celo, el cura Arias y el teniente Echagüe, murieron sin saber el secreto de Baltasar: el rapto y canje de los niños. Eso aliviaba un poco nuestra soberbia maltrecha. Empezábamos a hacernos argentinos, sin darnos cuenta...

Nosotros sí sabíamos que buscando a Ofelia Salamanca, Baltasar Bustos buscaba cumplir una pasión, pero también obtener un perdón.

Y ahora, ascendiendo en mula desde los valles profundos y los callejones estrechos de la serranía de Mérida a los muros de contención crenados de las estribaciones de los Andes, pidió por última vez perdón. "Perdón, Ofelia Salamanca, por lo que le hice a tu hijo."

¿Y el niño negro? ¿Por él no pedía, siquiera, excusas cortesanas? No. Quizá su madre negra había sufrido todo lo que el propio niño merecía sufrir: azotada en público por atreverse a tener un hijo estando enferma del mal francés... Pero Baltasar mismo cumplía en esta búsqueda de Ofelia otra pasión además de la romántica que se le atribuía, y ésta era la pasión espiritual de buscar a Ofelia para hincarse ante ella y decirle perdón. "Perdón por haber robado a tu hijo."

De Tabay a Mucurumba el paisaje de los Andes se quitó la ropa, mostrándose desnudo, pardo, agrietado, súbito, y ante él, el joven lector de Rousseau insistió en imaginar a un hombre espontáneamente bueno en la naturaleza, enajenado por la sociedad, enmascarado por un mal que nada tiene que ver con la naturaleza: el mal viene de otra parte, no de nosotros. Este artículo de la fe romántica se le consumió sin embargo a Baltasar Bustos como una arepa fría, cuando un viejo sentado sobre un saco de papas en el poblado de Mucuchíes le dijo: —Sí, por aquí pasó la traidora y en esa misma casa que ves, la de colores azul y rosa barnizados, Ofelia Salamanca le pidió al coronel realista que no matara a un patriota armado que allí se defendía, sin esperanzas ya de salir vivo, pero con "su honor intacto". El coronel estuvo de acuerdo. El patriota arrojó las armas por esa misma ventana de marcos blancos que allí mismo ves. Entonces ella entró, se desvistió y se mostró desnuda ante el patriota. No dijo una palabra. Todo el pueblo estaba en vilo, esperando lo que iba a pasar. Todo se podía ver por las ventanas abiertas. Ella estaba desnuda y no dijo palabra. Pero dejó al patriota que la viera enterita. Luego le ordenó salir y ella misma dio la orden de fuego.

¿Qué habían visto todas las niñas de caras redondas, con mejillas de manzana y sombreros con pañuelos amarrados para evitar que el viento de la montaña se los llevara? ¿Qué pensaban todos los viejos sentados a lo largo de la calle mayor de los pueblos andinos? Esos viejos nunca se murieron. Llevaban mil años aquí. Igual tiempo llevaba la hierba roja del yaraguá, el pasto generoso para el ganado que sobrevivía en este monte pelón; ganado viejo, también. Quedaban ancianos y niños solamente en los altos poblados, viejos de surcos plateados y niñas de pelo largo. ¿Qué habían visto, qué habían oído decir, de Ofelia Salamanca? Dicen que a un capitán patriota lo mandó matar mientras cagaba a las puertas de La Guaira. Esperó hasta ese momento para humillarlo. En Valencia, en cambio, obligó a un general realista a denunciarse a sí mismo y morir con la soga al cuello, de rodillas, para hacerse perdonar sus pecados.

Ofelia Salamanca: así como el frailejón amarillo es la mata fría del páramo y puntea el monte como una caligrafía, así puntean las historias de Ofelia Salamanca esta sierra de Santo Domingo; y así como el frailejón tiene un candelabro de flores surgiendo de la mata carnosa, así surgió aquí esa mujer, cazando patriotas antes de que no quedara ni uno solo y ella se quedara sin víctimas: aquí mismo en este pueblo del páramo por donde vuelan sin parar los zamuros, esa mujer a la que le falta una teta y por lo visto también un tornillo, le mandó decir al comandante patriota que sitiaba los fortines del Orinoco:

—Si vences a los realistas, puedes tomarme prisionera y matarme.

—¿Y si los godos nos vencen?

—Tú y yo hacemos el amor.

—Qué sabrosa oportunidad, puta goda. No la voy a perder, no lo creas.

—Pero oye mi condición. Tú no te debes dejar vencer sólo para amarme. Porque entonces, yo te mato. ¿De acuerdo?

Él se dejó vencer sólo para quererla —así iba a cantar el aeda serrano— y por eso murió en brazos de ella, con un puñal en la espalda.

¿Qué sabían todos estos hombres muertos, en brazos de ella, por órdenes de ella, al mirarla desnuda, al dejarse vencer por ella? ¿Quién era esta Pentesilea criolla?

Baltasar Bustos oía y no encontraba en la desolada naturaleza del alto páramo venezolano la correspondencia gozosa del alma solitaria, pletórica de sí, uniendo al individuo y las cosas, y a la promesa con la actualidad. Al contrario, la acción humana de Ofelia rompía toda posibilidad de reconciliación, volvía diabólica la empresa misma de la naturaleza, de la cual parecía emanar, justificándose en ella, reflejándola, la bella y cruel chilena. Se quebrantó en ese momento su fe en una posible reconciliación del hombre y la naturaleza: "Cargamos demasiadas culpas —le dijo a la oreja del páramo, al viejo y a la niña—; cualquier reconciliación será forzada, no tenemos más remedio que seguirnos dañando unos a otros y nada nos dañará más que la pasión caprichosa, el desdén autoritario, el poder ejercido sin traba: Ofelia Salamanca."

Vio el rostro de la mujer en la montaña helada y estéril, pero inmensamente bella: llegó, protegido por su sombrero ecuatoriano, a la cresta del ave de rapiña, el lomo del dromedario muerto, el Pico del Águila, que tenía la forma de un collar extraviado allí, como por descuido, por Ofelia Salamanca, esta mujer incomprensible, este enigma sin fin que acababa por agotar a su amante romántico, agradecido de que la fiera flor amarilla sólo invadiese esta desnudez pura de julio a agosto, abandonando en seguida la montaña a su limpia soledad, sin decorado. Mujer barroca, de suntuosidades obscenas, excrecencias brillantes y compensaciones lúgubres que intentaban resucitar lo inerte, en ese instante creyó Baltasar que al fin la había expulsado de su corazón y exiliado de su mente.

Pero el vacío que ella dejaba era inmenso. Él descendió poco a poco, convencido de que había encontrado a la mujer convertida ya en piedra constante, flor ocasional; estéril la piedra, ponzoñosa la flor; y volvió a buscar un deleite espontáneo en la dulzura difuminada del paisaje renaciente de los valles, los pasos de ovejas, los techos de caña de las casas y los campos de clavel verdes como un limonar.

Pero todas estas flores españolas de los Andes venezolanos —claveles, rosas y geranios— no alcanzaban a llenar el vacío de Ofelia. La guerra sí; aceptó Baltasar, trotando cerca de la sombra de los generosos aleros de las casas pueblerinas, que su vida, que un día él imaginó única, sin fisuras, conciliadas en su persona la naturaleza y la historia, estaba dividida para siempre y que, como lo cantaban ya esos fatídicos cancioneros, a él sólo le quedaba rodar de guerra en guerra, de sur a norte y de norte a sur, para cumplir un destino legendario, que ya estaba escrito en la copla popular... Podría detenerse al filo del sol a comer un sabroso queso parameño, un pan andino y un trago de guarapo de piña, pero ni estas minucias de la vida escapaban ahora al destino escrito ya en la canción. Pensó, mascando, en Homero, en el Cid, en Shakespeare: sus dramas épicos ya estaban escritos antes de ser vividos: Aquiles y Ximena, Helena y el jorobado Ricardo no hicieron en realidad sino seguir las instrucciones escénicas del poeta, actuar lo que ya estaba escrito. La inversión de la imagen se llamaba "historia": la fe crédula de que primero se actuó y luego se escribió. Era una ilusión, pero él ya no se engañaba.

Sólo que en ese mismo instante, al servirle una mujer anciana el plato de arepas en un comedor a la vera del camino de Mucurumba, a Baltasar Bustos se le ocurrió preguntarle a la mujer por la guerra y ella le contestó: —¿Cuál guerra?

Baltasar rió y comió. A veces, en estos pueblos apartados, nadie se entera de nada —o se entera muy tarde, sólo cuando el rapsoda da su versión de los hechos—. Pero en Mucuchíes, horas más tarde, volvió a encontrar al viejo sentado en el costal de papas y le preguntó lo mismo: la guerra, ¿dónde anda la guerra?, y obtuvo la misma respuesta: ¿cuál guerra?, ¿de qué hablas? Se corrió la voz en el pueblo. La chiquillada aprovechó la ocasión para un poco de zambra y fulleo; lo rodearon en círculo, cantando: "*¿cuál guerra, cuál guerra?*", y cuando él rompió el cerco encantado de los niños y a los viejos les preguntó por Simón Bolívar, por Antonio Páez, por José Antonio de Sucre, todos le dijeron lo mismo: —No los conocemos, ¿son de aquí?, ¿tú los has oído mentar?, pregúntale al viejo que toca el violín en el Tabay...

Era un hombre de cabeza cuadrada, batida por las heridas de sable hasta semejar un tajo de madera. Lo encontró tierra adentro, lejos del camino, en una casa vasta y descuidada, para llegar a la cual había que caminar entre los esqueletos de las reses. Él mismo estaba, en su terraza sombreada, sentado en una cabeza de vaca, igual que José Antonio Bustos en la estancia pampera de la niñez de Baltasar. Este viejo tocaba el violín; no hacía otra cosa, y sólo lo contemplaba un hombre negro de unos treinta años, desnudo hasta la cintura y cubierto por un pantalón de lona sucia y desgarrada.

Cuando Bustos se acercó sobre su mula, el viejo cuadrado y moreno dejó de tocar, se limpió los bigotes húmedos con la mano y miró con ojos vencidos por la resolana. El sol calcinaba los huesos de las vacas e invitaba a la mirada a volverse blanca también, igual que la luz. Baltasar entendió como nunca la necesidad de la sombra; esto le dijo, a guisa de saludo, al viejo; ni siquiera saludó al negro, siempre había un negro o un indio, silenciosos, apoyados a la entrada de las puertas... La justicia se volvió sol y hueso blancos en su cabeza; venía en busca de la guerra y se lo preguntó al viejo. ¿Dónde? ¿Qué ocurría?

—Yo no sé nada —dijo el viejo—. Aquí Eusebio puede que tenga noticias.

El negro no dejó de hablar; es decir, Baltasar se dio cuenta de que había estado hablando todo el tiempo, pero en voz muy baja y ahora aumentó el volumen repitiendo: —Gracias amo por ti no soy ladrón gracias amo por ti no soy fugitivo gracias mi general por tenerme aquí en tu hato...

—Suelto te gustaría andar, matando y robando —dijo una mujer aparecida desde la penumbra de la casa, limpiándose las manos en el delantal—. ¿Y tú, qué quieres? —dijo al mirar a Baltasar.

—Soy soldado —se le ocurrió decir a Bustos—. ¿Dónde me uno al batallón más cercano?

Lo miraron con incomprensión la mujer, con lástima el viejo, con una sonrisa el negro. Se veían, uno con su violín, el otro con su gratitud, ella con su rabia, como suspendidos en el tiempo, como ausentes.

—Bolívar —Bustos dijo los nombres mágicos de los héroes—, San Martín... —como si fuesen amuletos...

Se hizo un largo silencio cuando el viejo dejó de tocar, diciendo al cabo: —Él nos dijo: "Camaradas, dinero no tiene la revolución, pero tierras sí. Miren tan lejos como quieran, desde el mar de Maracaibo hasta la selva de la Guayana, del Pico del Águila a las bocas del Orinoco, y lo que ven es tierra. Tierra hay. Los españoles se la quitaron a los indios. Ahora nosotros se las quitamos a los españoles." "Toma tu tierra, me dijo, no hoy sino mañana, cuando ganemos la guerra. Aquí tienes un vale, y otro tu ordenanza que es un negro ignorante." Yo cobré el vale, igual que todos los generales, pero aquí tienes a este muchacho. Es un negro ignorante. Él no supo cobrarse nada. Se acabó la guerra. Eusebio no sabe valer sus derechos.

—Yo sería ladrón si tú no me proteges —dijo el negro.

—Ellos de papeles no saben nada. Sólo quieren sobrevivir —dijo el viejo moreno y cuadrado—. Nosotros somos dueños de todo, pero nunca acabamos nada.

—Anda —se rió la mujer, que era una criolla sesentona que debió ser hermosa hace mucho—, que tú estás en el filo mismo de ser morenito; no le tengas miedo a la apariencia. Yo sí, viejo. Yo aquí estoy en el hato que fue el pago por tus servicios, dispuesta a servirte de criada con tal de no saber lo que ocurre allá... De seguro que ya gobiernan los negros en Caracas.

—Porque para ti todo es malo —el viejo apretó el violín contra el pecho.

—Me cansé de verte pelear. Date de santos. Algo es algo —dijo la mujer antes de retirarse, dándoles la espalda.

Apenas se fue, el viejo cerró los ojos, arrugó el ceño y convocó con una mano a Baltasar. Que se acercara, le dijo, "que no nos oiga ella, pero yo sé la verdad, yo sé lo que ha ocurrido. A Bolívar lo traicionaron, le dieron la espalda, igual que mi mujer hace un momento; lo mandaron a morirse solo: pero ése es nuestro destino. A San Martín lo corrieron, lo rodearon de espías para que no viviera tranquilo, lo acabaron forzando al exilio..."

—¿Quiénes? ¿Los españoles? —dijo Baltasar, tratando de seguir el extraño narrar del viejo.

—No, los militares criollos, nosotros mismos...

—Mulato —se rió el joven—. Tú eres mulato, viejo.

—Yo sí, escondido aquí, porque no quiero ser parte de la ingratitud, ni del crimen contra mis hermanos —dijo con una fuerza sobrecogedora el viejo, obligando a la mujer a salir de vuelta, inquiriendo: —¿Qué dices, sigues diciendo tus tonterías, sigues contando lo que va a ocurrir? ¡Qué manía, por Dios! ¿A santo de qué te crees adivino, vejete?

—No, sólo cuento lo que ya ocurrió... —dijo el viejo y comenzó a tocar el violín—. Lo que ocurrió hace mucho tiempo...

No encontró Baltasar Bustos, en su lento regreso a Mérida y de allí al mar, prueba alguna de que hubiese guerra; nadie tenía noticias de las viejas batallas, y a los héroes no los recordaba nadie. A veces le decían: —Sí, la batalla va a tener lugar mañana —pero luego pronunciaban nombres que para él nada significaban: Boyacá, Pichincha, Junín, y cuando pedía precisiones, nadie podía ubicar los lugares, ni darle fechas, sino decir con voz monótona: —Una batalla más y se salva la patria...

Encontró una ciudad quemada, donde el pie se hundía en las cenizas hasta el tobillo. Le dijeron que la ceniza se quedó allí para siempre y nada podía desalojarla. Regresó tiempo después al hato del viejo general que tocaba el violín. La mujer había muerto. Esa tarde la enterraban. El negro se había ido a la sierra. Huía. Bajaba al llano. Disparaba. Luchaba eternamente. Aquí, se iba a volver loco. El viejo se quedó solo y Baltasar sintió que la soledad le devolvería los ánimos. Cada vez contaba más historias desconocidas, guerras contra los franceses y los yanquis, golpes militares, torturas, exilios, una interminable historia de fracasos y de sueños sin realizar, todo aplazado, todo frustrado, puras esperanzas, nada nunca se acaba y quizás es mejor así, porque aquí, cuando todo se acaba, acaba mal...

Baltasar Bustos sólo encontró, aquí y allá, ruedas de cañón olvidadas, y en ellas, de día, se refrescaba la frente, y de noche se calentaba las manos. Perdió el sentido del tiempo. Quizás en Venezuela lo habían perdido también, resignados a la frustración y a las cosas hechas a medias... Un día, en un cementerio lleno de tumbas pintadas de mil colores, se topó con el viejo general violinista al frente de un cortejo fúnebre raquítico, obviamente formado por gente pagada por el mismo prócer al cual Simón Bolívar recompensó con tierras en vez de sueldos, como el Cid a sus guerreros castellanos. ¿Quién había muerto? Quién iba a ser —el general lo miró con compasión— sino Eusebio, el negro alzado. Baltasar se persignó frente a la caja portada por cuatro labriegos.

—No te afanes —dijo el general— que mi Chebo no viene allí. A los rebeldes se les entierra lejos, en tierra incógnita, de noche y sin nombre en la tumba. ¡Que nunca se sepa si viven o mueren! La caja viene vacía.

—Sólo un crimen más y la patria se salva —parafraseó Baltasar la última frase que le había escuchado al general.

—Yo lo entierro aquí con su nombre y junto a su madre avergonzada de él, qué carajos, no faltaba más, pero cuánta vergüenza, cuánto miedo, cuánta prohibición de mierda —exclamó el viejo.

3

Temió convertirse en un Robinson de las montañas y un día emprendió el regreso a Maracaibo. Dejó atrás el Páramo, los montes del frailejón, y al llegar a los valles lo despidieron los altos árboles delgados, esbeltos, de la barba de palo, el heno tropical que cuelga como una cabellera de canas perennes desde la cabeza del tronco de savia joven, siempre renovado.

Dejaba atrás una batalla extraviada. Jamás pudo ubicarla, ni nombrar a sus héroes. Sintió que salía de otro tiempo y que su paso por la alta región parameña le recordaba vagamente otra temporada fugaz, que no quiso registrar en su memoria, que escapaba a las normas de su razón filosófica... Pero ésta era entonces más fuerte; ahora todo conspiraba, creía él, a debilitarla, y el tiempo pasado en el páramo le resultaba, por ellc, más comprensible, más aceptable que otro tiempo en otra montaña... La palabra era, sin embargo, ésta: *tiempo,* y le bastó entrar una mañana bochornosa a Maracaibo, consultar la primera página de un papel de Caracas vendido en el puerto, corroborar la fecha con un boticario que cobraba las consultas del público al calendario de su almanaque y comprender que un tiempo que en su experiencia fue larguísimo y en su memoria cubría meses enteros, apenas había ocurrido en dos semanas, entre su salida y su regreso a Maracaibo...

Lo esperaba la mujer perpetuamente enlutada en la mansión de los arlequines. Lo invitó a quedarse a vivir ahí. Era como ella, nadie más era como ella, los dos venían del sur criollo, conocieron los salones virreinales, sabían comer con corrección y él (suponía ella) le daba el paso a las damas... No, no era para lo que él pensaba. Aquel gallardo caballero de Lima que una noche la invitó sin palabras a ser su amante teniendo presente a su propia esposa, sabía lo que hacía. Ella, recién enviudada, tenía hambre de sexo, pero con imaginación. Este peruano sagaz y perverso lo entendió y supo que ella no resistiría la audacia de ser cortejada frente a la esposa legítima. Era ya como quitarle, a ella, el luto, y anticiparle, a la esposa, su propia viudez. Sí, aquel aristócrata limeño tenía imaginación. También tenía sífilis y despreció a la mujer vestida siempre de negro por caer tan fácil y aceptar el amor teñido que el caballero no podía darle a su propia mujer. Una viuda, le dijo, no sirve para nada.

—No hay aristócratas más crueles y arrogantes que los del Perú —concluyó la viuda—. Son los florentinos de América.

—¿Y por qué viniste a Maracaibo?

—Un doctor chino de Lima me dijo que aquí el aire de mar curaba espontáneamente el mal francés.

—Yo no te tengo asco —dijo sorpresivamente Baltasar, como si otra voz lo dijera por él, sorprendido de que una voz que no era la suya se manifestase así y reconociéndola sin embargo como suya, sólo que antes dormida, oculta.

Ella se rió. —Anda, si quieres de eso, las chicas te lo van a dar gratis. Mi sexo, Baltasar, es una cloaca.

—Y tu doctor, Lutecia, es un pícaro y un bromista.

El nombre les gustó a los dos, era el nombre del permanente luto de la limeña, pero era al mismo tiempo el nombre de la luz. Luz y sombra iban a encontrar a Baltasar en el lupanar de los arlequines donde, por principio de cuentas, se dio cuenta de que se había vuelto un hombre deseable. Posiblemente algunas muchachas se le acercaron porque Lutecia les explicó la posición del joven y fatigado héroe; pero él a ninguna le pagaba y sin embargo todas lo buscaban, como comenzaron a decirle al oído, por majo, por rico, por suave, por su mirada lejana y casi ciega, por su manera de tratar a las mujeres, a todas como señoras, como damas de alcurnia: —*You make me feel like a Duchess*, le dijo la inglesa; —*Personne ne m'a traité comme toi*, le dijo la francesa, y las indias taimadas nada le decían, agradeciéndole lo mismo que las negras parlanchinas, ellas sí, expresaban: —Contigo nos sentimos distintas. Nos quitas de encima siglos y siglos de insultos y patadas, coño.

Nadie sabía que a ellas, el harén del Arlequín, él les daba lo que había reservado para una sola, su Colombina manchada. Quería expulsarla de su mente, igual que el viejo general del hato de Tabay, imaginando los desastres venideros, había expulsado ya a los Libertadores de sus patrias de nuevo cuño. No dejaba, sin embargo, de serle leal a Ofelia Salamanca, y una criolla caraqueña, con los ojos velados y el cuerpo color de oliva, se lo dijo: —Se puede ser leal sin necesidad de ser fiel.

A esta criolla le cubría el rostro de besos, como le hubiera gustado hacerlo con Ofelia Salamanca, sin que ella lo supiera. Entonces, por lo menos en este caso, coincidían la realidad y el deseo. La criolla se derretía en el orgasmo porque se sabía realmente enamorada. No importaba ya lo que la noche trajera. Pero Baltasar vivía primero (y vivía con plenitud) sólo para presentarse más tarde ante Ofelia, habiendo vivido con otras lo que quería vivir con ella: una noche de besos interminables sobre el rostro dormido de la amada, sin que ella se enterase nunca.

—Oye, si a nosotras nos das trato de dama, ¿a tu dama le das trato de puta? —dijo la cartesiana pupila francesa del Arlequín.

Siempre pensó (ésta era su lealtad mental mayor) que lo mejor de sí mismo podía emerger de su admiración hacia todo lo que él no era. En esta idea había cifrado Baltasar Bustos su destino. Era otra manera de creer que, abierto al peligro de esta admiración, al cabo sería lo mejor que él podía, razonablemente, ser. Esto se lo explicó pacientemente a Lutecia cuando, al amanecer, que era el fin de la jornada de trabajo, los dos comían juntos lechosas con limón y guayabas perfumadas en los aposentos de la madrota, velados por las celosías del naciente calor de Maracaibo.

—Estos tiempos han visto a muchos hombres menos convencidos de sus ideas que celosos de imponérselas a los demás —le dijo la limeña, escuchándolo hablar de estas cosas pero repitiendo, misteriosamente, algo que él le dijo muchos años antes.

—O castigarlos por no tenerlas. Tienes razón.

Le contaba a Lutecia, la antigua Luz María de los salones limeños, todo lo que sabía de él mismo, menos el secuestro del niño de Ofelia Salamanca. Ella le contestaba que siempre hay algo que no se sabe o no se dice, simplemente porque no ha habido aún correspondencia entre un hecho y su palabra. —Nos guardamos cosas en reserva, sin saberlo, para decirlas o hacerlas cuando llegue la ocasión. Siempre han estado allí, pero no lo sabíamos, y nos sorprendemos...

—Yo estoy escuchando voces dentro de mí que antes no escuchaba —le dijo Baltasar.

—¿Ya ves? No las silencies, por lo que más quieras.

Una noche la pálida inglesa comenzó a vomitar sangre, y Baltasar, convertido sin quererlo en el más caballeroso macró de la profesión más vieja, la llevó personalmente, y en brazos, al hospital de Maracaibo.

Esta caserna amarilla, coronada de matas que se negaban a morir, no había recibido una mano de pintura en ocho años. ¿Para qué? El trasiego de soldados españoles heridos era tal, tan grande la duda sobre el triunfo definitivo de las armas de uno y otro bando, tan honda la sospecha de que esta guerra era interminable, que ocuparse de la fachada parecía, al menos, una frivolidad, y a lo más, un acto de cinismo. Las monjas ursulinas que allí atendían, con sus cofias como gaviotas prisioneras, le encontraron, sin embargo, una cama a *la Duchess*, como la apodó el nominativo Baltasar, para quien saber nombres, darlos, apodarlos, era parte de un juego radical, originado en su lectura de Platón, impuesta por el preceptor Julián Ríos en la pampa con estas palabras: "Por algo la fascinación con el nombre propio da origen al primer tratado de crítica literaria, que es el *Cratilo* de Platón. Recuerda, Baltasar, que allí Sócrates da cabida a todas las teorías sobre el nombre. Es intrínseco a las cosas, dicen unos. Es puramente convencional, se oponen otros. Es una mera aproximación de las cosas, un tanteo, dice Sócrates. Y así el nombre nomina a la filosofía misma, y también al amor, y a toda actividad del hombre: una mera aproximación."

—Un *approach* —repitió Baltasar, tomando la mano cada vez más fría de la inglesa. ¿Era éste, en el caso de su nación, un buen signo: mientras más fría, más animada? No; murió a las cuantas horas, en brazos de Baltasar, pidiéndole que repitiera esa palabra: aproximación, *approach*, acercamiento. ¿A qué? ¿A la muerte, al hogar perdido, al amor desconocido de la pobre cortesana extranjera? No lo supo. Permaneció con ella, acurrucándola, largo rato. Cuando le pidieron que la abandonara, se aferró al cuerpo rubio, pálido, con miembros flacos como cerillas. Le costaba dejarla. Una voz le decía: "Hazte cargo de ella. Hasta el final. No tiene a nadie más en el mundo. El día que la entierren, nadie va a reclamarla. Sólo tú sabrás, realmente, que murió." Recordó el entierro de Eusebio, el hijo saltapatrás del viejo general de Tabay y no quiso que, como él, esta inglesa careciese de nombre en la tumba. Si él inventaba nombres, ¿cuál le daría a esta mujer, desprovista de papeles? La imaginación, ante la muerte, le falló. Quizá, simplemente, *The Duchess*. La Duquesa de Malfi. Un homenaje literario. Webster. Elizabeth Webster. Nombrándola, la creaba. Pero sólo obedecía a la voz que le decía: "Ocúpate de ella."

Temió que escuchando esas voces dejaría de ser amo de su destino. La experiencia de su corta vida le decía, sin embargo, mientras recorría lentamente la larga galería del hospital, donde yacían los enfermos, en su mayoría soldados, en los catres, que su destino era un coro de voces, suyas y ajenas. No era nada más.

Naturalmente, los oficiales españoles irrumpían ruidosamente cada noche en el burdel de la Lutecia (como ella misma empezó a llamarse) y Baltasar escuchaba desde lejos sus gritos, sus confidencias, sus explosiones de camaradería. Nunca salía a verlos. Le repugnaban; no era parte de su trato, feliz y libre, con la limeña. Él visitaba a las muchachas en la tarde, cuando todas, sin excepción, eran todavía vírgenes. Hablaban, sin embargo, mucho de los oficiales, y notaban cosas que a veces pasaban inadvertidas. La lógica gabacha, que hizo sus primeras armas antes de Waterloo, insistía en que las mujeres eran un simple pretexto, una excitación para estos hombres guapos, graduados de las academias de Europa, para los cuales el machismo era parte esencial de la vocación de armas y de la identidad nacional; pero la identificación de clase era aún más importante. Eran los pavorreales, y a veces los garañones, de las putas de Maracaibo, pero ella, la gabacha, se fijaba en cómo se miraban entre sí, les gustaba sorprenderse unos a otros en los lechos de las mujeres, se deseaban más *entre* ellos que *a ellas*. Bah, no excluía la posibilidad de que en España les gustaran más las mujeres de su clase que los hombres de la misma, pero en este puerto de fiebres y ladillas, *allez-y*... todos y todas estaban de acuerdo: querían pinga de godo.

Uno de ellos, tan delgado que casi no se miraba de frente, pues era puro perfil, larga nariz, largos ojos, bigotes peinados hacia arriba, pelo abrillantado como el cuero de sus botas federicas, usaba todo su cuerpo para husmear. Era como un galgo. La nariz se le inflamaba y dejaba de ser puro perfil ante el olor desacostumbrado, exótico. Su regimiento entraba y salía de Maracaibo, empeñado en la guerra a muerte contra Páez y Bolívar, pero él siempre recalaba en la casa del Arlequín. Se ufanaba de haberse acostado con todas menos la inglesa. Le tenía miedo a "la pérfida Albión", sobre todo entre sábanas, y se quedó helado de terror al saber que había muerto. Estaba seguro, dijo, que si se le muere en la cama, se lo lleva a él al fondo del mar, que es el paraíso de los ingleses.

Olió algo desacostumbrado una noche. Fingió jovialidad, se acercó hablando de las noches de Madrid en agosto, cuando usar uniforme es un anticipo del infierno, y de un golpe apartó la cortina del lavabo donde Baltasar Bustos fingía, a su vez, lavarse la cara en un aguamanil para, en realidad, espiar a los oficiales españoles.

Se cruzaron las miradas y Baltasar se preguntó dónde había visto esos ojos antes, en qué encuentro de armas, o salón virreinal, o cruce de caminos entre La Paz y el Titicaca... ¿Dónde? Pero la misma interrogante era evidente en los ojos del oficial realista. Ambos sabían que nunca, quizá, recordarían el primer encuentro, o si éste, realmente, tuvo lugar.

Los llaneros de Páez, avanzando desde el sur, pusieron sitio a Maracaibo. Empezaron a faltar víveres. Los hospitales se llenaron de heridos. La guerra a muerte desolaba a Venezuela. Los negros llegaban, fugitivos, creyendo perderse en el anonimato del puerto, pero aquí eran encontrados, y pasados por las armas bajo presunción irrevocable de ser rebeldes, con tanta rapidez como entre las filas criollas. Las mujeres parturientas erraban como fieras por la ciudad, gritando. Ya nadie sabía a quién iban a ahorcar y por qué: por realista, por rico, por negro, por rebelde...

Baltasar Bustos acompañaba a las muchachas que se iban enfermando de tifo, de cólico miserere, de simples garrapatas, al hospital de Maracaibo. Muchas no regresaban. Otras volvían con la cura del calomel. Pero al rato Baltasar no necesitaba este pretexto para acercarse al sanatorio. Sufría, le horrorizaba el dolor de todos. Nada era más pavoroso que ver una amputación en la que lo único que se le daba al soldado amenazado de gangrena era una copa de *brandy* y una servilleta para morder. A éstos se acercaba Baltasar, tomándoles la mano, sintiendo que necesitaban apretar algo más tibio que un paño o una copa; y sentía cómo se agarraban de él, como agarrándose de la vida. Se fue hundiendo en el mundo del hospital. Sintió que su lugar estaba allí, no a pesar de, sino precisamente porque los heridos eran sus enemigos de siempre: los militares españoles, los maturrangos, los gachupines, los godos detestados, los asesinos de Francisco Arias y Juan Echagüe, los corruptores (¿qué duda cabía?) de Ofelia Salamanca. Pero entre todos los casos, uno lo conmovió espantosamente. A este hombre le habían volado la cara. Un hoyo de carne roja se abría entre sus cejas y su boca. Y sin embargo, vivía. No había sido descerebrado. Tenía una vida escondida más allá de la atroz herida, en un rincón maravilloso y melancólico de su cabeza... Movía las manos y éstas eran tan flacas como el resto del cuerpo. Un par de botas federicas lograban mantenerse en pie, bien lustradas, al pie de la cama.

Baltasar tomó las manos de ese oficial. Estaba seguro de reconocerlo ahora como no lo reconoció al mirarlo en la casa del Arlequín. No, no recordaba dónde se habían visto; esta guerra duraba ya ocho años y cubría un territorio tres veces más grande que todas las campañas de César o Napoleón. Pero sí recordaba dónde se habían visto: al correrse una cortina en un burdel, hacía un par de semanas...

Tenía que ser él. Y aunque no fuese él, la posibilidad remota de que éste fuese aquel oficial de perfiles estrechos y pomadas brillantes y nariz husmeante, coqueto, pagado de sí, tan lejos de la idea de la desfiguración mientras se paseaba recordando los veranos en Madrid y olfateando con una nariz nerviosa, ahora perdida para siempre, le bastaba a Baltasar para decirse y decirle: —Yo sé quién eres. Yo te reconozco. No te preocupes. No te vas a morir sin que nadie sepa quién eres. Ten confianza. Yo me acerco a ti. Yo no te abandono. Yo pondré un nombre en tu tumba.

Cuando murió el oficial español, Baltasar regresó llorando a la casa y le contó lo ocurrido a Lutecia. La limeña, entonces, le acarició la cabeza de bucles cobrizos a su joven amigo argentino y le dijo:

—Esperaba este momento, o uno parecido, para liberarte de aquí.

—Soy libre. Te quiero. Eres mi mejor amiga. No quiero perderte, ya me quedé sin...

—Toma esta nota. Es de Ofelia Salamanca. Pide que te reúnas con ella en México. Te espera con el padre Quintana, en Veracruz. Aquí están las señas y el mapa. Date prisa, Baltasar. Ah, y te compré unos anteojos de repuesto. Vuelve a usarlos. Necesitas leer bien esta carta. No te dejes alucinar. Necesitas ver bien las cosas.

VIII. VERACRUZ

1

LA VIRGEN de Guadalupe no tuvo tiempo de abrir los brazos, imitando a su hijo en la cruz, antes de recibir la descarga.

Permaneció con las manos unidas en oración y la mirada baja y dulce, hasta que las balas le perforaron los ojos y la boca, y en seguida el manto azul y los cálidos pies maternales.

Se hicieron polvo las estrellas, se quebraron en mil pedazos los cuernos de la luna, los querubes huyeron escandalizados.

El comandante del fuerte de San Juan de Ulúa volvió a repetir la orden: "Apunten, fuego", como si un solo fusilamiento de la imagen de la virgen independentista no bastase y apenas dos ejecuciones diarias mereciese la efigie venerada por los pobres y los alborotadores que la portaban en sus escapularios y en las banderas de su insurgencia.

El cura Hidalgo en Guanajuato, el cura Morelos en Michoacán, y ahora el cura Quintana aquí en Veracruz: todos se lanzaban a la revuelta con el pendón de la Guadalupana en alto. Y aunque a ellos, al cabo, se les capturaba y decapitaba —pero ese maldito Quintana aún andaba suelto— a ella, a la Virgen, se le podía fusilar a placer cuando faltaban cabecillas rebeldes que poner en su lugar.

Baltasar Bustos miró esta ceremonia del fusilamiento de la Virgen al llegar a Veracruz de Maracaibo, y decidió que había llegado al más extraño país de América.

Terminaba la década de la revolución, y si en América del Sur San Martín y Bolívar, Sucre y O'Higgins, habían batido sin posibilidad de respuesta a los españoles, en México el sacrificio de los pobres párrocos que encabezaron el único levantamiento de la gleba india y campesina, armada con palos y picas, dejaba a la independencia el azar de un acuerdo entre guerreros: los militares cansados del ejército español, representantes de la reacción restaurada después del Congreso de Viena y el regreso de Fernando VII, más estúpido y ultramontano que nunca, al trono, por una parte. Y por la otra, la nerviosa (y enervada) oficialidad criolla, encabezada por Agustín de Iturbide, que ya no podía ofrecer (u ofrecerse) máscaras fernandinas o excusas carlotinas para pretender que seguíamos siendo fieles a la Corona. En cambio, los militares criollos prometían proteger los intereses de las clases altas e impedir que las razas malditas, indios, negros, zambos, mulatos, cambujos, cuarterones y tentenelaires, se apoderasen del gobierno.

La Virgen de Guadalupe, pues, murió fusilada una vez más esa mañana del arribo de Baltasar Bustos a Veracruz, y por los ojos perforados de la Madre de Dios pasaron los rayos de un sol tropical y plomizo. Baltasar Bustos entraba a México: era la etapa final de su campaña guerrera y amorosa; diez años ya desde que sustrajo al niño blanco y puso en su lugar al negro en Buenos Aires; pero dos meses apenas desde que la Lutecia, la *madame* del burdel del Arlequín, la antigua Luz María peruana, le entregó esa nota tan simple y directa, fechada en Veracruz: "Ven ya, Ofelia." Baltasar traía algo más que esa nota desde Maracaibo: entraba a México con los documentos de un oficial español flaco y nervioso como un galgo, al que le volaron la cara y que murió en brazos de Baltasar en el hospital maracucho.

Entraba a Veracruz buscando primero, como le indicó la Lutecia, al cura Quintana. Y entrar a Veracruz era entrar a un fogón encendido.

Baltasar, apenas entregó los papeles al comandante

del puerto —capitán Carlos Saura, Quinto Regimiento de Granaderos de la Virgen de Covadonga—, se quitó la chaqueta de oficial realista y con ella cubrió a un miserable muerto en la calle de la Aduana, para el cual, dijeron unos cuantos miserables que lo rodeaban, no había dinero para enterrarlo.

—Nadie quiere enterrarlos gratis, ni los curas ni el gobierno.

2

—¿Buscas al padre Quintana? ¡Pues a ver si tú mismo lo encuentras! —se rió el orizabeño molacho cuando Baltasar Bustos llegó a la vista de la ciudad lluviosa junto al volcán, ocupada por las fuerzas insurgentes del cura Anselmo Quintana sin más propósito —decían las malas lenguas del puerto de Veracruz— que estropear los depósitos de tabaco de los españoles o —decían las buenas lenguas del mismo puerto— para habilitar a sus tropas con uniformes del excelente paño producido en Orizaba o —decían los cínicos— porque los gachupines ricos escondían sus haberes en los conventos y este cura, lo sabían bien, no respetaba a las monjas, seguramente había tenido con una que otra religiosa uno que otro de sus múltiples bastardos, y todo el propósito de su campaña era espantar españoles y luego entrar a las ciudades más opulentas y recoletas a saquearlas antes de largarse con el botín y montar la siguiente campaña...

—Dios mío, ¡cuándo habrá paz! —decían las señoras criollas abanicándose frente a la parroquia del puerto.

—Toda nuestra fe está puesta en Iturbide y los oficiales realistas criollos —le dijo otra de éstas a Baltasar Bustos.

—Que se acabe la guerra, aunque se vayan los españoles. Pero por Dios, que no se apoderen de todo los indios y los negros, como ese cura Quintana, excomulgado y hereje, que tiene ocupada la ciudad de Orizaba. Toda la gente decente se ha venido al puerto, huyendo de los desmanes del maldito cura ése —decía en el portal de las Diligencias un cafetalero de Cempoala, de apellido Menchaca, venido a tratar franquicias para exportar sus costales—. Aquí se dice que los indios hicieron la conquista, pues sin ellos los aztecas se hubieran merendado a Cortés y sus quinientos gachupines. Ahora nos toca a los criollos hacer la independencia, para que los indios no se tomen la revancha.

—¿Que quién es el párroco Quintana? —le decían a Baltasar los caballeros que jugaban billares y fumaban en las cantinas cercanas a los muelles, junto a un mar aletargado—. Tipo de peligro. Mujeriego. Tiene un montón de hijos. Se carcajea de los edictos de la Inquisición en que se le excomulga. Era párroco aquí juntito cerca de La Antigua. Si no lo conoceremos. Le gustaba bañarse encuerado en el río Chachalacas con sus feligreses. Tipo inmoral. Apostaba a los gallos. ¿Sabe usted por qué se rebeló, señor capitán Saura? Porque en 1804 la ley de consolidación borbónica le quitó el fuero al bajo clero. Perdieron sus privilegios, sobre todo el de quedar a salvo de la justicia civil. Eso es todo. Y ahora se tomaron el privilegio de saquear cuanta hacienda encuentran en su camino. Igual que Hidalgo, Morelos y Matamoros. Ésta es tierra de curas alzados, que se aprovechan de la religión para engañar a los pendejos y comportarse como corsarios.

—Es un fanfarrón. Viste casacas de lujo. Se cubre la cabeza con una cofia colorada, como un cardenal.

—Es el heredero de Hidalgo y Morelos —le dijo un joven abogado al golpearle la cara con un guante mientras las fichas del juego interrumpido de dominó se regaban por el piso del portal—. Es nuestra última esperanza de que los criminales y bribones como usted y sus reyes, señor capitán, ya no podrán explotar a México ni un minuto más. ¡Muera Iturbide! ¡Mueran los criollos! ¡Arriba el padre Quintana y la igualdad de las razas!

Baltasar Bustos tuvo que darle cita en duelo al abogadillo jarocho a las seis de la mañana en el camino a la Boca del Río, pero esa misma noche salió a caballo rumbo a Orizaba, montaña arriba, y dos amaneceres más tarde, a la vista de la brumosa ciudad donde el trópico se colgaba los velos de una cuaresma eterna, entró, sin fatigas, a la ciudad ocupada por el famoso cura Quintana, último defensor, lo decían todos, de una revolución igualitaria en la América septentrional, y unos pocos, que la tal revolución no tardaba en ser traicionada por Iturbide y la oficialidad criolla.

Pues mal iba a triunfar esta revolución y con razón sería la última, nos escribió más tarde Baltasar a sus amigos de Buenos Aires, si su descuido era tal que cualquier hijo de vecino podía entrar a caballo hasta el campamento del generalísimo Quintana y preguntar por él sin ser detenido por un solo guardia o sin que se le pidiese santo y seña. ¿Por qué?

—Porque aquí el padre Quintana dice que si alguien lo quiere avanzar, ni el mismísimo papa lo podría proteger.

El orizabeño molacho que le dijo esto miró a Baltasar —pantalón de paño azul, camisa de Bretaña, chaqueta de indianilla, sombrero de Guayaquil y el caballo que le regaló, por pura simpatía, el mentado cafetalero Menchaca— como dándole a entender que un riquillo criollo como éste, con todo y anteojos dorados, no era pieza para amenazar al cura Quintana. Y una vez dentro de la boca del lobo, ¿cuánto duraría el caballerito de nariz recta, patillas alborotadas y bucles color de miel, si intentase alguna travesura?

—Así como todo nuestro ejército se protege gracias a la noche y la montaña, que son nuestro verdadero santo y seña, el cura Quintana dice: "El que me busca, me encuentra." Inténtelo usted, jovencito —animó el molacho a Baltasar—. Encuentre a Anselmo Quintana por sí solo, pues aquí hay instrucciones de nunca señalarlo con el dedo.

Los caminos de Veracruz son intransitables en el verano. La lluvia es interminable, pero toda el agua parece originarse en Orizaba y recalar allí mismo. Baltasar vadeó los ríos cuando los caminos desaparecían bajo el lodazal. Desayunaba, antes del viaje de cada día, piñas y mangos tibios aún del sol. Pero en Orizaba olía a tierra mojada y las frutas —naranjas, fresas, membrillos, tejocotes— hervían en inmensas calderas para hacer mermeladas.

No era muy impresionante el armamento, después de haber visto el de José de San Martín en Valparaíso y el paso de armas por Maracaibo. Se veían algunos fusiles, muchas lanzas y hasta hondas primitivas. Pero a cambio de la escasez de artillería, lo que abundaban eran archivos... Montañas de papeles a la entrada de los antiguos depósitos de tabaco donde se había instalado el cuartel; fojas y más fojas, hasta competir con la altura de la montaña celosa, el Pico de Orizaba, que los indios llamaban Citlaltépetl, Cerro de la Estrella, y corriendo como ratones alrededor de estos grandes quesos de pergamino, secretarios y abogados, redactores de proclamas, agentes y propagandistas de toda laya y más abundantes, se diría a primera vista, que el ejército rebelde mismo.

Bastante había visto Baltasar Bustos de la revolución en la América española para distinguirlos sin necesidad de que se los señalaran. Estaban ahí para dar fe de las hazañas, convencer a los incrédulos, desmentir a los maliciosos, redactar leyes y elucubrar constituciones. La estrella de su cerro legal era la palabra, fácil, abundante, solemne y seductora a la vez: volcanes retóricos. Y si eran ambiciosos, estos abogados de la independencia no eran, sin embargo, cínicos. Dorrego y yo, Varela, componiendo sin tregua nuestros relojes en Buenos Aires, comentábamos a veces que en la revolución de independencia no servía para nada la apuesta de Pascal acerca de la existencia de

Dios: creer en Dios es una apuesta infalible. Si Dios existe, gano. Si no existe, no importa.

En nuestras revoluciones (y sobre todo en una tan frágil y acosada como la del cura Quintana en las costas del Golfo de México), si la independencia perdía, los insurgentes eran pasados por las armas. Era necesaria, me decía Xavier Dorrego cuando nos juntábamos a admirar su más reciente adquisición de relojería en la finca que había adquirido en el rumbo de San Isidro, una fe comparable a la del otro Anselmo, el santo, quien argumentó que si Dios es lo más grande que puede concebirse, la inexistencia de Dios sería imposible, porque apenas negamos a Dios, su lugar es ocupado por lo más grande que puede concebirse; a saber, Dios. Pero yo, un poquitín más jacobino que nuestro amigo Dorrego, prefería contentarme con la fórmula de Tertuliano como base de la creencia en Dios: —Es cierto porque es absurdo.

Ambos argumentos —el de Anselmo, el de Tertuliano— eran necesarios, nos decíamos en aquella Anarquía del Año XX en la Argentina, para seguir creyendo en los méritos de la independencia... Mal imaginábamos a nuestro tercer ciudadano del Café de Malcos, el hermano menor, Baltasar Bustos, empeñado en jugarse la vida (¿y la fe?) en la primera línea de la última revolución, que era la mexicana, y encontrándose rodeado, según la peor de las maldiciones gitanas, de abogados, teólogos de la ley, padres de la Iglesia de la incipiente Nación... Agitándose como si ganar la guerra dependiese del papel y como si sólo lo escrito, en nuestras nuevas naciones, pudiese ser lo real y, lo real, mero espejismo, despreciable en la medida en que no se ceñía al ideal escrito.

—La ley es lo más grande que puede concebirse.

—Es cierto porque es absurdo.

Moscardones, cagatintas e intrigantes, en ellos se vio retratado y nos vio retratados, acaso, a hombres como yo, Manuel Varela, impenitente impresor convencido de que podía cambiar al mundo a golpe de palabras, y como Xavier Dorrego, criollo rico convencido de que una élite ilustrada podría, guiada por la razón, salvar a estas pobres patrias destruidas por la tiranía primero, la anarquía en seguida y la simple, aplastante y numerosa mayoría de ignorantes siempre... Pero, ¿no éramos todos nosotros, también, los portadores de la escasa cultura provinciana de nuestro tiempo, los autodidactas instruidos por libros censurados, introducidos en la América, precisamente, dentro de los ornamentos y vasos sagrados de estos humildes curas, que no pagaban derechos ni eran objeto de pesquisa, y esto era lo que la modernizante ley borbónica había prohibido?

¿No éramos nosotros —Balta, Dorrego y yo, Varela; Echagüe y Arias, muertos ya; el padre Ríos y el preceptor Rodríguez— los pacientes amasadores de una civilización que aún no era pan, ni lo repartía?

Estos pensamientos eran como un puente que nos unía, en el Río de la Plata, con nuestro hermano menor en el Golfo de México.

Pero no era entre nosotros y los que se nos parecían donde Baltasar encontraría a quien buscaba.

Las mujeres de la tropa iban y venían con cestos de ropa limpia en las cabezas, ellas batían el chocolate en grandes ollas con molinillos gigantes, ellas se hincaban a lavar, ellas parían las tortillas en la postura servil y materna ante el metate, y una de ellas, más activa que las demás, parecía atenderlo todo y atenderlos a todos a la vez, despeinada, descalza y limpiándose la nariz que le escurría con un molesto catarro.

Tropa en mangas de camisa y con pañuelos amarrados a la cabeza; tropa de machete y espada, de chinacos garridos como antiguos condotieros, sentados sobre cajas de parque, y vanos también, con sus pañuelos de seda de extremos anudados flotando sobre el cuello, sus botas de campaña bien lustradas, sus chaquetillas de gamuza con chapas de plata, sus pantalones acampanados y con bordados de lentejuela y gusanillo de oro. Y el que no se sentaba sobre caja de parque, usaba sillas de paja que, de tan gastadas, también parecían oro. Pero ninguno de ellos podía ser Quintana, a menos que la mirada cegatona aunque nerviosa y rápida de Baltasar Bustos no alcanzara a distinguir al jefe, sin duda porque el jefe no se distinguía de nadie.

Quizá fue la idea de la paja y el oro la que lo obligó a voltear la cara para mirar una cabellera rubia que rápidamente se escondió en una de las casuchas del depósito de tabacos, confundiéndose con las risas de muchos niños escondidos allí, jugando a la gallina ciega, pues el niño rubio salió con un pañuelo ocultándole los ojos y más blanco que la mugre de su camisa y pantalón de manta, se tropezó contra el cuerpo de Baltasar y salió corriendo de vuelta al depósito, mientras crecían las risas de sus compañeritos.

Lo asombró la serenidad de la tropa y los que la seguían, niños y mujeres moviéndose con los soldados de un lugar a otro, venciendo las distancias del enorme continente sólo gracias a la guerra, y quizás asociando la idea de la guerra al fin de un aislamiento de siglos, justificando íntimamente la muerte, el dolor, los fracasos, a nombre del movimiento y el encuentro con otros hombres, mujeres y niños.

¿Serenidad, o fatalidad? Apenas si volteaban a mirar a Baltasar, contestando todas sus preguntas con frases cortas, casi lapidarias. Sólo una pregunta se quedaba sin respuesta: ¿Dónde está Quintana? ¿Cuál de ustedes es el padre?

Parecían decirse que si logró entrar hasta aquí, este hombre joven era de los nuestros, y si no, pues no lo dejaremos salir vivito... Entretanto, ¿para qué ponerse nerviosos?

—Antes de ser cura, fue labrador y arriero; se conoce el terreno mejor que cualquier oficial criollo o gachupín, y si no acaba de ganar esta guerra, la mera verdad es que nunca les ha dado la victoria a nuestros enemigos...

—Siempre fue pobre y lo sigue siendo. Es lo que se llama un cura de misa y olla. Otros sacerdotes tenían rentas y obvenciones. Él no. Sólo tenía su fuero, y hasta eso se lo quitó el rey de España, nomás por taimado y prepotente.

—Ándale, Hermenegildo, no le hagas creer al señor que el padre Quintana sólo se rebeló porque le quitaron el fuero...

—No, yo creo que se rebeló contra su soledad en el mundo. Míralo allí sentado.

—Cuidado, Hermenegildo, chitón, tenemos órdenes...

—Perdón, Atanasio. Se me fue el santo al cielo.

—A ver si lo encuentra usted —le dijo el tal Atanasio a Baltasar—. No se fíe de mi mirada. Estoy más ciego que un murciélago.

—¿Dijiste la soledad? Quién sabe. Le gustaban los gallos y el juego, allá en su pueblo. Andaba entre la gente. Quién sabe si empezó a pelear para no jugar más.

—O para poder volver a jugar al terminar la guerra —se carcajeó uno que pasaba, timboncito y alegre. Pero tampoco era Quintana, se dijo Baltasar escudriñando los rostros morenos, algunos zambos y mulatos, muy pocos indios y la mayor parte mestizos.

—Vi a unos niños rubios jugando. ¿De dónde son?

—De aquí mismo. No ve usted que Veracruz es el paso de cuanto extranjero ha habido, desde Hernán Cortés, y hay mucho muchachito de ojo azul y pelito güero por este rumbo...

—¡Todos hijos del mal dormir!

—No, si es muy bueno nuestro jefe para esconderse. Una vez en Guanajuato, fíjese nomás, andaba huyendo de los españoles en una época en que no teníamos armas, y acabó haciéndose amante de la esposa de un famoso abogado de la Corona, diciéndonos con un guiño: "En el lecho de esta señora, ahí sí que a nadie se le ocurre buscarme."

—¿Encontrar al padre Quintana? ¿Y qué tal si ya se murió y nosotros no queremos que nadie se entere?

—¿Y qué tal si nunca existió y lo inventamos nosotros nomás para espantar gachupines?

—Ah, señor, pero no se lo ande usted creyendo, porque los que dan por muerto al Tata Anselmo, nomás se mueren del miedo al verlo reaparecer...

—Creen que ya lo derrotaron, que se muere de hambre, que vive en una cueva, que se volvió cobarde. Pero Quintana resucita, regresa y vuelve a empezar de nuevo. Por eso, lo seguimos a donde sea. Nunca se da por vencido.

—Y es que no tiene nada que perder. ¡Cura de misa y olla! Te digo que el fuero era la única riqueza de los curas más pobres de la Nueva España.

—Cómo va a tener nada, si se lanzó a la guerra porque sostiene que el clero no debe poseer nada, porque la ley de Roma lo prohíbe...

—Ándale, que sí que le gusta ponerse uniformes elegantes, eso lo sabemos todos...

—¿Pues a quién no? ¿Para qué darle gusto a los gachupines que nos tratan de mendigos y desharrapados? El hombre necesita verse bien de cuando en cuando, sobre todo en los desfiles, en las batallas y cuando lo entierran, ¿o no?

—Y lo mejor de todo, señor, es que se preocupa porque nosotros tengamos buenos uniformes.

—Y no acepta a nadie en las filas si no puede darle por lo menos una espada y un fusil.

—Yo en los que pienso son en los pobres sastres de mi generalísimo el señor cura don Anselmo Quintana, que cuando los gachupines le pesquen sus casacas, van a irse a matar contra los pobres sastres que se las hicieron...

—¡La rabia que le tienen!

—No seas bruto. Por eso las casacas de mi general no tienen ni una sola etiqueta.

—Ni los pagarés quedan, ni una sola indicación en los diarios de entradas y salidas —dijo un abogado cargado de rollos de papel que pasó por allí, deteniéndose mientras la mujer acatarrada le daba una tasa de café hirviente y a cambio de ello, se ofrecía a llevarle los papeles de un archivo al siguiente. El abogado se los dio y miró a Baltasar—. ¿Buscas a Quintana? Pues ya te dieron la contraseña, ¿no? Puedes encontrarlo si quieres. O si puedes.

—¿Está aquí?

—Tampoco eso te lo puedo decir. ¿Quién eres?

—No te lo diré. Que la regla sea pareja.

—No hablas como mexicano. Pero tampoco como español.

—Es que este continente es muy grande. Es difícil conocerse todos.

—Pues déjame advertirte una cosa. El generalísimo parece muy campechano, pero es un tigre de intransigencia. Ándate con pies de plomo. No juegues con él.

—¿Qué quieres decir?

—¿De cuándo acá te atreves a tutearme?

—Usted me trató de tú.

—Yo soy licenciado en jurisprudencia de la Real Universidad Nicolaíta de Valladolid en Michoacán.

—Está bien. ¿Qué quiere decirme entonces su señoría?

—Quiero contarte lo que le pasó a uno parecido a ti que anduvo con nosotros en las campañas de Oaxaca. Un oficialillo criollo, como de tu edad, se le indisciplinó al señor general Quintana. Desobedeció órdenes para irse a ver a una mujer. Pero la encontró en brazos del comandante español de la plaza. Y el comandante, en paños menores, se sintió ridículo y vencido. ¿Qué es un oficial, criollo o gachupín, sin su uniforme? ¡Nada! Nuestro joven oficial lo amenazó, y el comandante despepitó los secretos militares.

Nuestro oficialito salió corriendo a contar lo que sabía, no encontró a nadie en nuestro cuartel, y tomó la iniciativa de atacar sin permiso, por la retaguardia, a la guarnición española de Xoxotitlán, en el camino a Oaxaca. Esta acción nos permitió tomar la antigua Antequera, ¿señor...?

—Está bien. Es usted muy curioso e impertinente.

—A verdad sabida y buena fe guardada, como decimos los jueces...

—Soy el capitán Baltasar Bustos y mi última comisión fue al lado del general José de San Martín en la campaña de los Andes...

—Señor capitán... Le ruego mil excusas. Se ve usted tan...

—Imberbe. Está bien. Me interesa su historia. Siga.

—De mil amores. Pues verá usted. Y tome asiento aquí en esta caja de parque. No abundan las comodidades.

—Cuente nomás. Quintana se encontró con un dilema. ¿Castigar o no al oficial?

—Exactamente, señor capitán. Su perspicacia es asombrosa.

—No es menor que su malicia, señor licenciado.

—Me halaga usted, señor capitán. Así fue. Castigarlo. O permitir que aflore una tradición de desorden y capricho. Bastantes dolores de cabeza tiene el señor cura Quintana defendiéndose de los edictos de excomunión y los anatemas de herejía.

—¿No iba a añadir la indisciplina a la excomunión?

—Y no podía permitir a los criollos aristocráticos, perdón si lo ofendo, señor capitán, ponerse por encima de la ley...

—Que usted representa, señor licenciado...

—Así es... Y salirse con sus caprichos.

—De manera que lo fusiló.

—Precisamente. Es bueno advertírselo a los que llegan por aquí alegando que abandonaron a su clase de origen y se hicieron de los nuestros.

—Mire nuestras pieles, señor capitán —dijo un soldado de camisa blanca abierta, sentado en una caja de parque, enfrente de dos botellas de vino, a las que miraba alternativamente, mientras fabricaba cartuchos de papel—. Usted es blanco, yo soy bien moreno. ¿Qué me importa su libertad si no incluye mi igualdad?

—¿Qué hace usted? —le preguntó Baltasar a este soldado cuya cara parecía tan flexible y áspera como una bota de vino, llena de verrugas y con labios gruesos y entreabiertos.

—Trato de escoger entre las dos botellas.

—¿Por qué?

—Hay un alcohol enemigo y otro misericordioso. Miro las botellas y me pregunto: ¿cuál será cual?

—No lo sabía. ¿Qué hace usted con esos papeles?

—Convierto en cartuchos los edictos de excomunión de la Santa Inquisición contra nuestro jefe el padre Quintana.

—Pero si usted es el padre Quintana —dijo Baltasar.

—¿Cómo lo sabes? —levantó la cara prieta y averrugada el soldado.

—Porque es usted el único en todo este campamento que está dudando entre dos cosas, así sean dos botellas de vino. Y otra cosa. Me está usted mostrando la cabeza desnuda, mientras todos los demás la traen cubierta. No quiere que lo identifiquen con la cofia que siempre trae puesta. Su cofia lo delata, pero aún más el hecho de que se la quite.

—No —dijo Quintana sin aspavientos, cubriéndose la cabeza crespa y negra con una cofia de color leonado y con largas lengüetas laterales colgándole sobre las orejas—. No es el alcohol lo que me preocupa, sino las hostias. Las estamos haciendo de maíz, de camote, de lo que podemos. No hay trigo en esta región. Y yo tengo que pensar en el efecto de la comunión no sólo sobre el cuerpo de Cristo, sino el mío también, ¿me entiendes?

Mantuvo la mirada en los ojos claros de Baltasar, sin dejar de fabricar los cartuchos, y añadió que el muchacho, si se iba a unir a ellos, debía saber en seguida que todos los jueves —y mañana lo era— había que vivir sufriendo sin el Padre, sólo una vez por semana, de jueves a viernes, todas las semanas sin excepción, aceptando la hostia y el vino, literalmente, como el cuerpo y la sangre, pero no sólo de Cristo, sino de quien comulga, Quintana, Bustos... aquel molacho, esta mujer acatarrada, los niños que andan jugando a la gallina ciega, y no averigüe cuáles son los míos, porque en medio de la guerra yo mismo ya perdí la cuenta, hasta esos abogados estreñidos que me llenan la cabeza de proyectos y leyes —levantó Quintana la voz para que lo oyeran los interesados— porque ellos quisieran conducir esta revolución a su manera, en orden, con leyes, pero que sin mí no ganarían batallas ni contra sus señoras suegras: Todos, le digo mi capitán Bustos, toditos, de jueves a viernes, nos quedamos sin el Padre porque Cristo se nos muere en la cruz y sólo lo recuperamos en la hostia; todos tenemos que vivir de jueves a viernes esta angustia y esta esperanza o no tenemos derecho a seguir llamándonos cristianos; pero sólo yo, mi capitán, me doy el gusto de mezclar en mi boca la hostia con vino y liberar con la saliva y el alcohol dos cuerpos: el mío y el de Cristo. ¡No basta guardar los primeros viernes sólo porque Cristo le hizo una promesa graciosa a la beata Santa Margarita María! No se trata de beatitud y de gracia, se trata de dolor y de exigencia: todas las semanas al menos, y si no todos los días, es sólo por no escandalizar a nadie...

Tomó aire el cura Anselmo Quintana, miró en torno suyo con una singular mezcla de arrogancia, humor, ironía y entrega a su gente, y concluyó: —Por eso tengo que escoger muy bien qué vino bebo en la misa. Y ya ve usted, con las excomuniones yo hago cartuchos y se los regreso como cohetes de feria a los gachupines. Y ahora véngase a comer algo y a platicar, que debe venir usted muy cansado.

Se puso de pie.

—Ah, y déjeme chocarla con alguien que se batió al lado de José de San Martín. Pero antes, vamos a fumarnos un puro.

3

No hubo tiempo de fumar nada esa mañana de un miércoles con olor a tormenta en Orizaba, porque una vez resuelto el enigma que todo el campamento le propuso al recién llegado, el enjambre de leguleyos y redactores se le vino encima al cura Quintana con recomendaciones, advertencias, solicitudes y novedades, que si los archivos ocupan ya más de diez carretas, "qué hacemos con ellos", "quémenlos", dice Quintana, "pero entonces no va a quedar fe de lo que hacemos; su campaña, señor general, se ha distinguido porque no sólo ha ganado batallas sino que ha dictado leyes, ha emancipado las tierras y a los que las trabajan, ha dado constituciones y pactos federales si no para hoy, seguramente para mañana", "¿entonces qué quieren?, ¿espulgar, quemar unos papeles y salvar otros?, me traen loco sus papeles, hagan lo que quieran con ellos, sólo sálvenme dos, porque ésos sí los quiero guardar y recordar para siempre", "¿y cuáles serán, señor general?"

El padre se detuvo en la carrera hacia los depósitos de tabaco adonde quería llevar a Baltasar y sacó el puro del parche de la camisa, sin llevárselo a los labios y encenderlo. Lo manipuló como un hisopo, o un fuete, o una verga, ante los ojos de los abogados y redactores.

—Uno es mi primer acta de bautismo como cura, señores. En aquellos tiempos la costumbre era ocultar la procedencia racial de los niños, pues todos querían pasar por españoles y nadie quería la infamia de ser calificado como negro, mestizo o saltapatrás. De manera que a ese primer niño que bauticé le puse, naturalmente, "de raza española". Ese papel me lo guardan, además, porque el primer niño al que le puse la crisma era mi propio hijo. Y el otro papel es una ley que yo les dicté a ustedes en el congreso de Córdoba, y que dice que de ahora en adelante ya no habrá ni negros ni indios ni españoles, sino puros mexicanos. Esa ley me la guardan, pues las demás tienen que ver con la libertad, pero ésta con la igualdad, sin la cual todo derecho es una quimera. De modo que las demás, quémenlas y ya dejen de joder.

Pero no lo hicieron; formaron círculos veloces en torno a Quintana y Baltasar, bajo los manglares mojados que competían con el creciente aroma de tabacos almacenados (y éstos olían a tierra fértil y muslo de hembra, a cabellera de humo y a mandrágora, onagro, velorio y trufa, todo revuelto, iba murmurando Quintana): —Hay que tomar providencias, Calleja del Rey dice que vive obsesionado con agarrarlo vivo a usted antes de la inevitable derrota de las fuerzas realistas. Van en aumento, señor general, las ejecuciones, la toma de rehenes, los premios a los pueblos que nos niegan ayuda, la destrucción de los que nos auxilian... Lo peor es que son los oficiales criollos mexicanos los más ensañados contra usted, no lo quieren en el horizonte político cuando ellos secuestren a la independencia.

—¿Y qué me aconsejan? —los miró esta vez Quintana con un temblor nervioso del párpado izquierdo.

—Pactar, señor general, salve usted algo y sobre todo sálvese a sí mismo.

—Óyelos, Baltasar, así se pierden las revoluciones y hasta los cojones...

—Pacte, señor general...

—¿Al cuarto para las doce, cuando mi enemigo actual, España, va a perder, y mi siguiente enemigo, en todo caso, es la oficialidad criolla? Pero si durante diez años no pacté con el rey de España, que por lo menos desciende de doña Isabel la Católica, ¿por qué voy a pactar con un criollito ridículo como don Agustín de Iturbide? ¿Por quién me toman, señores? ¿No han aprendido nada en diez años?

—¿Entonces qué va usted a hacer?

Los abogados se hicieron esta pregunta más entre sí que a Quintana.

—Lo mismo que hicimos desde un principio. Como no teníamos armamento, lo suplimos con el número y la violencia de los hombres. Empezamos la campaña buscando armas. La terminaremos del mismo modo. Salimos con veinticinco hombres, cuatro escopetas y veinte lanzas. Acabaremos igual. Si nos ponen sitio, comeremos cortezas, jabón y alimañas, igual que cuando nos unimos a Morelos en Cuautla. Si nos capturan y enjuician, encomendaremos nuestras almas a Dios.

Que no fuera tan fatalista, que pensara en ellos, que se adelantara a Iturbide y él mismo, Anselmo Quintana, con su fuerza entre el pueblo, se proclamara Alteza Serenísima y formara con ellos, sus consejeros, una Junta de Notables para el reino...

—Yo no conozco más junta que la de dos ríos, ni más alteza que la de un cerro. Y México será república, no reino. Y al que no le guste el gusto, ya puede liar el hato y largarse. Hay mucho de dónde escoger. Ya saben adónde van conmigo. Y sin mí, no vamos a ningún lado. Júntense a los españoles. Los fusilarán. Ya pasó la hora del perdón. Júntense con Iturbide. Los va a humillar. Y perdonen mi arrogancia. Ya sé que es un grave pecado.

Quintana tomó de la mano a uno de los abogados, el que antes habló con Baltasar, se la besó y, sin soltarla, se hincó ante él con la cabeza inclinada, pidiendo que lo perdonaran por sus arranques de soberbia, él los respetaba, él era un cura ignorante y respetuoso de los hombres instruidos; los respetaba por encima de todo, pues lo que ellos hacían quedaba y lo que él hacía se lo llevaba el viento y sólo servía para cagarrutas de pájaro; "no hay más gloria que un libro —dijo con la cabeza inclinada—, no hay infamia mayor que un triunfo militar; perdónenme, comprendan que sin la revolución mi vida habría sido muy oscura y sin mayores incidentes que los amoríos con mujeres anónimas. Ustedes no me necesitan a mí."

Se puso de pie y los miró a los ojos, uno por uno.

—Perdónenme de veras, pero mientras dure esta campaña, aquí no hay más barrigón que yo...

Soltó otra carcajada, les dio la espalda y los dejó medio atarantados con su verbo rápido, jarocho, antileguleyo y a veces inspirado, pero ridículo, se dijeron entre sí los abogados, dándole la espalda y caminando de regreso a sus improvisadas oficinas entre las montañas de papeles; pero no era la primera vez que les hacía esto y ellos ahí seguían, ¿por qué?, pues porque diez años son toda una vida cuando aquí nadie vive, sino por milagro, más allá de los cuarenta y porque el cura tiene razón: a estas alturas, somos de él como sus hijos, sus mujeres o, si prefieren, sus padres, y nadie nos creería si nos cambiamos de bando. Pero la apuesta de Pascal no funcionaría porque si no ganan los realistas, ganan los criollos. Nadie nos creería...

—Qué va —dijo un abogado que ni en la campaña se quitaba la chistera negra y el levitón fúnebre, frunciendo la nariz para que los anteojos no se le resbalaran—. En esta Nueva España no hay salida más segura que la traición. Cortés traicionó a Moctezuma, los tlaxcaltecas traicionaron a los aztecas, Ordaz y Alvarado traicionaron a Cortés... Ya verán ustedes que los traidores ganan y Quintana pierde.

Pero éstos eran hombres que para su desgracia, a pesar de todo, pensaban más en la posteridad que en la ventaja inmediata; por eso, también a pesar de todo, andaban con Quintana, y el cura, a pesar de sus bromas, los respetaba. Si querían un lugar honorable en la historia, era éste, con el cura. Y si el camino de la gloria dependía de redactar una espléndida serie de leyes aboliendo la esclavitud, devolviéndoles tierras a los pueblos y estableciendo las garantías individuales, pues entonces hasta la muerte frente al pelotón se la jugaban.

Quintana lo sabía y si cotidianamente los fregaba con sus insultos, mensualmente, al lado de su comunión religiosa, hacía una especie de comunión civil:

—Nunca en la historia de México ha habido ni habrá un grupo de hombres más patriotas y honrados que ustedes. Me siento orgulloso de haberlos conocido. Quién sabe qué horrores vengan después. Ustedes, los insurgentes, habrán salvado para siempre el honor del país.

No combatían. Escribían leyes. Y eran capaces de morir por lo que pensaban y escribían. "Tenían razón", nos escribió Baltasar a Dorrego y a mí, Varela. ¿No era la ley la realidad misma? Así, el círculo de lo escrito se cerraba sobre sus autores, capturándolos en la noble ficción de su propia inventiva: lo escrito es lo real y nosotros somos sus autores.

¿Puede haber gloria mayor, o certidumbre más firme, para un abogado de la América española?

—¿Y quién, de la Argentina a México, Varela —me sonrió Dorrego leyendo esta carta—, no tiene encerrado en su pecho a un abogado tratando de escaparse y echar un discurso?

Pero Quintana, más zorro que sus pastores, le dijo a Baltasar cuando al fin encendieron los puros bajo el alero de un portal a la entrada de los depósitos de la hoja: —Puede que me abandonen. Puede que no. Pero todos saben que su personalidad me la deben a mí. Aunque por su gusto, todititos me enviarían de regreso al curato de mi pueblo.

—Nunca cesarán de asombrarme las contradicciones del carácter humano —suspiró Dorrego cuando le leí estas líneas: él, tozudamente, se empeñaba en echar a andar un reloj de carroza cubierto con un vidrio ovalado.

4

Algo más dijo Quintana sobre su pasado mientras comía solo con Baltasar en la cocina de la empresa tabacalera. Un humo espeso salía de los braseros abanicados por las mujeres mientras que una sola de ellas, la hembra servicial y acatarrada que Baltasar había distinguido al llegar al campamento, les iba colocando en platos de metal los tamales costeños envueltos en hojas de plátano, los vasos de campechanas donde se mezclaban ostiones, camarones y callos de hacha en jugo de limón, y los moles amarillos de la cocina de Oaxaca, aromáticos de azafrán y chiles.

Dijo también que no debía ser juzgado como un rebelde simplemente por la cuestión del fuero, aunque admitía que ésa había sido la motivación original de su insurrección. Sin embargo, eso se parecía demasiado a una venganza y ésta se parece mucho al rencor, y sobre el rencor no crece nada bueno. Baltasar también debía considerar que las reformas de los Borbones proponían ajustarse a la ley. Perfectamente. En ese caso, nadie, ni el papa, tenía derecho a poseer más de lo que necesitaba para su decoro personal. Lo inadmisible es que el clero fuese propietario de tierras, tesoros, y palacios, pues eso la ley canónica lo prohibía.

Vino la revolución de independencia y él, Quintana, empezó a pensar todo esto y a buscar una razón mejor que el rencor para hacerse guerrillero. No era fácil, al cabo, y con diez años menos, dejar la tranquilidad de un curato y lanzarse a exponer la vida.

—¿Debía quedarme allí, no hacer nada? Pude hacerlo. Era posible. ¿Por qué me lancé a la revolución? Si te vuelvo a negar que fue porque la Corona nos quitó el fuero a los curas pobretones y mi fuero era mi única riqueza, te voy a aburrir y además vas a dejar de creerme. Si te digo que di un paso de más y me dije que si se trataba de respetar la ley había que ir a fondo, no me vas a creer si no te explico algo todavía más importante, y esto es que para abandonar mi tranquilidad, o para no quedarme hecho un pendejo en mi curato mientras todos tomaban partido, tenía que creer que lo que hacía importaba, no sólo para mí, o para la independencia de la nación, sino para mi fe, mi religión, mi espíritu... Y aquí empiezan las dificultades, porque yo voy a tratar de convencerte de que mi rebelión política es inseparable de mi rebelión espiritual. Yo sé, porque sé quién eres, Baltasar, porque te veo la cara y sé lo que saben los muchachos como tú, cuánto han leído y todo esto, que para ti no puede haber libertad con religión, independencia con Iglesia, o razón con fe.

Suspiró y se echó en la boca, ruidosamente, un trozo de tamal que de tan enchilado y rojo parecía una herida.

—Pero para hablar de eso nos hace falta tiempo y ocasión. Ahora no nos sobran.

Agarró la muñeca impaciente de Baltasar.

—Ya sé que vienes por otras razones, no a oírme hablar.

—Se equivoca. Yo lo respeto a usted.

—Ten paciencia. Una cosa conduce a la otra. Sabes, había en mi pueblo un mendigo ciego al que siempre acompañaba su perro. Un día el perro se escapó y el ciego volvió a ver.

Baltasar miró largo rato al cura, que siguió comiendo con ruido y gusto, saboreando hasta el último grano de arroz de su mole amarillo.

Por fin se resolvió a decirle: —¿Por qué me tiene usted tanta confianza, padre?

Quintana se limpió los labios y miró con una complicidad candorosa y cálida al joven argentino.

—Llevamos el mismo tiempo luchando por la misma causa. ¿No te parece razón suficiente?

—Es un dato. No me satisface.

—Piensa entonces que yo veo en ti algo más y mejor de lo que tú ves en ti mismo. Siento que en el fondo tú te sientes un poco insatisfecho con todo lo que has hecho.

—Es verdad. Tengo culpas y tengo pasiones, pero no tengo grandeza. Me doy risa.

—No te preocupes por la grandeza. Preocúpate por tu alma.

—Le advierto que no creo en la Iglesia, ni en Dios, ni en el poder absoluto de absolución que usted cree tener.

—Mejor. Descansa hoy y mañana nos vemos al mediodía en la capilla aquí de la fábrica. Recuerda que va a ser jueves y que yo me vuelvo muy fuerte, muy espiritual, cada día jueves. Prepárate para luchar conmigo. Luego tendrás tu recompensa y todo se resolverá. Creo que tus diez años de lucha no habrán sido en vano.

Baltasar no permitió que allí concluyera la conversación. Tenía la impresión —nos escribiría más tarde— de que el cura tenía razón y que éstas eran las horas finales de su larga campaña por el amor y la justicia.

—¿Qué ve usted en mí, padre, que me trata con tanto respeto… o sólo interés, perdone mi osadía…?

Quintana iba a mirarlo duro y directo a los ojos; prefirió sopear con una tortilla los restos del mole.

—Te has hecho cargo de otras vidas.

—Pero yo…

—Todos hemos cometido crímenes. ¿Quieres que te diga algo? ¿Quieres conocer los míos?

—Padre, en nombre de la justicia cambié a un niño rico por un niño pobre en su cuna. El niño pobre murió por mi culpa. El rico se lo arrebaté a su madre y lo condené quién sabe a qué destino. Y aun así me atreví a amar a la madre, a perseguirla ridículamente por media América. Diez años, padre, sin éxito, sin compensación, hecho como usted dice, un pendejo… ¿Eso se llama justicia? ¿Eso merece respeto? ¿Lo merece que haya abandonado sin pestañear a mi hermana, indiferente a su destino, en nombre de mi pasión? No le di aliciente o ternura finales a mi padre. ¿Soy digno de compasión por haber sobrevivido en Chacabuco mientras mis compañeros morían? ¿No falté a la misericordia gritándole una verdad cruel al Marqués de Cabra en su lecho de muerte? Padre Quintana... Maté a un hombre en una batalla.

—Es normal.

—No lo maté como soldado. Lo maté como hombre, como hermano. Lo maté por ser indio. Lo maté por ser más débil que yo. Lo maté individualmente, abusando de él, aunque no sepa su nombre ni me acuerde de su cara...

Quintana le dijo que se callara con una fuerza que le venía de la convicción total. —No me obligues a confesarte mis propios pecados.

—¿Que es usted mujeriego, que juega a los gallos, que tiene hijos regados por todas partes, que le gustan las casacas de lujo? ¿Ésos son sus grandes pecados, padre?

—Mañana me confesaré delante de ti —dijo con un gran cansancio súbito el padre—. Lo haré mañana. Te lo juro. Me confesaré ante ti que no crees en el poder de absolver los pecados. Me confesaré ante mi hermano menor, que en Maracaibo se hizo cargo de la mujer caída y del enemigo herido. Lo haré mañana. Mañana jueves le hablaré a mi hermano en la misericordia.

5

Esa noche Baltasar se quedó dormido en una hamaca. Pero más que el chinchorro, lo arrulló un cansancio que no era ya de este día, sino de diez años acumulados.

Era el sueño de algo a punto de terminar; un sueño inminente que le decía: "Hasta aquí llegamos tú y yo; ahora tendrás que cambiar, ahora deberás tomar cuenta del debe y el haber, como lo hacen esos pagadores y secretarios que acompañan al padre Quintana."

¿Sería Quintana el verdadero notario de la vida de Baltasar Bustos?

Mañana era jueves, iban a verse, el padre lo citó en la

capilla a las doce del día... ¿Tenían algo más que decirse? Baltasar pensó que él ya se había confesado esta tarde con el cura, y los pecados de éste eran la comidilla de Veracruz... ¿Qué más iban a decirse? ¿A qué ceremonia lo invitaba este hombre orgulloso pero señalado, también, por el aura de una oscura abnegación?

Le dijo a Baltasar que en el joven veía a un hombre que se hacía cargo de los demás. Las mujeres de la casa del Arlequín, *la Duquesa*, el oficial flaco y desfigurado... Era un escaso haber frente a la columna de deberes que Baltasar enumeró a Quintana.

Pero ahora, durmiéndose mecido en la hamaca (¿y quién lo mecía?, no había brisa, el cielo de Orizaba estaba de luto pero no lloraba y él descendía inmóvil hacia el sueño), Baltasar sólo se reprochaba una insinceridad mayor, y ésta era no haberle dicho al cura rebelde que todo lo que había hecho, lo bueno y lo malo, tenía un propósito erótico, sexual, amatorio, como el cura gustase llamarlo, y era llegar a Ofelia Salamanca, tocarla al fin, después de diez años de pasión romántica paseada por todo el continente entre suspiros y chascarrillos parejos, cantada en corridos, cuecas y zambas.

Para llegar a ella, manteniendo obsesiva y única su pasión, había sacrificado el amor de la linda chilenita Gabriela Cóo, pues serle infiel a Ofelia Salamanca, aunque ella no lo supiese, era traicionar, también, a la adorable Gabriela...

Verla a los ojos. Decirle: "Te quiero." Decirle: "Perdóname." Decirle: "Te perdono." ¿A cuál de las dos se lo decía? ¿No alimentaba una el amor hacia la otra, y no se alimentaban sus dos amores de una fuente común, que era la ausencia? ¿Sólo las deseaba tanto porque no las poseía?

Abrió los ojos. La hamaca dejó de mecerse. Los volvió a cerrar, acongojado por el tamaño de su presunción. ¿Qué iba a perdonarle él a Ofelia Salamanca? ¿Qué sabía sobre ella sino, en efecto, chismes, decires, coplas que a veces inventaban la verdad sólo para que rimara? ¿Cómo se atrevía? ¿No se lo había dicho Gabriela en Santiago de Chile: actuar es insincero, es pasajero, y no deja más huella de su presencia que las palabras?

Entonces volvía a despeñarse de la cima de su conciencia alertada a una inconsciencia placentera, narcotizada por la premonición de la paz y el reposo después de diez años de exaltación... Y en la profundidad de su sueño él estaba siempre de regreso en El Dorado. Regresaba de la mano de Simón Rodríguez a ese altísimo abismo, a ese profundo promontorio, al corazón de la montaña quechua, al ombligo del sueño, y allí se acusaba a sí mismo, con rabia, con desolación, con un terrible sentimiento de la oportunidad perdida, por no haberse detenido un instante a mirar el paso de los sueños en las miradas luminosas de los habitantes de la ciudad donde todo se movía en la luz, de ella nacía y a ella regresaba...

Despreció los sueños. Pasó por alto la posibilidad de entenderlo todo a través de un sueño que no era el suyo, que no estaba atado al sueño de la razón, la fe en el progreso material, la certeza de que la perfectibilidad humana es algo infalible, y la celebración de que al fin la felicidad y la historia, el sujeto y el objeto, iban a coincidir de una vez por todas...

La otra historia, la advertencia pero también la salida posible, quizás estaban en los ojos de los habitantes de El Dorado, donde la luz era necesaria porque todo era tan oscuro y por eso ellos podían ver con los ojos cerrados y revelar sus sueños en el cancel de sus párpados, advirtiéndole a él, a Baltasar Bustos, que por cada razón hay una sinrazón sin la cual la razón dejaría de ser razonable: un sueño que niega y afirma, al mismo tiempo, a la razón. Que por cada ley hay una excepción que la hace parcial y tolerable... Pero su sensación más vívida, al abandonar El Dorado, no era ésta de que las cosas se complementan, sino otra, extrema, de una negación:

El mal es sólo lo que nuestra razón oculta y se niega a contemplar.

El pecado es separar al mundo sensible del mundo espiritual.

Entonces, en su sueño, Ofelia Salamanca dejaba de ser una proyección visible sobre el muro animado de una caverna india, visible pero intocable, hablándole en este espacio pero desde otro tiempo, para volverse cuerpo tocable, tan deleitoso como sus ojos se lo anunciaron aquella lejanísima noche de mayo desde un balcón en Buenos Aires...

Ahora ella era objeto de su tacto (era un solo interminable animal de seda pulsante), de su oído (era una misa en el desierto, una voz anterior a la conciencia diciéndole desde entonces, sin darle oportunidad de contestar: —¡Me quieres! —¡No me quieres!), de su olfato (era la peste más deliciosa, el hedor sin el cual no hay amor, el perfume de un trébol mancillado) y de su vista: Ofelia Salamanca tenía ojos en los pezones que lo miraban con saña, con seducción, con desprecio, con ridículo, hasta obligarlo a despertar con un sobresalto...

La hamaca dejó de mecerse. Ofelia Salamanca era la dueña del mundo.

6

Anselmo Quintana estaba de pie frente al altar. La silueta de Baltasar Bustos se dibujó a contraluz a la entrada de la capilla y el cura esperó hasta que cesara el taconeo de las botas sobre las baldosas de ladrillo quebradizo, demasiado frescas para este paraje lluvioso. Entonces, al tenerlo cerca, le puso la mano sobre el hombro y le dijo:

—Ayer no me dejaste confesarme, hoy tú te vas a sentar en mi lugar en el confesionario y yo me voy a hincar a tu lado para hablar en secreto a través de la rejilla... Ya sé que no crees en este sacramento. Entonces no debe importarte dónde nos ubicamos. En cambio, a mí sí me importa estar de rodillas para hablarte. Hoy es jueves, y de aquí al viernes, todas las semanas, Jesucristo vuelve a morir por nosotros. Muchos lo olvidan; yo no. Lo más importante que yo hago es recordarle a quien me quiera oír que si estamos aquí, vivitos, es porque Jesús se sacrificó para darnos la vida en la tierra. Ten presente entonces, Baltasar, que lo que te voy a decir es una preparación para el acto supremo de la fe, que es la eucaristía. La eucaristía es inseparable del sacrificio de Cristo. Y aunque el Calvario fue un acto suficiente, cada vez que yo bebo la sangre y como el cuerpo de Cristo, añado el tamaño de su sacrificio y actúo en nombre de los vivos y de los muertos. Todo confluye en la Cruz: sacrificio, vida y muerte. El Calvario es suficiente en sí, nos enseñaron en el seminario. Pero para mí la eucaristía es la aproximación a esa suficiencia sacrificial. No tengo camino más seguro hacia Cristo que la eucaristía...

Las palabras de Quintana no admitían respuesta y de todos modos la fuerza con la que condujo a Baltasar hasta el confesionario era en sí misma inapelable.

Baltasar cayó sentado en el lugar del confesor con un sentimiento plomizo, que lo anclaba allí como en un calabozo detestado, remedo mortal de un féretro, oloroso a gatos escondidos entre sus terciopelos gastados...

Anselmo Quintana se hincó afuera, cerca de la oreja involuntaria de Baltasar.

—Ayer no me dejaste confesarme —dijo el padre.

—Ya le dije que no creo en su poder de absolución.

—Lo que pasa es que te imaginas que yo quiero hablar de tus pecados y por eso te me cierras. Pero tus pecados no me interesan. Me interesa tu destino. Y lo que te confieso es también parte de mi destino. Vamos ya: me confieso, hermano, de haber mandado matar a cien soldados españoles en cárceles e incluso en hospitales, para vengar la muerte de mi hijo mayor a manos de los realistas. Los mandé degollar. La idea del perdón ni siquiera pasó por mi cabeza. Estaba cegado. Dime si me hubieras perdonado en caso de ser yo tu padre y tú mi hijo muerto.

Baltasar no dijo nada. Un sentimiento de pudor creciente se apoderaba de él, un respeto y una compasión inseparables hacia este hombre cuya voz se iba volviendo negra, gruesa, gutural, revirtiendo a viejas raíces africanas, una voz casi de salmodia, que Baltasar no quería interrumpir hasta escucharla por completo, idéntica, quizás, al acto propiciatorio que le permitía a un creyente repetir el sacrificio del Calvario sin restarle un ápice a la suficiencia del martirio de Cristo.

Se decidió a escucharlo por completo, sin argumentos, diciéndole allí hincado y con el rostro de una vieja pelota de cuero pateada: —Entiendo tu silencio, Baltasar, comprendo tu reticencia, pero entiende tú también los míos; comparto tu temor a nuestras flaquezas y temo como tú que una palabra dicha en confianza se la lleve el que nos escucha, se pierda con nuestro secreto entre la multitud y quedemos a su merced si un día, por desesperación o por necesidad, la repite a otros; si no crees en mí, en mi investidura sacerdotal o en mi poder para perdonar los pecados, te repito que te entiendo y por eso no te pido a ti que te confieses formalmente conmigo, sino que aceptes mi humildad hincado ante ti, exponiéndome a que seas tú el que se lleve mi secreto y, no creyendo en este sacramento, se lo entregue al mundo; te doy el ejemplo, me confieso ante ti, Baltasar, porque ayer tú me dijiste cosas de las cuales yo tengo que hacerme cargo también, y no me parece justo que toda la carga de nuestra relación, que apenas empieza, que quizá no dure demasiado, caiga sobre mí: vamos a dar cuenta, un día, no sólo de nosotros sino de cada uno de los seres a los que les hemos dicho algo o a los que les hemos escuchado algo; esto te pido que lo aceptes y no creas que ayer sólo hablaste tú descargando tu conciencia y hoy sólo lo hago yo: nuestra responsabilidad, juntos tú y yo esta mañana, es dar cuenta de todos los seres que nos han hecho el favor de escucharnos; ¿sabes una cosa?, te conté mi crimen contra los prisioneros y tú debes entender que igual que tú cuando has pecado, yo cometí un crimen contra la moral universal, pues San Pablo nos explica que el pecado es un atentado contra la ley natural inscrita en la conciencia de cada ser humano; pero en mi caso personal, también fue una violación de los votos de mi sacerdocio, que incluyen el perdón, la misericordia y el respeto a la voluntad de Dios, único capaz de dar y quitar la vida; temí por ello, de veras, los castigos del infierno aquel día en que vengué a mi pobre hijo, un muchacho de veinte años que se entregó a la lucha por la independencia, un chico gallardo, con su pañuelo rojo atado a la cabeza, de manera que no se le notó la sangre cuando lo ajustició el temible capitán español Lorenzo Garrote, que se me escapó con vida y amargó la mía... pero me di cuenta también, Baltasar, de que yo no temía a un infierno común y corriente, de llamas y sufrimientos físicos, sino a mi infierno imaginado, y ese infierno es un lugar donde nadie habla: el lugar del silencio eterno, total, para siempre; nunca más una voz; jamás una palabra; por eso me hinco ante ti y te pido que me escuches, para aplazar ese infierno del silencio, aunque tú no me hables, aunque una punta de desdén se asome en medio de tu taimado silencio, no importa, mi hermanito, palabra que no importa, con tal de que no dejemos que se nos muera la palabra; escúchame, entonces: admito que me rebelé por descontento cuando perdí el fuero, pero ahora mi rebelión va mucho más allá que eso; mi rebelión me condujo a una ganancia detrás de otra: esto es lo que quiero comunicarte, esto es lo que debes entender, gané la fe racional sin perder la fe religiosa: pude haber dicho, simplemente, soy un cura rebelde, tienen razón los que me excomulgaron, voy a entregarme a la independencia, a las luces del siglo, a la fe en el progreso, y mandar al carajo la fe religiosa: todo se unía contra mi fe: mi coraje cuando me declararon hereje y blasfemo, mi temor cuando me negaron la hostia, mi rencor cuando me mataron a mi hijo, mi tentación de ser solamente un rebelde racionalista: ésta ha sido mi lucha más terrible, peor que cualquier batalla militar, peor que la sangre derramada y el deber de ajusticiar: no rendirme ante mis jueces, no darles la razón, ni el gusto de decir miren, teníamos razón, era un hereje, era un ateo, merecía ser excomulgado. Ellos me piden el arrepentimiento; no saben que eso sería entregarme al infierno; sería admitir el mal absoluto en mí: la razón sin la fe; porque yo puedo perder a la Iglesia que me ha expulsado, pero no puedo perder a Dios; y arrepentirme sería eso, regresar a la Iglesia pero perder a Dios; no a la Razón que puede coexistir con la Iglesia, sino a Dios que puede existir sin la Iglesia y sin la Razón.

Quintana bajó la cabeza y Baltasar sólo vio la tela color ladrillo de su célebre cofia ocultándole el pelo ensortijado y oscuro que el cura reveló, para no distinguirse de los demás hombres en el campamento, pero revelándose con más clamor que si lo hubiese proclamado en voz alta: Sólo Anselmo Quintana usa cofia en medio de los sombreros de copa de los abogados y los pañuelos rojos de la tropa; luego Anselmo Quintana es ése que no usa la cofia para disfrazarse, pero no se pone ni la chistera ni se amarra el pañuelo, sino que mira intensamente a dos botellas para escoger entre el buen y el mal alcohol, como puede escoger entre la Razón y la Iglesia, pero a Dios no se le escoge, Dios es, con o sin Iglesia, Razón o Creyentes: —...en eso se ha centrado mi verdadera rebelión —continuó el cura Anselmo—, te lo digo a ti, Baltasar, que eres como el hermano menor del mundo y también te rebelas contra sus leyes pero permaneces abierto a nuevas persuasiones: mi verdadera rebelión fue sufrir el calvario de perder a mi Iglesia, pero no a mi Dios... Imagina lo que pasó por mi alma cuando me levanté en armas en la costa del Golfo, irritado por la pérdida de mi fuero, chato y ciego, hace diez años nomás, lleno de concupiscencias, amante del juego, de las mujeres, un cura de la chingada, pues, con un montón de hijos regados por todas partes, un seductor de mujeres que venían a hincarse a mi lado y para obtener el perdón creían que tenían que entregarse a mí, y a veces yo no las desengañaba... Me levanté en armas, muchacho, un tipo como yo, y encima me cae la excomunión y la lluvia de adjetivos: apóstata contra la sagrada religión católica, libertino, sedicioso, revolucionario, cismático, enemigo implacable del cristianismo y del Estado, deísta, materialista y ateísta, reo de lesa majestad divina y humana, seductor, protervo, lascivo, hipócrita, traidor al rey y a la patria: no se dejaron nada en el tintero, Baltasar; la Santa Inquisición no se olvidó de un solo delito, me los echó todos sobre mi pobre cabeza y cada vez que una acusación me hería entre los ojos, yo decía: tienen razón, deben tener razón, es cierto, merezco esto y mi pobre, jodido motivo para rebelarme me hace reo de todo lo demás, que también debe ser cierto... Pero yo creo, hermano Baltasar, que a la Inquisición se le fue la mano, como siempre; me acusaron de demasiadas cosas, unas eran ciertas, otras ni por asomo, y yo me dije entonces: Dios no puede verme con tanta injusticia como mis jueces. En el vocabulario de Dios debe haber pocas palabras para mí, pero seguramente hay un diccionario común a Jesucristo y a su siervo Anselmo Quintana; me arrojan encima muchas palabras, pero no bastantes como para que todas las semanas, de jueves a viernes, Tú puedas todavía hablar, Señor Mío Jesucristo, con el más lascivo, seductor y protervo de tus servidores... El verbo es lo único que nos une cuando todo lo demás se vuelve inservible, engañoso, amenazante. El verbo es la realidad última de Cristo, su vigilia entre nosotros, lo que nos permite, sin soberbia, decir: soy como Él...

Levantó la voz Quintana al decir esto, como si toda su fe pudiese reducirse a estas cuantas palabras, y Baltasar, en la penumbra del confesionario, vio a través del cancel no las lengüetas agitadas de la cofia del padre Anselmo Quintana, sino la cabeza coronada de nubes y yuyos de Gabriela Cóo. Tuvo que apartar esta visión adorable porque la voz del cura continuaba, más baja ahora, pero más convencida también: —...desde entonces sólo hablé con Él, pero Él resultó más severo que todos mis jueces juntos, porque a Él no se le engaña, con Él no valen jueguitos, Dios es el ser supremo que todo lo sabe, incluso lo que imaginamos sobre Él, y se nos adelanta y primero nos imagina a nosotros; y si nos andamos creyendo que de nosotros depende creer o no en Él, Él también se nos adelanta y ve la manera de decirnos que Él seguirá creyendo en nosotros, pase lo que pase, aunque lo abandonemos y reneguemos de Él: ésa es la voz que yo escuché en la noche de mi alma conturbada por los edictos de expulsión de la Iglesia y los llamados a arrepentirme, la voz de Cristo diciéndome Yo voy a seguir creyendo en ti, Anselmo Quintana, aunque seas seductor, lascivo, libertino e hipócrita, que lo eres, cómo carajos no lo vas a ser, pero lo que no eres, Anselmo m'ijo, es apóstata y hereje, ateísta o traidor a tu patria, eso sí que no... Óyeme bien, tu Dios te lo dice: esa mentira yo no la dejo pasar para nada.

Levantó la mirada para decirle a Baltasar que le bastó oír estas razones de la voz de Dios para luchar durante diez años —...no ceder en mi batalla por la patria ni en mi otro combate por el amor y la confianza de mi Creador: imagínate lo que para mí hubiera sido una cosa sin la otra; ni la Patria, ni Dios; ésa sí que sería mi angustia, y ellos lo saben, por eso me tratan de hereje y me excomulgan y me piden que me arrepienta y vuelva al redil; pero a mí Jesús me dijo: Anselmo hijo mío, no seas un cristiano cómodo, hazle la vida de la chingada a la Iglesia y al rey, ellos adoran a los católicos tranquilos. Yo en cambio adoro a los cristianos encabronados como tú; no ganas nada con ser un católico sin problemas, un creyente simple, un hombre de fe que ni siquiera se da cuenta de que la fe es absurda y por eso es fe, y no razón; la razón no puede ser ilógica, la fe lo es y tiene que serlo porque hay que creer en Mí en contra de toda evidencia y si Yo fuera lógico, no sería Dios, no me hubiera sacrificado, habría aceptado todas las tentaciones del Desierto y sería —¿me escuchas, hijo Anselmo, me escuchas, hermano Baltasar?— sería el mismísimo Diablo coletudo y mandinga que inventó la frase esa de "Pienso, luego existo"... ¡Qué pretensión! Ni mi pensamiento es mío, ni mi existencia tampoco. Ni pienso ni existo solo. Cada palabra la comparto, con Dios, contigo, Baltasar, y cada latido del corazón también. Entonces supe otra cosa, y ésta fue que mi deber, en nombre de los simples de este mundo, era ser complicado, y hazte tú esa pregunta, ahora mismo mientras yo te miro, te oigo y creo que estás siendo muy simple con tu propia fe secular en la razón y el progreso, eres tan beato como esas beatas que se hacen viejas en la iglesia, barriendo y prendiendo velas toda su santa vida; por favor, Baltasar, sé siempre un problema, sé un problema para tu Rusó y tu Montescú y todos tus filósofos, no los dejes pasar por tu alma sin pagar derechos de aduana espiritual; a ningún gobernante, a ningún Estado secular, a ninguna filosofía, a ningún poder militar o económico, no les des tu fe sin tu enredo, tu complicación, tus excepciones, tu maldita imaginación deformante de todas las verdades... ¡Vaya! —exclamó con humor el padre Quintana—, ¿hubiera agradecido perder la fe y evitarme todas estas angustias? No señor, porque entonces no hubiera luchado por la independencia. Así de sencillo. Me hubiera dejado vencer a la primera de cuentas. La fe en la Nación que yo quiero, libre, sin esclavos, sin la horrible necesidad de miles y miles de jodidos, ignorantes y muertos de hambre, todo esto, Baltasar, no hubiera sido posible para mí sin la fe en Dios. Tú tendrás tu receta. Ésta es la mía. No te pido que creas como yo, no soy tan simple. Te pido que compliques tu propia fe secular. Vienes de muy lejos y este continente es muy grande. Pero tenemos dos cosas en común. Nos entendemos hablando en español. Y nos guste o no nos guste, llevamos tres siglos de cultura católica cristiana, marcada por los símbolos, los valores, las necedades, los crímenes y los sueños de la cristiandad en América. Conozco a los muchachos como tú: todos han pasado por aquí, ya los has visto, aunque un poquitito más estropeados que tú, como abogados, notarios, autores de leyes y proclamas en mi propia compañía... Con todos ustedes he platicado durante diez años. Ustedes me han dado la educación que por desgracia no tuve. Soy hijo de arrieros de la costa. Tuve un seminario religioso de joven, y ahora, ya maduro, el seminario laico de todos ustedes. Pero vamos, que no estoy previendo algo, lo estoy viendo bajo mis narices por chatas y golpeadas que estén. Todos ustedes quisieran acabar con ese pasado que les parece injusto y absurdo, olvidarlo. Sí, qué bueno hubiera sido ser fundados por Montescú en vez de Torquemada. Pues nomás no. ¿Queremos ahora ser europeos, modernos, ricos, regidos por el espíritu de las leyes y de los derechos universales del hombre? Pues yo te digo que nomás no se va a poder si no cargamos con el muertito de nuestro pasado. Lo que te estoy pidiendo es que no sacrifiquemos nada, m'ijo, ni la magia de los indios, ni la teología de los cristianos, ni la razón de los europeos nuestros contemporáneos; mejor vamos recobrando toditito lo que somos para seguir siendo y ser finalmente algo mejor. No te dejes separar y encandilar por una sola idea, Baltasar. Pon en un platillo de la balanza todas tus ideas, y cuanto las niega en el otro, y entonces andarás más cerca de la verdad. Obra en contra de tu fe secular, hermano, pon al lado de ella mi fe divina, pero como lastre, gravedad, contraste y parte de tu laicismo, pues yo hago lo mismo, desde mi propia fe, con la tuya... Tómame en cuenta, más, mucho más mañana que hoy, y piensa en serio que si yo no sólo me uní, sino que seguí hasta el fin en la revolución, fue para que la Historia no dejara atrás a la

Iglesia, a mi Iglesia. Tú has por ver que tampoco deje atrás a tu propia Iglesia de filósofos románticos y anticlericales. No quiero saber, dentro de diez años, que eres un enfermo más de utopías frustradas, de ideales traicionados... Y no creas, yo agradezco el escepticismo de todos ustedes, mi buena compañía de licenciados. Pero tengo lo que les falta a ustedes, con perdón y humildad sea dicho. Yo tuve que quemarme las pestañas leyendo a Tomás de Aquino, Alberto Magno, San Buenaventura y Duns Escoto. Rusó y Volter me sirven de correctivo y hasta de revulsivo. Pero a ustedes, los muchachos modernos, ¿qué cosa va a servirles de corrección a lo que han aprendido? La experiencia, sin duda. Pero la experiencia sin ideas no se convierte en destino, en alma... ¿Pues qué es el alma, se pregunta Santo Tomás, sino la forma del cuerpo? Piénsalo y verás que no es una paradoja: el alma es la forma del cuerpo. Sin ella, el cuerpo no dura y en seguida comienza a apestar y a desintegrarse... Dale alma a tu cuerpo, Baltasar, y ojalá nos volvamos a ver dentro de diez años... Bah, quizá mañana mismo sea capturado y por eso me urgía que platicáramos hoy. Quiero que pienses en mí cuando sepas de mi fin. Quiero que también te hagas cargo de mi memoria.

El cura se quedó callado un largo rato y más tarde también Baltasar Bustos se recriminaría lo que, con la distancia, acabaría viendo como una cobardía que refrendaba las peores facetas de su carácter, argumentativo sin nobleza, envidioso de lo que él no era, abusivo con el débil, tentado por humillar al que consideraba inferior... No se engañó, más tarde. Pero en ese momento, cuando Quintana dejó de hablar, creyó que obraba como se lo pedía el cura que acababa de entregarle el alma, mientras, ofuscado, Baltasar Bustos creía que sólo le había dado una lección...

—Me iba preguntando, mientras lo escuchaba, qué cosa me molestaría más en usted, si el cura solitario y casto, o el cura promiscuo y con hijos...

Quintana trató de penetrar con los ojos la rejilla que

los dividía para que Baltasar se diera cuenta de que el cura tenía la mirada herida, silenciada por un asombro repentino más que por el cansancio abrumador.

—¿Quieres pelearte conmigo?

—Usted me pidió que fuera conflictivo. Yo sólo quiero imaginarme que un santo día el Papa le levanta la excomunión y usted piensa que todo lo que hizo fue inútil, un fracaso...

—Perdóname, no sigo bien tu pensamiento...

—Quiero decirle que ojalá no esté usted vivo cuando la Iglesia lo perdone y diga: "Me equivoqué."

—La hazaña de intentar algo que es bueno siempre basta a sí misma.

—¿Aunque fracase?

—Por Dios, Baltasar, no te extravíes. Lo único que he querido decirte es que tú y yo nos asemejamos. Los dos luchamos por el alma, aunque tú la confundas con la materia. No tiene importancia. Puede que tengas razón. El alma es la forma del cuerpo. Pero tú y yo... Después vendrán los que luchan por el dinero y el poder. Eso es lo que temo, ése será el fracaso de la Nación. Y entonces tú y yo, o lo que tú y yo dejemos en este mundo, debemos ayudarlos a los ladrones y a los ambiciosos a recuperar el alma. Ésa sería mi respuesta a los que me perdonen dentro de doscientos años.

—Pero usted, en parte, les dio la razón —Baltasar trató de adivinar el rostro maltratado de Quintana, cuadriculado y afeado aún más por el cancel carcelario de la confesión—. Usted sí ha sido lascivo, hipócrita, seductor...

—¿Sabes lo que significa la palabra "diablo"? —dijo el padre con la mirada baja y el ceño severo—. Mi problema ha sido no estar a salvo de las tentaciones del cuerpo. El tuyo, en cambio, va a ser no estar a salvo de las tentaciones del alma. "Diablo" quiere decir "calumniador".

—Ya ve, me juzga con la misma severidad con que ha sido juzgado...

—Ah, y también quiere decir "acusador". Yo quiero que tú sepas cómo me van a juzgar, Baltasar. Me van a degradar de rodillas frente al obispo. Van a repetir la excomunión y los anatemas. Luego me pondrán a disposición de la autoridad secular. Me fusilarán de espaldas y, otra vez, de rodillas. Seré decapitado, hermanito. Pondrán mi cabeza en una jaula de hierro en la plaza de Veracruz. Seré un ejemplo para todo el que sienta la tentación de rebelarse...

No pudo terminar la frase porque Baltasar ya estaba fuera del confesionario donde llevaba una hora ocupando el sitio del sacerdote y ahora en cambio abrazaba al padre, pidiéndole perdón, pidiéndole razón de lo que hacía por él, sintiendo la fuerza de océano bravo con la que Quintana retenía su propia emoción, como los mares helados que en medio de las grandes borrascas parecen gigantescamente inmóviles, dejando que el viento, y no el agua, sea el protagonista de la tempestad.

Pero el cura abrazó a Baltasar, le besó la cabeza, le dio la bienvenida y así Baltasar supo que el padre Anselmo se hacía cargo de él para que él, Baltasar, se hiciera cargo, al fin, de lo que lo esperaba aquí...

7

Con su fuerza de arriero y de combatiente antiguo, el padre Anselmo Quintana volvió a mover el cuerpo crispado de su hermano menor, el capitán porteño Baltasar Bustos, obligándole a mirar hacia la entrada de la capilla.

En el mismo cuadro de luz que él ocupó una hora antes, dos siluetas se dibujaban ahora, nítidamente, contrastando el sexo y la ropa. Eran una mujer y un niño.

—Vengan hasta acá, entren...

La pareja se fue acercando, sin hacer ruido, al contrario de Baltasar, pues ellos venían descalzos y en silencio. Pero éste no acabó de apagar el taconeo marcial de las botas de Baltasar, suspendido físicamente entre sus dos personalidades, la del joven gordo y miope y la del combatiente esbelto e hirsuto; el de los balcones de Buenos Aires y el de las campañas montoneras del Alto Perú; el de los salones de Lima y el de los burdeles febriles de Maracaibo…

Ahora Baltasar había alcanzado el equilibrio, al entrar a los treinta y cinco años, entre la mirada cegatona pero inquisitiva, el cuerpo robusto pero ágil, y el bigote lacio que le daba firmeza a los labios demasiado pequeños, aunque abultados. La melena no se domeñaba; tenía, al parecer, vida propia, vida de sobra para nuestro siglo romántico, como decidimos llamarlo, en Buenos Aires, Dorrego y yo, Varela, cuando empezaron a llegar al Nuevo Mundo las noticias y los poemas de Byron y Shelley… Y la hermosa nariz romana le dio siempre a Baltasar un aire de nobleza, resistente, estoica. Los espejuelos dorados se posaban, incómodos, en el caballete de la nariz.

En cambio ellos, la pareja que se acercaba, no eran reconocibles a simple vista, aunque el niño era el mismo que ayer jugaba a la gallina ciega, un chico rubio de unos diez años de edad, cuya claridad debía adivinarse entre la maraña de pelo sucio y la suciedad de la camisa y el pantalón de manta.

Y ella era una mujer de edad indefinida, peinada hacia atrás y con un chongo mal sostenido por horquillas. Sobre la frente atravesada de arrugas caían algunos mechones y los surcos de la edad no se disimulaban en los labios despintados y en las líneas, muy marcadas, de las comisuras y la barbilla. La mujer, descalza como el niño, se arropaba con los brazos cruzados en una chalina inexistente y su cuerpo trémulo hacía sentir la falsedad del trópico de Orizaba, anunciando, en cambio, la humedad y la lluvia perpetuas de esta ciudad. Tenía un mal catarro que se estaba convirtiendo en tos.

—Ofelia —dijo con su voz más cariñosa el padre—:

ya le expliqué al capitán que estás de acuerdo en que el niño regrese con él a la Argentina.

Y mirando a Baltasar, que era una sola pieza inmóvil, suspendido para siempre en la más secreta e inconmovible de las melancolías, mirando a la cara la totalidad de su vida que ni siquiera lo miraba a él, demasiado ocupada en sonarse la nariz, Quintana le dijo que el niño había nacido diez años antes en Buenos Aires y luego secuestrado en circunstancias misteriosas, pero su madre logró recuperarlo de las nodrizas negras que lo salvaron de un incendio pero luego pidieron dinero por el rescate. El hecho es que ella lo mandó hasta Veracruz y a cargo del cura Quintana, en espera de que alguien viniera a recogerlo y se hiciera cargo de él...

—Porque desde ayer te lo dije, hermano. Tu destino es hacerte cargo de los que te necesitan. Y tu patria los va a necesitar a ti y a este muchacho. Que se vaya contigo. Aquí vamos a sobrevivir. Somos muy antiguos. Ustedes, los argentinos, son los niños de América, los hermanos menores de este viejo continente. Llévalo al niño contigo y enséñale lo mejor del mundo con tus buenos amigos. Ustedes tendrán paz y prosperidad. Nosotros no.

—¿Y ella? —logró balbucear Baltasar.

—Ofelia Salamanca ha sido el agente más fiel de la revolución de independencia en la América —dijo Quintana, mirando fijamente a la mujer, que parecía estar ausente y no escucharlo—. Ha mantenido viva nuestra lucha mediante la comunicación que tan difícil nos resulta en este continente. Si yo he estado en contacto con San Martín y Bolívar, ha sido gracias a ella. Gracias a ella hemos sabido a tiempo qué refuerzos españoles salían de El Callao a Acapulco, o de Maracaibo a Veracruz. Es una heroína, Baltasar, una mujer digna de nuestro máximo respeto, que sacrificó su reputación para extraer secretos y para mancharse con la sangre de traidores que pasaban por insurgentes y en verdad servían la causa realista. Un día se escribirá su historia. ¡Qué ingeniosa fue a veces! Usó una red de canciones que recorrieron América con más velocidad que un rayo, aprovechando unos supuestos amores suyos con un oficialillo criollo de Buenos Aires, para mandarnos noticias.

—Padre, yo soy ese oficial, las canciones dicen mi nombre, no me engañe usted...

—Ni una palabra más Baltasar. Ella mandó llamar hasta aquí a otro héroe de la independencia, que igual que ella pretendió ser realista para obtener noticias y difundir rumores falsos... Ella quiere que ese héroe que eres tú, se haga cargo de su hijo... Por eso le escribió a su amiga Luz María en Maracaibo, pidiendo que vinieras.

Quintana arrojó un brazo sobre los hombros de Ofelia. —Ahora ella está muy mal y no podrá ocuparse del niño ni trabajar más para nosotros. Está de acuerdo en que su hijo viaje de regreso a la Argentina contigo. Supongo que tú...

—Sí —dijo sencillamente Baltasar—. Yo estoy de acuerdo también.

El capitán porteño se acercó a Ofelia Salamanca en el momento en que se separó de ella el padre Quintana, y ella perdió el equilibrio. Baltasar se apresuró a ayudarla para ponerse de pie. Era la primera vez que la tocaba. Ella le dijo con la voz apagada:

—Gracias.

En seguida se separaron. Ella nunca le dirigió la mirada. Él no quiso ver la tristeza mortal de esos ojos que tanto añoró. En cambio, rodeó de un brazo los hombros del niño y le dijo algo así como "te hace falta un buen baño, vas a ver, te va a gustar la estancia en la pampa, vas a ser, de ahora en adelante, mi hermanito menor..."

Escondido en el puño, Baltasar llevaba el listón rojo que una noche de mayo Ofelia Salamanca lució alrededor del cuello. El joven miope se lo había robado al Marqués de Cabra, la noche de otra muerte, en Lima.

Le hubiera gustado devolvérselo ahora a Ofelia, colocárselo de vuelta en el pecho; pero la mirada ausente de la mujer se lo impidió.

IX. EL HERMANO MENOR

En el muelle lo esperábamos a Balta sus amigos Xavier Dorrego y yo, Manuel Varela. Estábamos llenos de noticias para él. ¡Once años sin vernos! Le hicimos un rápido resumen de lo que ocurría en la Argentina. Todas las miradas estaban puestas en Bernardino Rivadavia, el joven ministro de gobierno que luchaba por los principios liberales, la educación gratuita, las comunicaciones, la colonización del interior, la puesta en subasta de las tierras públicas, la biblioteca, el libro, los talentos... Una frase suya lo decía todo: "Estamos anticipando el porvenir..."

Pero Balta no parecía escucharnos, sino que nos miraba con una gravedad intensa, adivinando, más bien, los cambios en nuestras facciones y, acaso, en nuestras almas.

Bueno, pronto supo que Dorrego seguía siendo un empedernido jacobino filosófico, aunque la herencia familiar lo obligaba a ser conservador en lo económico, por más que fuese anticlerical en la ideología.

Su pelo cortado muy cerca del cráneo se había encanecido rápidamente, acentuando el tinte de porcelana de su piel hasta un tono rojizo. En cambio, parecía más a la moda con su severo casquete de cerdas cortas. Era una renuncia radical al siglo de las pelucas. No las veríamos más.

Yo, en cambio, seguí y seguiré de impresor toda la vida y ahora que era posible publicar sin censura a los autores modernos, me empeñé en esa tarea, aunque esperaba que comenzaran a escribir los nuestros y ya tenía entre mis manos una vida del libertador Simón Bolívar, cuyo manuscrito, manchado de lluvia y atado con cintas tricolores, me envió como pudo, desde Barranquilla, un autor que firmaba Aureliano García. Era una crónica demasiado triste, sin embargo, y como el cuento del violinista ciego del Tabay que me escribió Baltasar, preveía un mal fin para el Libertador y para su gesta. Preferí seguir publicando a Voltaire, a Rousseau (*La nueva Eloísa* era el éxito de librería más grande en toda la historia de la América del Sur) y dejar para otra ocasión la melancólica previsión de un Bolívar enfermo y derrotado como su sueño de unidad americana y libertad civil en nuestras naciones.

En cambio, a los amigos nos dio una inmensa alegría encontrarnos de nuevo. Baltasar sabía que otra crónica de esos años —la que tengo entre mis manos en estos momentos y algún día tú, lector, también— la había escrito él en sus continuas cartas a "Dorrego y Varela" que ya sonábamos a razón social...

Lo dejamos a Baltasar viajar con el niño a la vieja estancia de José Antonio Bustos para que conociera a Sabina. La encontró un poco desquiciada, con la manía de habitar cada noche en una recámara distinta para mantenerlas todas calientitas —la del padre José Antonio, la de la madre Mayté, muerta hace tantos años, la del ausente Baltasar y, presumiblemente, hasta la del olvidado preceptor jesuita, Julián Ríos.

Fue inútil. Esos hermanos nunca se entenderían, y Sabina, nos dijo Baltasar a su regreso a Buenos Aires, ni siquiera tenía la audacia de buscarse un hombre, ni siquiera —sonrió con malicia desacostumbrada en él— ahora que las leyes modernizadoras de Rivadavia habían radicado a los gauchos errantes en las estancias, instándolos a convertirse en trabajadores agrícolas y ganaderos, pero también en reserva disponible para las levas armadas...

—Todo, para Sabina, sucede sólo en la nostalgia —suspiró su hermano menor—. Es una recriminación viviente.

Por una extraña hermandad de los destinos, ni Dorrego ni yo nos habíamos casado, prefiriendo prolongar la farándula porteña lo más posible, aunque ahora ya anduviéramos arañando la cuarentena. La verdad era que la parranda era nuestro pretexto, bien bonaerense por cierto, pues la nuestra siempre ha sido una ciudad donde abundan los *vieux garçons* que no se resignan a perder la libertad excitante de sus años mozos. Y siendo Buenos Aires ciudad de encuentros donde los gauchos matreros, huyendo de la leva, se apeaban del caballo, seguidos de las chinas enamoradas de ellos y lanzadas, como se decía, a la perdición, pero también ciudad de españoles llegados a comerciar y de ingleses llegados a crear obras de ingeniería civil, todos nos dábamos cita en los lupanares, los boliches y las cantinas, bailábamos y bebíamos y amábamos con la conciencia tranquila de que nuestra Buenos Aires era una ciudad de fundaciones, fundada dos veces al principio, y tres, cuatro y hasta cien veces cada vez que un extranjero, del interior o de Europa, llegaba a vivir aquí...

A Baltasar no pudimos arrastrarlo a nuestros quilombos y nosotros mismos los fuimos abandonando. Nos dimos cuenta de que la razón real de nuestras farras era que esperábamos el regreso del "hermano menor" para ver qué hacíamos juntos. Quién lo iba a decir. Nosotros, en la década de nuestra participación revolucionaria, lo animamos desde Buenos Aires, le impusimos aquella comisión en el Alto Perú siguiendo los pasos de Castelli, y lo lanzamos a una vida de peligros y aventuras que Dorrego y yo, pues, ni por asomo vivimos personalmente... Pronto nos desilusionamos de la política revolucionaria y regresamos a nuestros hábitos heredados: él, rentista; yo, impresor... Pero ahora, Rivadavia reanimaba nuestras esperanzas...

Había algo más. La apasionante historia romántica de Baltasar Bustos y Ofelia Salamanca, cantada de un extremo a otro de América, nos tenía a los dos, a Dorrego y a mí, aunque por razones distintas, en suspenso. No podíamos tomar decisiones matrimoniales hasta saber cómo terminaba eso.

Baltasar no tuvo que decirnos quién era el niño. Nosotros supimos primero que nadie lo que ocurrió la noche del 24 al 25 de mayo de 1810 en el palacio incendiado de la Real Audiencia. Lo rodeamos al pibe de un inmenso cariño. Vaya, que lo empezamos a tratar como un cuarto hermano, éste de veras menor. Y el chico era listo, aunque triste, y hablaba con un graciosísimo acento de la costa del Golfo de México. Nunca mencionaba a su madre, como si hubiese hecho una promesa al respecto. Pero, en fin, hablaba español y nos entendíamos.

Dorrego tenía una finca en las afueras de Buenos Aires, por el rumbo de San Isidro y junto al río, y a ella íbamos a menudo los sábados y domingos los tres "ciudadanos", como volvimos a llamarnos, recordando nuestras discusiones juveniles en aquel desnudo aunque abarrotado Café de Malcos, donde parecía que de nosotros iba a depender que las ideas de Rousseau y Voltaire se hicieran realidad...

Dorrego traía y llevaba sus relojes de Buenos Aires a San Isidro y el chico se fascinaba viendo esa colección de formas fantásticas y diversas —tumbas y tambores, carrozas y tronos, anillos y huevos— mientras nosotros nos preguntábamos si para nosotros el tiempo, en cierto modo, se había detenido y, en cambio, para el muchachillo rubio era tan variado como los relojes mismos, en los que él podría ver una medida de los diferentes soles, tan lejanos unos de los otros, que marcaron su vida...

Al niño lo adoptó Baltasar y pasó a llamarse Bustos de apellido, pero en mi honor, Baltasar le puso como primer nombre "Manuel", en vez del "Leocadio" con que fue bautizado. Pero en nada nos parecíamos el niño y yo. Las primeras canas, es cierto, suavizaron mi aspecto moreno, aunque la ferocidad de mi bigote no dejó de ocultar la debilidad secreta de mi fisonomía: un labio superior demasiado largo. Pero ni mis ojeras, ni mi flacura, pertenecían a este muchacho que debió reproducir, más bien, la juventud de su madre, la adorable Ofelia...

Lo veíamos jugar al muchacho estos domingos que pasábamos juntos en el campo. Le gustaba ponerse una venda en los ojos y jugar a la gallina ciega. Viéndolo tan guapo y gracioso y alegre, nos atrevimos por fin a preguntarle a su padre adoptivo por la última carta, la que nunca nos mandó, después de llegar a Veracruz y encontrar al padre Quintana, a Ofelia y al niño.

Baltasar se quedó mirando largo al río que pasaba más lento que nuestros años a partir de ese momento, el río que de plateado no tenía nada y parecía más bien un gran desagüe de las selvas y las minas del interior del continente.

Nos dijo que a nosotros siempre nos había escrito la verdad y ahora le costaba mucho contarnos una mentira. Ya todos sabíamos por las gacetillas que el padre Quintana había sido ajusticiado exactamente como él lo predijo, fusilado de rodillas y por la espalda, luego decapitado, la cabeza expuesta en una jaula en la plaza mayor de Veracruz...

Era un mestizo mexicano misterioso y ensimismado, añadió Baltasar, pero con un genio repentino que se abría paso entre el resentimiento terrible de esa raza. Tenía sentido del drama que vivía, de la decisión militar y de la palabra histórica. Pero sobre todo, creía de verdad en Cristo y en la posibilidad de relacionarse con Dios mediante la palabra.

Baltasar se quitó los anteojos y cerró los ojos.

Lo capturaron sólo en un monte cerca de Cuernavaca, en medio de la desbandada de su tropa derrotada y el terror de su manada de abogados, gritándoles a todos: "No huyan, que por la espalda no se ven las balas".

Pidió que lo fusilaran vestido con su casaca más elegante. En vano buscaron, después, el nombre del sastre para castigarlo.

Era el último revolucionario de verdad, terminó de decir Baltasar aquella tarde de manchas doradas en el césped oscuro junto al Río de la Plata. Ahora vendrá lo que todos esperaban en México cuando zarpé de Veracruz. El compromiso, la libertad sólo en las leyes, el país vencido y desmembrado... ¿Puede haber libertad sin igualdad?, ésta era la pregunta candente del padre Quintana, y Baltasar la repitió ahora. Y los amigos nos reímos, no empieces otra vez, o volverás a secuestrar niños, ya no somos jovencitos, sienta cabeza...

—Hay que ser un problema, siempre hay que ser un problema... —murmuró Baltasar.

—¿Qué cosa dices? —le pregunté yo, porque Dorrego no quería saber ya de estas cosas.

—Nada— dijo Baltasar— pero como a ustedes les he descrito minuciosamente cada duda que ha pasado por mi espíritu, creo que debo decirles que la peor de todas ha sido no saber si Quintana me dijo la verdad esa tarde en la capilla.

—¿Por qué piensas estas cosas? —le pregunté alarmado.

—Es muy probable que haya mentido, por caridad y para hacerse cargo, como él decía, de la memoria de Ofelia Salamanca. Me cuesta trabajo darle crédito a esa historia de la mujer como agente de la independencia. Su fama era terrible, desde Chile hasta Venezuela, y la constancia de sus crímenes, abrumadora...

Le pedí que no se atormentara, ni fuese menos caritativo que el cura mexicano. Además, debía pensar en el niño, el niño sí que era hijo de Ofelia. Lo más probable es que la mujer ya había muerto. Y él, Baltasar, debía aceptar un descanso también para la pasión que lo agitó durante tanto tiempo...

—Pero es que era mi razón de ser —nos dijo entonces nuestro hermano menor, con su voz más triste y cadenciosa.

Y nosotros no lo sermoneamos, ni tratamos de sacar conclusiones definitivas de su experiencia. Tuvimos la ocurrencia de invitar señoritas de la buena sociedad porteña, con sus madres o acompañadas por chaperones, a nuestros paseos junto al río, pero nada pasó de los límites del trato cortés.

No pasó nada, salvo que Baltasar empezaba a perturbar el equilibrio que Dorrego, con su cómodo compromiso entre la riqueza y el jacobinismo, y yo con mis tareas de promotor editorial (y ambos con nuestra vida de parrandas) nos habíamos construido aquí en Buenos Aires, donde la independencia ya estaba consolidada mientras que en el Perú seguían las campañas militares...

Creo que Baltasar se dio cuenta y quiso tenernos tranquilos, pero sin mentirnos.

—Perdí muchas cosas. Echagüe y Arias eran tan buenos amigos míos como ustedes dos. Los echo mucho de menos, si vieran... ¡Qué bien la pasamos juntos preparando la campaña de los Andes! No ha habido momento más fraternal o más gozoso en la historia de América. Qué gratitud haberlo compartido con ellos. No, no soy un amargado, aunque abracé muchas veces a la muerte. En cambio, creo que me conocí a mí mismo. Se volvieron concretos para mí los principios. Guerra e independencia, el respeto a los demás, la justicia y la fe. Sé lo que significan esas cosas. También sé que al final de todo los tengo a ustedes, mis amigos, y con ustedes quizá conozca la alianza de todas las almas, unidas por el pecado y la gracia, que tanto preocupaba al padre Quintana. Pero lo que quiero advertirles de una vez, para ser perfectamente sincero, es que todavía hay un buen trecho entre lo que ya viví y lo que me falta por vivir. Se los advierto. No lo voy a vivir en paz. Ni yo, ni la Argentina, ni la América entera...

Hizo una pausa y se pasó la mano por la cabellera ondulada y rebelde.

—Sabiendo esto, seamos siempre amigos...

—¿Qué dice? —preguntó esta vez Dorrego, que en realidad se impacientaba con nuestro amigo.

—Nada —le dije yo, pero vimos que en la mirada de

Baltasar había de nuevo una punta de locura, me dijo luego Dorrego, dándose cuenta, ¿te diste cuenta?, parece un poco desquiciado nuestro amigo pero yo le contesté que no, era entusiasmo, nuestro hermano menor era un entusiasta, es todo...

—Y ojalá que no deje de serlo nunca.

El eventual lector de estas hojas que por ahora sólo yo tengo el derecho a leer, comprenderá ahora por qué no pude ser caritativo, ni entonces, ni nunca, con mi amigo Baltasar Bustos y decirle, sí, el padre Quintana no te mintió, Ofelia Salamanca siempre fue partidaria de la independencia, desde los tiempos del padre Camilo Henríquez y los hermanos Carrera en Chile, luego aquí con nosotros en Buenos Aires —bueno, sólo conmigo, pasándome noticias de las actividades de su viejo marido el Marqués de Cabra, durante los doce meses que residieron en la Audiencia de Buenos Aires entre 1809 y 1810, cuando ella y yo nos enamoramos y yo me encaramé por esa enredadera y entré noche tras noche por ese cuarto, y conocí el éxtasis de su carne y la seguí gozando hasta cuando se hizo grande con mi hijo y ni un solo día dejó, sin embargo, de saber algo útil para la causa, comunicarlo y hacer, en gran medida, posibles los triunfos de Mayo...

Y ahora escribo esto e, igual que la crónica del escritor de Barranquilla, este manuscrito mío deberá esperar muchísimo tiempo, el tiempo de la vida de mi amigo Balta y de mi hijo, Manuel como yo, con Ofelia Salamanca, la heroína ignorada de las guerras de independencia, muerta de cáncer un día olvidado en el puerto de la malaria, Coatzacoalcos, en Veracruz.

No tuve a quien escribirle con este ruego: —Póngale veinticinco velas alrededor de su pobre caja de muerta, tantos años como tuvo cuando nació nuestro hijo y tantos años como tendrá siempre, en mi recuerdo, la bella Ofelia.

La leyenda de Ofelia y su enamorado platónico, mi

amigo Baltasar, debía seguir viva en las vidalitas, las cumbias y los corridos...

Guardé bajo llave este manuscrito y salimos Dorrego y yo a la pelusa de la quinta junto al río.

El niño que un singular azar, diez años antes, salvó de las llamas y de la muerte a cambio del holocausto de un anónimo niño negro, jugaba a la gallina ciega, solo, con los ojos vendados.

Su padre adoptivo, nuestro hermano Baltasar, lo miraba en silencio, sin sonreír, con las manos unidas en la barbilla y los dedos índices cubriéndole los labios apretados y el luengo bigote castaño claro. Estaba sentado en una mesa de mimbre, cómoda, pintada de blanco, y en el pasto las luces del verano reverberaban.

Era, me dije, como si Baltasar al cabo hubiera cumplido su fervoroso deseo de comulgar con la naturaleza, pero no en la pampa bárbara de su padre y su hermana, ni en los arriesgados arenales y selvas de Miguel Lanza, ni en el cruce de los Andes con San Martín, ni en el puerto sitiado de Maracaibo, ni en el campamento final del padre Anselmo Quintana, sino sólo ahora, aquí, en este rincón civilizado de una finca de San Isidro, frente al río que reflejaba el lento vaivén de las copas de los sauces agitados por la brisa ligera del verano, y a través de los cuales el sol limpio y fuerte llegaba filtrado por mil intangibles escudos.

"Estas horas de soledad y meditación son las únicas... en que soy plenamente yo mismo, sin diversión, sin obstáculo... lo que la naturaleza ha querido que yo sea."

¿Faltaba algo en realidad, para aceptar, con Rousseau, que la verdadera felicidad está en nosotros mismos...?

Miramos a Manuel, el niño Manuel Bustos, que jugueteaba alegre, y recordamos los tres —Xavier abandonando sus relojes y saliendo al césped, yo mirando con amor fraternal a mi hermano menor, Baltasar, que recorrió apasionado todo un continente, y el propio Balta que sólo una vez tocó a Ofelia Salamanca, para ayudarla a levantarse— aquella noche terrible del 24 al 25 de mayo de 1810, cuando creímos perderlo para siempre, buscándolo hasta el amanecer en los burdeles, los saladeros y las casitas con techo de paja, del bajo del río. Ahora, Baltasar arrojó al mismo río un delgado hilo rojo.

El niño giró varias veces, jugando solo, y luego, sin quitarse la venda de los ojos, se abrió de brazos frente a un muro del jardín, dio una orden de fuego, él mismo gritó *pam pam pam*, y cayó, llevándose la mano al corazón, por tierra.

Estábamos a punto de reír con esta ocurrencia, cuando el asombro nos lo impidió, pues escuchamos un rápido vuelo de faldas y vimos bajo la luz del verano a una mujer corriendo hacia el niño, tomando su cabeza y juntándola a los pechos de esa mujer preciosa, vestida de tafetanes grises, enguantada y dúctil, a través de cuyo velo ligero Dorrego y yo pudimos reconocer, cómo no, las facciones adorables de la joven actriz que mayores éxitos cosechaba en las noches de Buenos Aires, tan frecuentadas por Xavier y por mí: la Dueña Chica, como la apodaban todos.

Pero en realidad, Gabriela Cóo se llamaba esta inteligente y hermosa actriz chilena que tan sorpresivamente irrumpía en nuestro jardín dominical, dejaba de lado su parasol de seda color garúa y se hincaba junto a mi hijo, el hijo de Ofelia y yo, Varela, el hijo adoptivo de Baltasar Bustos, y volteaba, sonriente, la Dueña Chica, a mirarnos a todos con sus ojos negros bajo esas famosas cejas fuertes, tupidas, sin cesura, hasta fijarlos, y encender la sonrisa de sus labios rojos, en el rostro de nuestro amigo, nuestro hermano menor, Baltasar Bustos.

La campaña, al fin, había terminado.

Momsenstrasse, Berlín, junio de 1989,
Paseo del Prado, Madrid, agosto de 1989,
Kingsand, Cornwall, enero de 1990,
y Mendoza, Argentina, febrero de 1990.

ÍNDICE

Este libro se terminó de imprimir y encuadernar en el mes de enero de 1994 en Impresora y Encuadernadora Progreso, S. A. de C. V. (IEPSA), Calz. de San Lorenzo, 244; 09830 México, D. F. Se tiraron 5 000 ejemplares.

FREEPORT MEMORIAL LIBRARY
3 1489 00474 9030

DISCARDED BY
FREEPORT
MEMORIAL LIBRARY